Giulia Paim

Serviço de Atendimento aos Corações Partidos

Editora **Melhoramentos**

Dados Internacionais de Catalogação na Publicação (CIP)
(Câmara Brasileira do Livro, SP, Brasil)

Paim, Giulia
  Serviço de atendimento aos corações partidos / Giulia Paim ; ilustração Laís Machado. – 1. ed. – São Paulo: Editora Melhoramentos, 2021.

ISBN: 978-65-5539-358-3

1. Ficção brasileira I. Machado, Laís. II. Título.

21-83045   CDD-B869.3

Índice para catálogo sistemático:
1. Ficção : Literatura brasileira B869.3

Aline Graziele Benitez – Bibliotecária – CRB-1/3129

Copyright © Giulia Paim, 2021

Projeto gráfico: Carla Almeida e Bruna Parra
Diagramação e capa: Bruna Parra
Ilustração de capa e miolo: Laís Machado (@vagalumie)
Preparação: Luiza Thebas
Revisão: Augusto Iriarte e Clariana Gonçalves Barbosa

Direitos de publicação:
© 2021 Editora Melhoramentos Ltda.
Todos os direitos reservados.

1ª edição, novembro de 2021
ISBN: 978-65-5539-358-3

Atendimento ao consumidor:
Caixa Postal 729 – CEP 01031-970
São Paulo – SP – Brasil
Tel.: (11) 3874-0880
www.editoramelhoramentos.com.br
sac@melhoramentos.com.br

Impresso no Brasil

*Para todos que já trabalharam
com atendimento ao cliente:
vocês são heróis.*

*Para todos que já precisaram
contatar o atendimento ao cliente:
tratem-nos bem. Sério.*

1
Tina

Ração de cachorro, Doritos e camisinhas

– CALE A BOCA, SEU VELHO IDIOTA!

Calma, não se espante. Eu não costumo xingar desse jeito fora de casa. Nem dentro, porque tenho amor à vida. Posso até dizer que sou uma pessoa controlada, mas paciência tem limite. Estava eu na fila quilométrica de um supermercado em que, por obra do destino, quase metade dos caixas estava pifada, quadruplicando o tempo de espera. Era 12 de junho, Dia dos Namorados, e o máximo que eu estava aproveitando da data era a promoção "Compre um saco de ração para seu cãozinho e leve outro pela metade do preço, para que ele desfrute com alguém especial" – no entanto, Lisa, minha cadela, é um tanto sedentária, e se tem preguiça até de passear, imagine de cruzar com um cachorro. Pelo menos ela e eu estávamos no mesmo barco.

Mas vamos voltar para alguns instantes antes do meu pequeno ataque de nervos. Estava perfeitamente controlada e ignorando a aura alegre e apaixonada das pessoas ao redor, que compravam garrafas de champanhe, morangos e bichos de pelúcia, enquanto tudo o que havia no meu carrinho eram os dois sacos de ração e um pacote GG de Doritos.

Esperava pacientemente minha vez naquela imensa e demorada fila quando um senhor de uns oitenta e poucos anos, empurrado numa cadeira de rodas por uma mulher que parecia ser sua acompanhante, começou a praguejar que aquilo era uma falta de respeito com os idosos, que era um absurdo um supermercado daqueles não ter fila preferencial.

Suspirei e tentei não ficar irritada, mas ele não calava a boca. Durante os dez minutos seguintes, ele continuou com o mesmo tom, falando que, "na época dele", todos já teriam dado licença para ele passar e pagar suas compras. O problema era que o senhorzinho tinha três carrinhos cheios. Todos da fila já estavam cansados de esperar, e aquele cara queria aumentar ainda mais o tempo de espera.

Buscando ignorar o mala sem alça, tentei me distrair lendo as informações nutricionais do saco de ração. Já estava quase no final, entendendo o motivo de a minha cadela estar acima do peso, quando meu celular vibrou no bolso da calça.

– Alô?

– Ei, Tina! – Escutei uma voz feminina animada. – Você ainda tá no mercado?

Era Alessandra, minha irmã mais velha. E, pelo barulho de vento vindo do outro lado da linha, ela devia estar na praia.

Claro que estava na praia. Era uma manhã ensolarada de sábado e, ainda por cima, Dia dos Namorados. Quem não estaria na praia se divertindo com seu amor num dia como esse?

Pessoas que não gostam de praia, talvez.

– Já passou meia hora e andei apenas dois passos na fila. Me sinto voltando do centro da cidade de ônibus às seis da tarde. Numa sexta-feira – respondi. O velho insuportável continuava reclamando atrás de mim.

– Que droga... Mas daqui a pouco você chega, né?

O tom de voz de Alessandra parecia ainda mais animado do que o normal, como se ela estivesse dando pulinhos de alegria enquanto falava comigo.

– Se tudo der certo e nenhum outro caixa parar de funcionar, acho que sim. Por quê?

Ela fez uma pausa e depois continuou:

– Eu tenho uma novidade! Ia te contar quando você chegasse em casa, mas não consigo esperar!

Uau, para ela interromper o encontro na praia com o namorado para me ligar, tinha que ser uma baita de uma novidade, do tipo "Ei, ganhamos na Mega-Sena e nunca mais vamos precisar trabalhar na vida!".

– O que houve, Alê?

Ela respirou fundo e gritou:

– O BRUNO ME PEDIU EM CASAMENTO!

Congelei. Fiquei tão em choque que precisei levar uma cutucada da mulher atrás de mim para ver que a fila tinha andado.

– Não vai ser nada imediato, claro, porque temos que juntar dinheiro e tudo mais, mas, assim que conseguirmos, vamos ter o nosso cantinho! Não é maravilhoso?

Não sabia o que dizer.

Eu não odiava aquela ideia. Pelo contrário, amava minha irmã e queria que ela fosse feliz. Só que... Como se não bastasse quase toda a beleza da família ter ido para ela, a danada ainda era inteligente e tinha uma excelente personalidade. Traduzindo: Alessandra poderia namorar qualquer pessoa que quisesse. *Qualquer pessoa.* Por que foi escolher logo o Bruno? Ele nem é tão bonito, sabe? Tudo bem, ele tem um sorriso torto que é uma graça e faz piadas sobre engenharia química que ninguém entende, mas que fazem parte do seu charme, e é tão amável...

Apoiei a cabeça no carrinho. Aquilo era difícil para mim. Se ver os dois sempre juntos lá em casa já era complicado, imagine agora que eles iam se casar?

– Tina? Está aí?

– Há? Sim. – Tentei me recompor e disfarçar meu choque o melhor possível. – Só fiquei surpresa. Mas parabéns, Alê. Vocês vão ser muito felizes.

– Obrigada, bebê! Você não sabe como estou transbordando de felicidade!

Sei sim, você vai se casar com o Bruno, pensei, sentindo um gosto amargo na boca.

– Ah, mais uma coisa! Já que ainda está no mercado, se importa de comprar uma coisinha para mim?

Olhei preguiçosamente para a multidão atrás de mim e para meu carrinho.

– Não posso sair da fila.

– Não precisa. Você pode pegar no caixa mesmo.

Estranhei a resposta. O que ela poderia querer de tão importante do caixa a ponto de interromper o seu encontro na praia para me ligar? Pilhas é que não eram.

– O que você quer? – perguntei, confusa.

– Há... Você sabe... – Ela fez uma pausa. – Uma coisa que fica no caixa... Hoje é Dia dos Namorados...

Torci o nariz. Não precisava de um lembrete, o ambiente ao meu redor já gritava isso para mim.

– Então... – Alessandra continuou, hesitante. – Você sabe o que um casal precisa para comemorar essa data com... *segurança*? – Ela fez questão de enfatizar a palavra.

Entendi finalmente o que ela queria dizer e quase tive um refluxo.

– Camisinhas. Saquei – respondi, enojada. Uma imagem perturbadora de Bruno e Alessandra me veio à cabeça.

– Você seria a melhor irmã do mundo e compraria uns pacotes para mim? – Quase dava para ver o sorrisinho dela de "Por favooooor!".

Respirei fundo. Olhei para o caixa e lá estavam as camisinhas me encarando, em seus pacotinhos brilhantes, grandes, pequenos, de diferentes sabores e texturas. Nem perguntei de que tipo ela queria, porque com certeza iria vomitar todo o meu café da manhã em cima da ração da Lisa e do pacote de Doritos.

– Está bem.

– Obrigada, obrigada, obrigada! O Bruno também agradece e te manda um beijo! Tchau, até mais tarde!

Desliguei o telefone com vontade de jogá-lo na seção de congelados, do outro lado do supermercado. Fechei os olhos, peguei três pacotes aleatórios de camisinha que tateei e joguei-os no carrinho. Percebi olhares indiscretos de duas senhoras no caixa ao lado, me julgando. Era só o que me faltava. Ser taxada de pervertida com um produto que nem era para mim.

– São para minha irmã – falei para elas. – Ela tem vinte e quatro anos. Sabem, é maior de idade e tal.

Eu também sou, tenho vinte, mas eu entendia a surpresa delas. Além de ter cara de criança, eu estava usando uma camiseta extragrande dos *Simpsons*, que ia até minhas coxas. As duas antipáticas viraram a cara e começaram a conversar entre si. Nem sei por que me dei ao trabalho de explicar a situação. Seria até melhor elas acharem que era para mim.

Dei dois passos e a fila parou de novo. Queria me distrair com qualquer outra coisa que não fosse o velho chato, e a imagem de Bruno me veio à cabeça. Me lembrei de quando o conheci.

Alessandra estava no segundo ano da faculdade de Psicologia, enquanto eu estava no primeiro do ensino médio. Ela havia esquecido em casa um livro que seria usado em uma prova com consulta e ligou desesperada para minha mãe. Como mamãe tinha acabado de me buscar na escola, fui com ela entregar o tal livro. Enquanto ela procurava uma vaga no estacionamento, me mandou levar o livro na sala da minha irmã. O problema era que a universidade é enorme e tem, sei lá, umas quinhentas mil salas e uns oitocentos prédios espalhados pelo campus.

Saltei do carro com o rosto em chamas. Se hoje, aos vinte anos, eu ainda sinto vergonha de tudo, aos quinze, então, era muito pior. Eu sabia que teria que perguntar para algum daqueles universitários onde ficava a sala da Alessandra. Mas parecia que eu era invisível ali. Eu tentava me aproximar e as pessoas me ignoravam, passavam direto por mim, falando ao telefone, bebendo café ou só correndo para não perder uma prova.

    Tentei me virar sozinha e procurei por alguma placa que indicasse o caminho do prédio de Psicologia. Foi um desastre ainda maior. Fiquei andando de um lado para o outro igual uma barata tonta, enquanto minha mãe, não querendo pagar o estacionamento, que era de cortesia por vinte minutos, me ligava, impaciente.

    E foi aí que uma pessoa pareceu notar meu desespero. Uma alma caridosa percebeu que eu estava prestes a explodir procurando a tal sala, que parecia ficar em Nárnia.

    – Oi. Está perdida?

    Me virei para ver quem finalmente havia percebido que eu estava precisando de ajuda e me deparei com um rapaz me fitando. Ele usava uma camiseta com um desenho do Harry Potter bebendo uma xícara de café na qual estava escrito: espresso patronum.

    – Sim, estou procurando a sala... – tentei me lembrar do que mamãe dissera – Quinhentos e sete. De Psicologia.

    – Ah, sei onde é. – Ele fez sinal para que eu me aproximasse e apontou para um prédio cuja tinta na lateral estava descascando, bem no final do campus. – É aquele ali, atrás daquelas duas árvores. Só que a ponte que você teria que pegar para chegar lá está em obras, então você vai ter que dar uma volta lá pelo... – Ele notou minha expressão de confusão e incerteza. – Eu sou péssimo com direções. Quer que eu te leve até lá?

    Nesse momento, o rapaz abriu um sorriso torto, mas simpático.

    – Se não for incomodar... – respondi, envergonhada.

    – Bobagem, eu te levo. Vou sempre para o prédio de Psicologia mesmo. – E foi me guiando.

    – Você faz esse curso também? – perguntei.

    – Não, faço Engenharia. Só vou para visitar uma amiga. – Ele olhou para o chão e deu um risinho, depois voltou a olhar para mim. – E você? Estuda o quê? Se bem que você parece nova demais para estar na faculdade.

Era perfeitamente compreensível ele dizer aquilo. Eu tinha quinze anos, mas cara de doze, e o arco puxando meu cabelo cacheado para trás, meus óculos redondos e minhas bochechas grandes me deixavam com menos cara de universitária ainda.

Expliquei para ele que estava na escola e tinha ido até ali levar um livro para minha irmã, que teria prova.

– Quem é sua irmã? Talvez eu conheça.

– Alessandra Souza.

Ele sorriu involuntariamente, e o rubor que tomou sua pele escura denunciou que eles não eram só amigos. Ou pelo menos ele não queria que fossem. Que coincidência, a tal "amiga" era ninguém mais ninguém menos do que minha irmã mais velha.

E ele, muito gentil, levou o livro para a sala dela e me salvou do grande constrangimento de bater na porta de uma sala cheia de universitários. Já no carro, não consegui evitar pensar naquele estudante de Engenharia de sorriso torto.

* * *

Cinco anos se passaram e ali estávamos nós. O rapaz, chamado Bruno, estava noivo da minha irmã e eu continuava agindo como a mesma pateta envergonhada sempre que o encontrava. Os dois teriam um Dia dos Namorados maravilhoso e romântico, e eu aqui.

Aquela ligação realmente tinha me colocado para baixo. Estava me sentindo um lixo. E, como se não bastasse, o velho na fila continuava a reclamar.

Não aguentei mais. Explodi. O nó na garganta era tão grande que acabou se soltando e pulando para fora da minha goela:

– CALE A BOCA, SEU VELHO IDIOTA! – gritei, me virando para o senhor no final da fila, a atenção do supermercado inteiro já voltada para mim. – Chega! Não tá vendo que metade dos caixas não está funcionando?! O mundo não vai girar mais rápido só porque você quer! As coisas não vão magicamente funcionar do seu jeito só porque você está aí reclamando! Aprenda a aceitar a realidade assim mesmo e pare de encher o saco!

Se tivesse acabado por aí, tudo bem. Quer dizer, apesar de já ter queimado meu filme, o máximo que aconteceria seria um silêncio constrangedor. Mas não, era tanta coisa rodando na minha cabeça que acabei surtando por completo:

– Acha que as pessoas estão aqui porque querem? Elas precisam fazer compras! Está vendo isso aqui? – falei, pegando um dos pacotes de camisinha. – Isso não estava nos meus planos, mas, oh, veja só! A vida é uma caixinha de surpresas! Quando você acha que não pode se ferrar mais, ela vem e te dá um chute na bunda!

E joguei o pacote nele, acertando seus pés.

Eu joguei um pacote de camisinhas em um cidadão idoso.

Tudo isso por causa do Dia dos Namorados e da porcaria do namoro do Bruno e da Alessandra.

Enxergando o copo meio cheio, pelo menos uma coisa deu certo: todas as pessoas na minha frente se apressaram para sair, e a funcionária, quando viu que era minha vez, passou os produtos no leitor o mais rápido possível, deixando bem claro que queria me ver longe dali o quanto antes. Melhor assim.

Agora, o copo meio vazio – além do fato de que a Alessandra e o Bruno iam se casar –: no momento em que peguei os sacos gigantes de ração, surgiu um segurança de dois metros de altura, com os braços cruzados e me olhando com cara de mau.

– A senhorita sabe que acabou de cometer uma agressão verbal e física grave?

Grave? Tudo bem, eu entendo que agi como uma louca gritando com o senhorzinho, mas agressão física grave? Eu joguei um pacote de camisinhas nele, só isso. E camisinhas são leves, não fizeram nem cosquinha nele. Velho chato…

Aproveitei minha cara de criança inocente para tentar me livrar do segurança. Expliquei que meus pais eram separados e eu sofria muito com aquilo, que minha família era ausente, esses dramas.

Não que fosse verdade, mas eu precisava de alguma desculpa para não acabar na delegacia. Imagina que constrangimento ser solta e eles me devolverem meus pertences: ração, Doritos e camisinhas... Nem pensar!

Depois de eu pedir mil desculpas ao idoso e às pessoas da fila e reproduzir a cara de cachorro abandonado que Lisa faz com maestria, o segurança finalmente me deixou ir embora – mas com uma ressalva: eu estava proibida de voltar naquele mercado por um bom tempo. De acordo com o segurança, eu tinha "problemas emocionais" e poderia ser uma ameaça para as pessoas ao redor. Uau... que grande ameaça uma garota de óculos e camiseta de desenho animado deve ser...

Bem, meu dia já havia começado uma grande merda. A espera infernal, a ligação da Alessandra e o atentado contra o Estatuto do Idoso. E eu sabia que ainda ficaria pior: quando chegasse em casa, ia dar de cara com os pombinhos apaixonados.

Eu só queria que o dia acabasse. Que eu piscasse os olhos e já fosse 13 de junho, quando as pessoas voltam para suas vidas medíocres, deixando essa data estúpida para trás.

2
Tiago

Nu com a mão no bolso

Aquela era a hora. Eu havia prometido a mim mesmo que não voltaria atrás, mesmo que minha ideia parecesse loucura. Será que era para tanto? Tanta gente faz isso todos os dias sem a menor preocupação, por que eu não conseguiria? Era minha primeira vez, mas, mesmo assim, o que poderia dar errado? Eu adorava sair com a Carina e ela... bem... curtia sair comigo, acho.

Depois de me certificar de que a porta do meu quarto estava devidamente trancada e meu celular, no modo silencioso, respirei fundo e fiz o que estava planejando desde que acordara. Tirei a roupa.

Antes que você pense que eu sou um tarado e vou narrar momentos íntimos que tenho comigo mesmo para o Brasil inteiro ler, calma. Não é isso.

Ativei a câmera do meu celular e estiquei o braço o máximo que pude, tentando pegar meu corpo inteiro. Tudo bem, não precisava ser o corpo inteiro, foquei a parte mais importante: o Tiago Júnior.

Aquilo era muito estranho. Eu estava tirando uma foto pelado. E essa foto seria enviada para a Carina. Já ouvira mil e uma histórias de gente que manda foto como veio ao mundo e algo acaba dando errado. Queria muito acreditar que, no meu caso, tudo ia correr bem.

Depois de me ajeitar umas vinte vezes para pegar o melhor ângulo, apertei o botão e tirei a foto. Nem acreditava que estava mesmo fazendo aquilo.

Só que mais estranho do que tirar uma foto do seu bilau... é *ver* a foto do seu bilau. Eu estava acostumado a vê-lo todo dia no espelho, no banho... Mas numa foto era diferente. Não parecia que ele era de fato meu.

Como era a primeira vez que eu fazia aquilo, tinha que estar satisfeito com a foto que mandaria, e aquela não me agradou muito. Resultado: passei meia hora achando a melhor posição e iluminação para o meu negócio, e depois de encher meu celular de fotos absurdamente comprometedoras, consegui tirar uma de que gostei.

Bem, agora vinha a parte realmente difícil: enviar a foto. Não é uma coisa trivial do tipo "Ei, olha essa foto de um bebê comendo frango frito, que engraçada!", e sim: "Ei, olha essa foto do negócio que sobe só de pensar em você".

Enquanto encarava o botão de enviar a foto, entrei em um conflito interno. Eu realmente deveria fazer aquilo? Pesei os fatos. Carina era gata, tinha um papo legal, fazia preliminares que era uma beleza... Mas, pensando bem, nunca havíamos passado dessa fase de preliminares.

Aquilo era loucura. Eu não podia enviar.

Voltei para a foto pronto para apagá-la e esquecer dessa ideia besta, mas não consegui. O Tiago Júnior olhava para mim quase com decepção. Todo aquele trabalho e preparo psicológico seria em vão? Além do mais, ela já estava havia quase uma semana sem responder minhas mensagens, como fazia de vez em quando. Precisava de algo interessante para que ela voltasse a falar comigo.

Quer saber? Que se dane. Vou mandar.

Apertei enviar, sem pensar demais. Agora não tinha mais volta. Em menos de cinco segundos, o símbolo de "Enviado" mudou para o de "Recebido". Seria só uma questão de tempo até que a Carina visse a foto.

Quando meu celular vibrou alguns minutos depois, quase tive um infarto. Mas não era ela, e sim meus amigos avisando que estavam passando pelo meu prédio e iriam aproveitar e subir na minha casa para comer.

Mal terminei de me vestir e ouvi o barulho de alguém mexendo na maçaneta da porta, tentando abri-la. Graças aos céus eu tinha lembrado de trancá-la. Imagine só o que eles pensariam de mim se me vissem naquela situação.

– Ei, seu babaca! Afoga o ganso alguma outra hora, eu tô faminto!

Pela voz grossa e as batidas fortes na porta, imediatamente soube que era meu melhor amigo, que às vezes – leia-se sempre – age feito um ogro. Mas no fundo, bem lá no fundo, é uma boa pessoa.

E outra voz se projetou do outro lado da porta, mas era o oposto da primeira. Era fina e um pouquinho estridente.

– Antônio! – ela o repreendeu. – Deixa o menino ser feliz! Não tem nada de errado em se mastu…

Antes que ela pudesse continuar com a aula gratuita de biologia, abri a porta para tentar me poupar de mais constrangimento.

– E aí, Tiagão? – Antônio bateu sua mão na minha e eu sorri de leve, disfarçando a dor que sentia sempre que ele fazia isso. Ele era como um irmão para mim, mas não entendia que tinha um metro e noventa e três de altura e braços da largura da minha cabeça, e que caras franzinos como eu não aguentam seus gestos carinhosos.

Em seguida, recebi um abraço caloroso de Lila, que já é baixinha, e parecia ainda menor com aquela montanha do Antônio ao seu lado.

Depois de me cumprimentar, os dois partiram em direção à geladeira. Lila pegou um iogurte e Antônio pôs-se a preparar um pão com mortadela.

– Achamos que você nem estaria em casa – Lila falou, abrindo a gaveta da cozinha e pegando uma colher. – Não vai sair com a Carina hoje?

Toquei o bolso de trás da bermuda só para garantir que meu celular estava lá.

– Vou. Há, eu acho. Não combinamos nada, mas ainda está cedo.

– Cedo? – ela perguntou. – Vocês já não estão ficando há uns três meses? Não acha que já tá na hora de conversar sobre deixar a relação mais séria?

– Alô, Marília! – Antônio interveio, com a boca cheia. – É "cedo" porque ainda são duas da tarde, não porque ele quer ou não ficar sério com a garota.

– Oh, opa. – Lila deu um risinho sem graça. – Mas, mesmo assim, Tiago... não está na hora de... talvez dar o próximo passo?

Mal sabiam eles... Não foi nenhum pedido de namoro, mas enviar uma foto do bilau é algo simbólico, não? Quer dizer, eu não enviaria se não houvesse a possibilidade de, talvez, num futuro próximo, Carina se tornar minha namorada.

Mas foi só pensar no que eu havia acabado de fazer que senti minha cara queimando.

– Olha só, ficou vermelhinho... – Antônio soltou uma risada. – Pode falar, já tá pensando no pós-encontro na sua casa?

Lila revirou os olhos. Ela só não tinha uma reação mais indignada em relação às ogrices de Antônio porque eles eram amigos desde criança.

– Na verdade... – Dei um sorrisinho amarelo. – Ah, esquece.

– Não, agora fala! – Antônio se animou. – Fala, fala! Avançou até onde?

Olhei para Lila na esperança de ela dar um puxão de orelha em Antônio para ele parar de me pressionar, mas ela também parecia interessada no que eu tinha a dizer.

Suspirei. Eles não iriam me deixar em paz até que eu falasse.

— Ok, eu falo. Mas quero que *prometam* — enfatizei a palavra — que não vão me zoar nem julgar. Prometem?

— Ah, você sabe que eu não consigo prome...

— Ele promete — Lila interrompeu Antônio, tapando sua boca. — Agora conta, Tiago! Só se lembre de omitir alguns detalhes...

— Relaxa, não é o que você está pensando — respondi, mas depois pensei um pouco. — Na verdade... meio que é, mas também não é. Tá, deixa eu falar. — Cocei a cabeça, envergonhado. — Eu... mandei... uma foto pra Carina... mas tipo... sem... roupa.

Nossa, foi mais difícil do que eu imaginei. E o idiota do Antônio não cumpriu sua promessa: depois de cinco segundos de silêncio, caiu na gargalhada. Lila, por outro lado, não mexeu um músculo.

— É isso? — ela perguntou. — Fala sério, Tiago, essa é a coisa mais normal do mundo.

— Deixa ele, Marília. — Antônio se recompôs. — A foto dele foi especial. — E soltou um ronco ao voltar a rir. — Tiagão Taradão! — Seguiu rindo enquanto limpava uma lágrima que escorria pela bochecha.

Droga, meu rosto continuava vermelho.

Depois que Antônio recuperou o fôlego, perguntou, com um olhar malicioso:

— Mas sério agora. Ela mandou uma de volta?

Mordi o lábio.

— Não. Ela ainda não viu. Eu meio que... — Encarei meus chinelos. — Acabei de mandar.

— Espera... — Ele colocou o sanduíche no prato, seu rosto ficando pálido. — Era isso que você estava fazendo antes de a gente subir?

Não disse nada, apenas olhei para baixo.

— Tudo bem que não é nada demais, mas eu não precisava ter essa imagem na minha mente — disse Lila, fechando os olhos e tentando disfarçar uma careta.

— Você não tocou nessa mortadela depois, tocou? — perguntou Antônio, fazendo cara de nauseado.

Bufei. Que ótimos amigos para darem apoio. Mas, de repente, o celular começou a vibrar no meu bolso traseiro. Quando vi o nome no visor, meu coração quase saiu pela minha garganta.

— É a Carina — falei, sentindo os joelhos bambos.

— Atende! — Lila encorajou e Antônio concordou, assentindo com a cabeça.

Seria de fato a coisa mais lógica a fazer, já que era bem óbvio que Carina estava me ligando para falar sobre a foto. De certa forma, eu sabia que ela gostava de mim, então as chances de aquilo ter dado certo eram consideráveis.

Mas por que meus dedos pareciam ter congelado?

— Tiago! — Lila estalou os dedos enfeitados com anéis de coco na minha frente. — Vai ficar aí parado?

— Há... — Foi tudo o que consegui dizer.

— Atende logo, seu retardado! Se você não atender — ameaçou Antônio, apontando para Lila: —, eu juro que arranco o celular da sua mão e dou pra Marília falar com a tua mina!

Essa frase me tirou do meu estado débil e me fez voltar para a realidade, mas não a tempo de atender a ligação. As palavras *chamada perdida de Carina* agora cobriam o visor do meu celular.

— Ai, homens... — Lila bateu na própria testa, depois me lançou um olhar severo. — Você vai ligar para ela agora.

— Eu?! — questionei. — M-mas...

— Sem "m-mas". — Ela cruzou os braços. — Foi você quem mandou uma foto pelado para ela e foi você quem não atendeu o celular quando ela ligou, então agora é sua obrigação ligar de volta. Não seja o cara que manda um nude sem nenhum contexto e depois some!

Às vezes Lila projetava a voz de um jeito tão imponente que eu esquecia que ela tinha apenas um metro e cinquenta e dois de altura. Aliás, adicione aí mais uns cinco centímetros das tranças box que ela enrolava em um coque no alto da cabeça.

— Tá bom...

Assustado, disquei relutantemente o número de Carina, torcendo para que ela não atendesse.

Deixei chamar umas cinco vezes e, quando estava pronto para desligar, ouvi uma voz do outro lado da linha:

– Alô?

Arregalei os olhos. Aquela era a última coisa que eu esperava ouvir. Não o alô, claro, mas a voz. A menos que Carina tivesse fumado trinta maços de cigarro antes de atender, aquela não era a voz dela. Era uma voz de homem.

– A-alô...? – perguntei com hesitação.

Será que eu tinha ligado errado? Tirei o telefone do ouvido e olhei o visor. Estava escrito Carina. Então, das duas uma: ou era algum cara atendendo o celular dela... ou ela tinha trocado de número e esquecido de me avisar e eu havia enviado uma foto pelado para um completo estranho. Nenhuma das duas opções era muito legal.

– Quem é? – a voz perguntou.

– É o... Tiago – respondi sem entender. Lila e Antônio me encaravam intrigados. – Há... Esse é o telefone da Carina?

E, para a minha surpresa, recebi a resposta:

– É, sim, vou passar para ela. CARINA! – Afastei o celular do ouvido quando ele soltou aquele grito.

– Alô? – Finalmente ouvi a voz conhecida dela.

– Oi... É o Tiago.

– Oi, Tiago! E aí, como você está?

Como eu estava? Bem, péssimo. Completamente arrependido de ter enviado aquela maldita foto e de ter contado para meus amigos. Pelo tom de voz ultradescontraído e pelo fato de ela estar claramente acompanhada, dava para perceber que Carina ainda não tinha visto a foto. Era bem provável que ela só tivesse sentado em cima do celular e ligado para mim sem querer, enquanto estava com um cara aleatório – que eu torcia para que fosse um irmão ou primo que ela nunca havia mencionado.

— Estou ótimo. — E depois disso fui direto ao ponto: — Quem está aí com você?

— Ah, é o Marcelo.

Maneiro, o Marcelo. E quem diabos era o Marcelo?!

— Não conheço. É da família? — Resolvi ser descarado.

Então o que Carina disse fez meu corpo parecer que havia sido apunhalado pelas costas:

— Não, é um cara com quem eu estou ficando.

Minha garganta ficou seca.

O QUÊ?! *Eu* era o cara com quem ela estava ficando! Pelo menos achava que era só eu. E como assim ela dizia aquilo na maior cara de pau, como se respondesse "cinco da tarde" a quem pergunta que horas são?!

— O que ela disse? O que ela disse? — Lila e Antônio perceberam que eu agora estava hiperventilando, o que os deixou ainda mais curiosos. Ignorei-os e virei de costas.

Tentei manter a calma e não soltar os cachorros em cima de Carina, mesmo não entendendo que porra estava acontecendo.

— Carina... — Respirei fundo. — Você não estava... ficando comigo?

— Ainda estou, ué. Mas a gente não está namorando.

Tiro no peito.

— Não é nada sério, né? — ela continuou.

Tiro na cabeça.

— Pensei que você não se importaria se eu ficasse com outras pessoas.

Ela disse "outras pessoas", no plural. Ou seja... Marcelo não era o único. Foi o tiro final, o mais humilhante. Um tiro na bunda.

Minha vontade era de jogar meu celular longe, mas lembrei que meu pai me obrigaria a vender meus rins para comprar um novo se eu fizesse aquilo. E nem confrontar Carina eu conseguia. Nunca consegui. Não sei o que ela tinha que me transformava em um mané quando eu falava com ela, atendendo a todas as suas vontades. Não tive colhões para dizer que aquilo me deixou chateado pra caramba.

– Não me importo, não... Só não sabia.

– Que bom.

É, que bom. Que bom que eu sou um idiota que não sabia dizer não para ela. Mesmo indignado, eu ainda tinha que saber se ela havia visto a foto:

– Carina... Você por acaso olhou suas mensagens agora há pouco?

– Não, desde ontem não vejo. Por quê?

Bati na testa. Agora ela ia ver, morrer de rir e mostrar para o tal do Marcelo minha foto nu.

– Há... ignora a última mensagem que eu te mandei, tá? Foi engano...

Precisava acabar com aquela ligação antes que eu me sentisse pior do que já estava. E foi isso que eu fiz. Inventei uma desculpa qualquer e desliguei o celular.

Excelente. Carina estava ficando com um bando de caras além de mim, um deles ia ver minha foto pelado e com certeza soltar um comentário do tipo "Rá-rá, o meu é maior".

Alguns segundos depois, recebi outra ligação. O número na tela arrepiou até meu último fio de cabelo:

– B-boa tarde, seu Pacheco – falei, engolindo em seco.

Carlos Alberto Pacheco era o chefe do departamento da empresa onde eu trabalhava: o NettyMe, uma plataforma on-line que reproduzia séries e filmes por streaming. A matriz da empresa ficava nos Estados Unidos, mas, depois de ter conquistado o mercado americano e transformado os DVDs e as locadoras em antiguidades, ela abriu filiais no mundo inteiro, inclusive uma no Rio de Janeiro.

Só que o meu emprego não era lá o mais glamoroso... eu era o cara do Atendimento ao Cliente. Sabe o pobre infeliz que escuta o dia inteiro o chororô de pessoas que não conseguem nem ligar o próprio computador? Pois é.

– Onde você está? – Pacheco perguntou, curto e grosso, sem se dar ao trabalho de dizer "Oi".

Esqueci de comentar que meu chefe é um grande babaca. Um velho mal-encarado que odeia tudo e todos – inclusive filhotes de cachorro – e que fazia de tudo para tornar a vida de seus funcionários um inferno. Principalmente a minha.

– Estou em casa... por quê?
– Preciso que venha trabalhar hoje.

Claro que ele precisava. Logo no meu dia de folga. Essa é a definição perfeita de "grande babaca".

– Mas... hoje é meu dia de folga, seu Pacheco.
– Eu sei, Vega. Acha que eu sou idiota? Aquele argentino que eu nunca lembro o nome passou mal e não vai poder vir, então você vai vir no lugar dele. Compensamos na outra semana.

Legal ele dizer "você vai vir", sem dar a mínima para a possibilidade de eu ter algum compromisso. Mas veja só que coincidência: eu não tinha mais!

– Está bem...
– Quero você aqui às quatro da tarde. Não se atrase. – E desligou.

Maravilha. Minha expectativa para o Dia dos Namorados: sair com uma garota gata e talvez avançar no nosso relacionamento. Minha realidade: ficar até meia-noite atendendo telefonemas de pessoas desconhecidas, ao lado do meu chefe insuportável. Imaginei que as coisas não poderiam piorar, mas claramente estava enganado.

3
Tina

Alô? Um encontro, por favor

Já em casa, à noite, estava com tudo pronto para passar meu Dia dos Namorados. Sala só para mim, computador com cem por cento de bateria conectado à TV, *Os Simpsons: o filme* carregando no NettyMe, saco GG de Doritos aberto e Lisa, minha companheira de todas as horas, no meu colo.

Quando estava prestes a clicar no play do computador para começar o filme, a campainha tocou. Tirei aquela bolota de cima de mim, limpei as mãos sujas de salgadinho na camiseta e andei até a porta. Quando a abri, me arrependi profundamente de não estar mais apresentável.

– Oi, Tina! – Era Bruno, mais gracinha impossível, vestindo uma camisa social lilás, calças escuras e sapatos chiques. Seu cabelo cacheado estava muito bem penteado, e seus dentes brancos reluziam no sorriso torto.

– Oi – cumprimentei-o, envergonhada. – Alessandra já vai descer. Pode entrar, se quiser.

Ele agradeceu, andou até o sofá e começou a fazer carinho na Lisa.

O silêncio a princípio não me incomodou, mas depois começou a ficar desconfortável. Acabei quebrando o gelo:

– Fiquei sabendo da novidade. Parabéns! – Dei um sorrisinho.

– Obrigado, Tina – disse ele, reluzente. – Pode ter sido maluquice fazer isso agora, e ainda vai demorar bastante para que a gente consiga se virar, mas sei lá… – Ele parou de brincar com Lisa e olhou para mim. – Já fez algo que, por mais doido que parecesse, você tinha certeza de que era a coisa certa?

Tentei, sem sucesso, pensar em algo que se encaixasse naquela descrição. Coisas doidas eu até podia dizer que já tinha feito, por causa do meu melhor amigo, que adorava me arrastar para uns programas meio alternativos. Mas em nenhum deles eu "senti que era a coisa certa".

– Ainda não – respondi, me sentando no braço do sofá e dando um leve suspiro.

– Ah, mas vai fazer, tenho certeza. – Ele ergueu o polegar fazendo sinal de positivo.

Você podia me mostrar como são esses momentos, pensei, mas me autorrepreendi. Tinha que parar de imaginar o mundo cor-de-rosa que às vezes surgia na minha cabeça, em que Alessandra e Bruno nunca namoraram e, na verdade, eu estava no lugar dela. Isso não era saudável.

– Mas e aí? Tem planos para hoje? – ele perguntou.

Eu poderia simplesmente ter respondido que não, o que estava bem óbvio, mas, de todas as pessoas da Terra, Bruno era a que eu menos queria que soubesse que minha única companhia no Dia dos Namorados seria minha cadela. Então acabei soltando uma mentirinha:

– Tenho sim. É que só vou sair mais tarde mesmo.

– Ah, que legal! – E ele parecia realmente interessado. – Namorado? Ficante? Contatinho do Tinder? – Ele deu um risinho.

– É meu… há… – E minha mente deu um branco. Sério mesmo. Bem na parte mais fácil da mentira.

Felizmente Bruno me livrou do constrangimento dando seu palpite:

– Já sei! Aquele amigo seu que está sempre com você! Que até saiu uma vez com a gente… qual o nome dele mesmo?

— Nico?

— Isso! Acertei?

Dei um sorriso como se estivesse dizendo "Rá, isso mesmo, você me pegou", mas na verdade era um sorriso de alívio por ele ter conseguido raciocinar mais rápido do que eu.

— Certíssimo. — Assenti com a cabeça.

— Sabia! — Ele estalou os dedos — Vocês estão sempre juntos, uma hora iria rolar alguma coisa. — Ele riu.

Apenas concordei, tentando não cair na gargalhada. Nico é o tal amigo doido que mencionei. Quem não o conhecesse direito teria certeza de que rola algo entre nós, porque realmente vivemos juntos. Nos conhecemos desde a sexta série. Minha mãe sempre comenta sobre o quanto ele é lindo e como faríamos um belo casal. Mas não tinha a menor possibilidade, mesmo, de ele se tornar meu namorado. No entanto, se aquela mentirinha fizesse Bruno acreditar que eu não ficaria em casa a noite inteira feito besta, então Nico poderia ser meu amigo com benefícios por um dia.

Antes que eu pudesse continuar mentindo descaradamente para Bruno, Alessandra desceu as escadas, vestindo uma blusa branca de seda, uma saia longa preta bem arrumada e saltos altos. Seus olhos castanhos estavam vibrantes com o delineado perfeito. Olhei de canto de olho para Bruno, que sempre sorria feito bobo quando ela aparecia.

Alessandra deu um beijo no noivo e depois um em minha bochecha, marcando-a com batom vermelho.

— Tchau, bebê. Estou com a chave, então não precisa ficar acordada esperando. Boa noite!

— Tchau, divirtam-se — respondi.

— Você também! — Bruno falou, já andando com Alessandra até seu carro. — Bom encontro com o Nico! — E deu uma piscadela.

Alessandra encarou o namorado confusa, depois lançou o mesmo olhar para mim:

— Ué, mas o Nico não é…?

— Ih, acho que esqueci de fechar a geladeira! Tchau! — Bati a porta com força antes que ela pudesse completar a frase. Ufa.

Voltei para a mesma posição de antes: me esparramei no sofá com o computador no colo, deixei os Doritos onde eu poderia alcançar facilmente sem precisar levantar e apertei o play no NettyMe para começar o filme.

Que comece a diversão.

Enquanto esperava o filme carregar, ouvi meu celular vibrando. Quase comecei a rir sozinha quando vi de quem era o número na tela.

— Você não morre tão cedo, sabia? Estava pensando em você agora.

— E quando é que você não está pensando em mim, Tininha? — Ouvi, com bastante dificuldade, a voz do outro lado da linha dizer. Estava um barulhão no fundo, uma música bem bate-estaca tocava no volume máximo.

— Nem fui eu, tá? Foi o Bruno que perguntou de você, Nico.

— O Bruno, é? — Ele deu um risinho. — E quando eu digo que ele tem uma paixão enrustida por mim, você não acredita...

Ri de leve.

— Vem cá, que barulho é esse aí? Não era para você estar no trabalho?

— Era, mas fiquei doente. — E gargalhou.

Não era a primeira vez que Nico fingia que estava doente para dar o gato no trabalho e ir para a balada. Nem sei mais por que eu me preocupava, era tão corriqueiro...

— Você é terrível, sabia?

— Uai, o que você quer que eu faça? Falte no meu próprio show? Acha que vai cair dinheiro do céu para eu pagar as perucas, maquiagens, unhas postiças...?

Já deu para sacar por que Nico e eu jamais poderíamos namorar, não é? Agora me diz como se explica para uma mãe um tanto careta que o melhor amigo da filha dela é uma drag queen nos fins de semana?

– Eu sei, garoto. Mas eu fico nervosa por você! Vai que seu chefe resolve te demitir por causa das faltas?

– O Pacheco? Que nada. O velho mal nota minha existência. Trabalho naquela espelunca há quase um ano e ele me chama de "argentino". Amiga, lindo e morenaço como sou, tenho lá cara de argentino?

Dei risada.

– Você não espera que ele adivinhe que você é da Venezuela, né?

– Tininha, meu chefe vive com a cara enfiada na bunda dos chefões americanos, nem deve lembrar que a Venezuela existe.

Fazia sentido.

– Mas chega de falar do meu chefe! Quero saber de você, dos seus boys de hoje!

Olhei para a tela do computador, para minha cadela e para o saco de Doritos estrategicamente posicionado ao alcance da minha mão.

– Tenho dois, Homer e Bart.

Ele bufou do outro lado da linha e eu já me preparei. Os sermões de Nico nem me incomodam mais, ele sempre reclama quando eu não topo seus programas. Mas, em minha defesa, já havia ido a seis shows seguidos dele, e não estava muito a fim de me despencar à noite até o centro da cidade para ver o mesmo show. Amo meu melhor amigo, mas tudo tem limite. Além disso, se eu escutasse "Hips Don't Lie", da Shakira, mais uma vez, iria enlouquecer.

– Ai, garota, larga essa vida! Vai passar sua vida adulta inteira no sofá comendo porcaria e vendo filme?

Ao ouvi-lo, me lembrei que, naquele momento, Alessandra e Bruno provavelmente estavam tendo o melhor encontro de Dia dos Namorados do mundo.

– Vou. Ninguém me quer mesmo – respondi, murchando.

Ele deve ter percebido que minha reação não foi a brincalhona de sempre e tentou se redimir:

– Ei… sabe que eu estou brincando, né?

– Sei, sei… – E eu de fato sabia, o que não me deixava mais feliz.

Escutei vozes dizendo coisas incompreensíveis do outro lado da linha, e a música bate-estaca do nada parou de tocar.

– Amiga, tenho que desligar. Eu sou o próximo a subir no palco! – Ele deu um gritinho animado.

– Está bem, vai lá. Bom show!

– Obrigado! E fica numa boa, tá? Daqui a pouco aparece outro Bruno para mexer com seu coraçãozinho.

Fiz um som de pum com a boca.

– Um Bruno só já me dá dor de cabeça o suficiente. Tchau!

Ele mandou um beijo e desligou.

E novamente eu estava lá, sozinha. Quer dizer... Lisa estava em casa também.

Presumi que durante a conversa com Nico o filme já teria carregado por completo, mas, para minha surpresa, o sinal de "carregando" continuava girando, como se eu tivesse acabado de clicar para iniciar o filme.

– Será que é um bug? – pensei alto.

Fechei a janela do filme e tentei iniciar outra vez. Um minuto, dois minutos, cinco minutos... E nada de a bolinha parar de girar. Estiquei o pescoço para ver se a conexão de internet estava boa, e parecia normal.

Ok, o problema não era a rede. Talvez fosse o filme. Tentei clicar em outros três filmes, mas nada de funcionar. Quando o último finalmente pareceu carregar, uma mensagem surgiu na tela: "Ocorreu um erro inesperado. Tente novamente mais tarde".

– Por que esta merda não quer funcionar?!

Lisa latiu de leve. Ela não gosta quando eu falo palavrões.

Que ótimo. Eu já estava sozinha naquela porcaria de noite, sem incomodar ninguém, no meu cantinho, querendo apenas ver um filme, e nem isso eu podia ter? Que inferno!

– Lisa... – gemi. – O que eu faço...?

E a cachorra me respondeu com um pum fedido. Esqueci o pacote de Doritos ao lado dela.

– Sua nojenta. – Empurrei-a para fora do sofá.

Encarei aquela tela com a mensagem de erro no computador por uns trinta segundos, até que meu espírito cabeça-dura foi invocado. Aquilo não ia ficar assim. O mínimo que eu merecia por estar naquela fossa ridícula era assistir ao filme dos *Simpsons* em paz.

– Eu vou ver esse filme. Não sei como, mas eu vou ver.

Tentei respirar fundo e pensar em uma solução, até que algo me ocorreu, fazendo eu me sentir uma anta por não ter pensado naquilo antes: tinha acabado de falar com Nico. Nico trabalhava no NettyMe, e fazendo o quê? Serviço de Atendimento ao Cliente! Ele poderia estar se apresentando com o nome artístico Aurora Salazar e rebolando a bunda até o chão com a música da Shakira, mas certamente algum mané o estava substituindo no momento. Era só ligar para lá que eles resolveriam meu problema!

Procurei pelo número no site do NettyMe, na aba *Contato*, e liguei. Tocou três vezes, até que escutei uma voz masculina do outro lado da linha:

– Serviço de atendimento NettyMe, Tiago falando. Em que posso ajudar?

Uau. Achava que ninguém poderia ter uma noite mais miserável do que a minha, mas me enganei. Pelo tom de "odeio minha vida" daquela voz, o cara definitivamente me vencia. Ou pelo menos chegava bem perto. Dava até para entender, afinal ele estava passando seu sábado à noite atendendo um telefone.

– Há, boa noite. Estou ligando porque meu filme não funciona.

– Você possui cadastro?

É claro, seu imbecil. Senão por que eu estaria ligando pra você?, pensei, sem paciência.

– Sim.

– Pode me passar seu nome de usuário para eu encontrar aqui no sistema?

– T-souza-43. Souza com "z".

Escutei o barulho de teclas sendo digitadas no computador do outro lado.

– Dona Tatiana?

– Isso. Quer dizer, não. Aqui é a filha dela, Tina. Mas o cadastro está no nome dela.

– Ok – ele respondeu, entediado. – Caso queira algo relacionado a cancelamento de assinatura, vou precisar que passe o telefone para sua mãe ou algum outro responsável, porque somente maiores de dezoito anos podem alterar o cadastro.

Revirei os olhos.

– Eu tenho vinte anos.

Ouvi uma pausa do outro lado da linha.

– Sério?

– É sério, sim. Quer meu número de identidade? CPF? Certificado da faculdade?

Confesso que posso ter sido meio grossa com o tal Tiago, mas eu realmente não estava tendo um dia bom e acabei descontando no pobre coitado que, pela minha voz, achou que eu era menor de idade.

– Desculpa, moça. Não quis te ofender. Parecer mais novo é bom, sabia? As pessoas jogam menos responsabilidades para cima de você.

Aquilo tinha sido um desabafo ou era impressão minha? Pelo tom de voz amargurado, ele não parecia do tipo que desabafa.

– Mas, quando você parece mais velho, as pessoas te levam mais a sério. Não acha isso bom? – perguntei com naturalidade.

– Acho péssimo. – Ele deu uma risadinha.

– Por quê?

– Bem... eu adoraria não precisar trabalhar para pagar a faculdade.

– Então por que não arruma um estágio na sua área? – Novamente a pergunta saiu de forma natural. Era como se eu estivesse jogando conversa fora com alguém na rua, só que no caso esse alguém estava do outro lado da linha do SAC.

– Moça, deixa eu te contar uma coisa. Quem é universitário no Brasil sabe o sofrimento que é achar estágio, ainda mais um que pague acima do salário-mínimo. E eu preciso me sustentar. Nem todo mundo pode ter uma noite divertida no Dia dos Namorados.

– É, nesse ponto eu te entendo. – E entendia mesmo. Podia não estar na exata situação dele, já que ainda não estava lutando para conseguir um emprego, mas que nem todo mundo se diverte no Dia dos Namorados era algo que eu sabia bem, por mim essa data poderia ser abolida dos calendários, inclusive.

E novamente ouvi uma risadinha.

– O que foi? – perguntei.

– Nada, nada.

– Não, pode falar. – Ele estava comentando sobre seus problemas, por que eu não poderia comentar sobre os meus?

– Eu preferiria mil vezes estar tendo essa sua noite ruim assistindo a um filme do que a minha noite ruim.

Que abusado! Ele achava que as coisas eram um mar de rosas para mim só porque eu não estava trabalhando?

– Não se soubesse pelo que eu estou passando.

– Olha, moça, não sei pelo que você está passando, mas só de estar no conforto da sua casa em um sábado à noite, podendo ver o filme que quiser...

Era só o que me faltava. Até o cara do NettyMe resolveu tirar uma com a minha cara. Será que eu contava sobre o episódio do mercado e sobre o Bruno?

– Não é só você que tem problemas, tá? – cuspi as palavras.

– Tá bom... – ele respondeu, com escárnio.

Senti minhas narinas inflando. Não suportava ser tratada assim, como uma criança para quem você dá um pirulito e finge que acredita que ela tem um amigo imaginário. Eu estava realmente triste por tudo que estava acontecendo, e esse sem noção ainda vinha me julgar?

– Não que isso seja da sua conta, mas eu tenho uma razão para estar me sentindo mal hoje. Eu gosto de alguém há anos e esse alguém está se divertindo horrores com sua mais nova noiva, que não sou eu.

Ele fez uma pequena pausa antes de responder:

– Não é tão ruim assim. Eu deveria estar passando esse dia com alguém, mas... não estou.

– Uma namorada?

– Menos que isso. Só que mais do que um caso qualquer. Quer dizer, pelo menos era... para mim.

Oh. Então o tal do Tiago, além de ter que trabalhar num emprego chato de doer – amo o Nico, mas, convenhamos, ficar o dia inteiro atendendo telefone deve ser um porre – e bancar seus estudos, tinha feito papel de trouxa com a não-namorada-mas-também-não-caso-qualquer.

– Ok, você venceu. Sua noite realmente está uma merda. E pior que a minha.

– Obrigado, dona Tina. Me sinto honrado por esse reconhecimento – ele disse com seriedade, mas transparecendo bom humor.

– Assim parece que eu tenho cinquenta anos. Pode me chamar só de Tina mesmo.

– Ah, tudo bem. Obrigado, Tina.

De repente me toquei que estava contando meus problemas para um completo estranho e ouvindo a história de vida dele. Em uma ligação que com certeza estava sendo gravada. O que diabos havia de errado comigo?

E, aliás, por que *ele* estava puxando assunto? Imagino que desabafar no SAC até seja corriqueiro, mas normalmente o maluco que faz isso é o cliente, não o funcionário! A função dele era resolver o problema do meu filme, não ficar perguntando sobre a minha vida.

– Mas, olha, se quer um conselho... – Tiago continuou.

– Podemos voltar para o filme? – Me senti meio mal pelo corte, mas não queria correr o risco de o assunto continuar, além disso, quando criança, escutei muito meus pais dizendo para eu não falar com estranhos.

– Ah... claro. – Ele pareceu um pouco sem jeito. – Então, qual é o problema com o seu NettyMe?

Contei para ele o que aconteceu antes de telefonar, que nenhum filme estava funcionando et cetera e tal.

– Você verificou se sua conexão de internet está boa?

A clássica pergunta para identificar idiotas. É óbvio que uma jovem do século XXI teria verificado a conexão. Mas, enfim, devia ser protocolo-padrão e eu não iria reclamar por causa disso.

— Ela está, consigo usar o wi-fi sem problemas.

— Hm... — Ele pensou um pouco. — Já tentou reiniciar seu computador?

A segunda pergunta para identificar idiotas — e, nesse caso, eu era uma idiota, porque não havia pensado nisso.

— Um minuto. — Minimizei a janela do NettyMe e fui para as configurações do computador. — Não desliga, por favor.

— Pode deixar. Estou aqui contigo.

Eu sei que ele estava querendo dizer que não ia me deixar na mão sem resolver o problema, mas não pude conter um sorrisinho.

Cliquei no botão de reiniciar e a tela ficou preta, depois acendeu novamente, mostrando uma nova mensagem.

— Funcionou? — ele perguntou depois de um tempo.

— Não. — Bufei. — O computador aproveitou que eu reiniciei para fazer a atualização automática — falei, encarando a barrinha em dois por cento e que parecia não fazer o menor esforço para carregar mais rápido.

— Eita...

— Vai ter que me aguentar por mais um tempo. — Graças a Deus o telefone do NettyMe era 0800. Meus pais iriam me matar se descobrissem o tempo que eu estava levando no telefone.

— Estou aqui para isso, moça. Sem problemas.

Enquanto esperava, peguei meu celular e abri o Facebook para passar o tempo. Só que, bem na hora que eu abri, apareceu uma selfie da Alessandra beijando o Bruno enquanto brindavam com taças de champanhe e um textão falando sobre como eles estavam apaixonados etc.

De repente, senti meus olhos ficando embaçados. Ai, senhor. Não podia acreditar que ia chorar ali, com o cara do NettyMe do outro lado da linha, esperando meu computador atualizar.

Por que eu não conseguia estar feliz pela minha irmã mais velha, que sempre foi tão boa comigo? Por que não parava de pensar no Bruno e em seu sorriso torto? Por que não me concentrava no problema com o filme?

Não consegui segurar mais. As lágrimas vieram. Que droga.

– Moça? Você está bem?

Me controlei ao máximo para não soluçar e afastei o telefone do rosto, mas era tarde demais. Ele já tinha percebido. Lisa se compadeceu e subiu no meu colo, afundando a cabeça na minha camiseta.

– Desculpe – falei, morrendo de vergonha, limpando o rosto com as costas das mãos.

– Não precisa se desculpar. Sei o que é sofrer por gente que não vale a pena.

– Ele vale a pena, sim. Para minha irmã. Ela merece o melhor.

– Você também, ué.

Não respondi. Pisquei para as últimas lágrimas caírem.

– Olha, você é bonita, vai achar alguém que goste de você.

Arqueei uma sobrancelha.

– Você nunca me viu, como sabe se eu sou bonita ou não? – perguntei, ainda fungando.

– Pelo seu nome – ele respondeu como se fosse a coisa mais normal do mundo. – É nome de gente bonita.

Encarei o telefone confusa, depois voltei a colocá-lo no ouvido. Aquilo por acaso era uma cantada, ou ele só estava tentando me fazer sentir melhor?

– Como é que é?

Ele riu de leve.

– Olha, é uma suposição. Você é Tina, não é? Na minha escola tinha uma Tina, e ela era muito gata. Alta, ruiva, parecia uma modelo.

Era a mesma coisa que dizer que todas as Alessandras Souzas são bronzeadas, têm lábios grossos e bumbum redondo, como a minha irmã, o que é apenas absurdo.

– Diz aí, acertei?

Fiquei sem reação. Ele queria que eu respondesse se sou bonita ou não, uma paranoia que volta e meia vinha na minha cabeça. Não sou alta, não sou ruiva e, definitivamente, não pareço uma modelo. Tenho um metro e sessenta, cabelos castanhos e meu manequim varia entre quarenta e quarenta e dois.

Mas eu menti.

– Pior que você acertou. Os dois primeiros, pelo menos.

– Está brincando. – Ele mesmo pareceu surpreso com minha resposta. – Você estudou no Pedro II uns oito anos atrás?

– Não. Sou outra Tina.

– Ah, que pena. Achei que tinha reencontrado meu crush de infância. Mas, viu, você é bonita sim, moça.

Meu sangue subiu até as bochechas. Fiquei sem reação até levar uma lambida babada de Lisa, que me fez perceber quão patética estava sendo. Eu havia chegado ao ponto de mentir sobre minha aparência para um cara que jamais veria na vida só para ganhar um elogio. Que derrota.

– Obrigada. – Pelo "elogio", completei na minha cabeça.

Comecei a pensar em como ele deveria ser. Será que tinha os cabelos cacheados e olhos cor de mel, assim como o Bruno? Fortinho na medida certa? Com dentes brilhantes e certinhos? A pele escura com um brilho natural? Ai, eu e meus devaneios.

– E como você é?

– Quer tentar adivinhar? Só aviso que esse talento de adivinhação sinistra é para poucos. – Seu tom de voz agora expressava extremo interesse.

Controlei a risada. Pobre menino iludido, mal sabia que não tinha acertado coisa nenhuma.

Afastei o telefone e sussurrei para Lisa:

– O que você acha? Bonito? – Ela latiu animadamente. – Feio? – Ela latiu novamente na mesma entonação. Suspirei. – Você é uma inútil, sabia? Voltando ao telefone: – Não sei... você parece algum ator? – Se ele me dissesse um nome, uma imagem poderia se projetar na minha cabeça.

– Rá! – Ele riu pelo nariz. – Imagina. Estou mais para o figurante que fica no canto e ninguém repara.

– Ah... – Fiquei sem graça em responder. Não era minha intenção fazê-lo se sentir ofendido.

– Mas, olha, minha mãe sempre foi apaixonada pelo Marcos Pasquim. Se ela fosse correspondida, eu teria nascido com bem mais potencial.

Dei risada. Não consegui evitar, o jeito como ele falava de si mesmo era engraçado.

– Isso, ri da minha desgraça, moça. Tem problema, não, estou acostumado. – Ele riu também.

Não dava para acreditar naquilo. O cara do NettyMe conseguiu o que pouquíssimas pessoas teriam conseguido: me fazer parar de chorar, parar de pensar em Alessandra e seu encontro e não só me fazer rir, mas me fazer sentir melhor comigo mesma.

E, de repente, acabei falando:

– Obrigada, Tiago.

– Pelo quê?

Percebendo que tinha acabado de pensar em voz alta, procurei desesperadamente por uma maneira de mudar de assunto. Por sorte, a barrinha de atualização na tela do meu computador chegou em cem por cento, e não só abriu automaticamente o NettyMe como *Os Simpsons: o filme* começou a rodar, sem eu nem precisar dar play.

– Meu Deus! – gritei, emocionada.

– O que foi?

– O filme está começando!

– Sério? – ele perguntou, surpreso. – O que você fez?

– Nada! Foi essa atualização que fez voltar a funcionar!

– Ah, que bom! Há... Então... parece que você não precisa mais de mim, né?

Fiquei muda, e ele também. O silêncio durou uns dez segundos. Nesse tempo eu poderia ter simplesmente agradecido pela ajuda, dado boa noite e desligado o telefone – e ele poderia ter feito o mesmo. Mas nenhum de nós dois teve essa iniciativa.

De repente, o telefone fez um barulho estranho, e meu coração subiu na garganta.

– Tiago! Ainda está aí? – falei, um pouco afobada, assustando Lisa.

– Sim, sim. Só espirrei.

– Ah.

– Então... ainda precisa de mim para alguma coisa?

– Eu...

Não sabia o que dizer. Por que fiquei tão assustada com a possibilidade de a ligação ter caído? Respondi sem pensar direito pela vigésima vez na noite:

– S-sim, preciso.

– Para quê?

É, Tina. Para quê, sua tonta?

– Há.... eu preciso de você porque... E se o mesmo problema acontecer durante o filme? Você pode esperar um pouco até eu ter certeza de que não vai dar erro?

Tiago fez uma pequena pausa.

– Está certo. Pode dar play, eu espero com você.

Sorri satisfeita e me aconcheguei no sofá.

A música de abertura começou e Tiago ficou eufórico do outro lado da linha:

– Eu amo esse filme!

– Eu também! – falei, animada. – É meu filme de conforto. Sempre assisto quando quero espairecer um pouco.

– Não poderia concordar mais. Ei, vou te contar um segredo.

– Um segredo? – Pressionei o telefone na orelha, curiosa.

– É. Sabe, eu não sou de chorar em filmes, livros, peças, nada. Nem na vida real eu costumo chorar, para mim é muito raro. Mas, quando eu era criança, a cena em que o Bart está sozinho e percebe que o pai é um idiota acabava comigo.

— Nossa, não é para tanto também.

— Você não acha triste?

— Acho, mas não a ponto de chorar. Eu também não choro tão facilmente.

Ele riu de leve.

— Você é esquisita, Tina. Diz que não chora com facilidade, mas acabou de soluçar no telefone com um estranho.

— Ei, quem disse que você é um estranho? Já sei que você não está lá essas coisas financeiramente, está solteiro e tem boas habilidades dedutivas.

— Uau, acho que meus amigos mais próximos sabem menos sobre mim do que você.

Dei um sorrisinho mordendo a unha do polegar esquerdo. Olhei para Lisa, que abanava o rabo alegremente a meu lado.

E acabou que Tiago e eu continuamos a conversar por mais uma hora de filme. Parecia que eu o conhecia fazia séculos. Descobri que ele tem olhos castanhos, que seus dois melhores amigos eram estranhos, mas pareciam ser engraçados, e que sua amiga de um metro e meio conseguia botar moral no amigo de quase dois metros. Descobri que ele tinha todo o tipo de alergia respiratória possível, mas que mesmo assim sua época favorita do ano inteiro era o inverno.

Nem percebi que já deveria ter desligado havia muito tempo, mas, convenhamos, eu não queria desligar! A noite acabou saindo tão melhor do que eu esperava. Parecia coisa do destino meu filme travar para eu ligar para o NettyMe e... conhecer o Tiago.

De repente me ocorreu algo. Em algum momento eu teria que desligar, não poderia continuar falando com ele para sempre – ainda que esta parecesse uma ótima ideia.

— Ei, Tiago? – falei, encerrando o assunto anterior.

— Diga.

Calma, Tina, você consegue! Força! Pense que podia ser pior, você podia estar olhando nos olhos dele! Mas não seria de todo ruim estar olhando nos olhos dele agora... Ai! Foco!

– Bem... eu estou adorando conversar com você... – Tentei engolir toda a vergonha acumulada dentro de mim. Nunca havia feito nada parecido. – Mas... uma hora temos que desligar, né...

Respirei fundo. Eu não podia travar agora, tinha que ir até o fim. Era uma questão de honra. Prossegui:

– Há... eu queria saber se... você gostaria de... sei lá... ir tomar um açaí um dia desses?

Ufa, eu tinha conseguido! Meu Deus, era a primeira vez na vida que eu chamava um cara para sair! E um cara que tinha conhecido na mesma noite! Que avanço.

Meu coração martelava no meu peito. Lisa corria pela sala animada, balançando o rabo e babando para todo o lado. Esperei alguns segundos, sem resposta. Será que ele estava tão nervoso quanto eu?

– Tiago? – perguntei, hesitante.

De repente, senti como se um piano tivesse caído sobre minha cabeça. Lisa parou de pular e encarou minha expressão de total abalo. Meu coração parou de bater freneticamente, e eu quase o senti se despedaçando.

Tiago tinha desligado o telefone.

4
Tiago

Um anjo de headset e gel no cabelo

Eu acho que conheci uma garota incrível.

No trabalho.

E não é como se eu trabalhasse como fotógrafo de modelos de lingerie ou coisa do tipo. Eu trabalho na porra do NettyMe!

Meu dia havia começado com a humilhação de enviar uma foto pelado para Carina e receber de volta um belo banho de água fria, para, em seguida, receber ligação daquela flor de pessoa do meu chefe, me obrigando a cancelar minha folga e trabalhar em pleno sábado à noite. Ou seja, o dia estava terrível. Cada ligação que eu recebia de clientes que não sabiam ligar a internet ou colocar o computador na tomada era um lembrete de que eu poderia estar aproveitando o dia de um jeito bem diferente. Claro, se Carina não estivesse ficando com outro cara. E se meu chefe tivesse um pingo de empatia.

Mas veja só como o mundo dá voltas. Uma dessas ligações foi de uma garota chamada Tina. Tina era uma moça carioca, de vinte anos, universitária e com dor de cotovelo da irmã mais velha. Assim como eu, ela estava se sentindo sozinha no Dia dos Namorados e acabou desabafando para um completo estranho. O estranho, no caso, fui eu. Mesmo sem tê-la visto, consegui conhecer um pouco dela, o que deixou minha noite muito mais agradável.

Tina havia acabado de contar sobre certa vez que o melhor amigo convenceu um senhor a pagar bebida para todo o seu grupo em uma festa, e eu contei sobre quando Lila ficou tão bêbada em uma saída nossa que acabou dando uma garrafada no Antônio e ele teve que tomar ponto. Quando esse assunto terminou, vi que era minha deixa para dizer: "Então, vamos nos ver fora do atendimento do NettyMe?", ou torcer para que ela mesma propusesse algo assim. Nem pensei direito se era uma boa ideia, poderia muito bem acabar sendo uma bela de uma roubada.

Mas como nada na minha vida pode acontecer sem dar ao menos um problema, meu chefe apareceu para acabar com a minha alegria. O Pacheco era tipo um bicho-papão. Ele nunca me notava, *nunca*, mas bastou perceber que eu estava me divertindo um pouco para ele surgir e destruir a minha felicidade. Era só sentir cheiro de alguém sorrindo que ele já corria para botar a pessoa para baixo.

– Ei, Tiago? – Escutei Tina falando.

Então veio o Pacheco e ferrou com tudo.

Não consegui ouvir o que ela falou na sequência, porque, nesse exato momento meu chefe brotou atrás de mim, soltando uma baforada na minha nuca que fez arrepiar até meu último fio de cabelo. Congelei na cadeira. Ouvi sua voz baixa e assustadora dizendo "Vega…" e me virei, me cagando de medo.

– D-diga, Seu Pacheco…

Vi que seus olhos se direcionaram ao computador, depois para mim, e ele indagou, irritado:

– O que diabos está fazendo?

Afastei o microfone do rosto e respondi, suando frio:

– Há… atendendo uma cliente.

Ele me encarou até enxergar o fundo da minha alma, como se quisesse sugar todo o resquício de felicidade que tinha dentro dela.

— Está esse tempo todo namorando no telefone e chama isso de atender uma cliente?

Ah, não.

AH, NÃO.

Me ocorreu que tudo o que eu estava conversando com Tina estava sendo gravado e que o Pacheco poderia estar muito bem escutando. Nossa, como eu sou estúpido! Estava ferrado. Me empolguei com o papo e realmente esqueci que era parte do protocolo da empresa gravar todas as ligações do SAC. Enquanto pensava na minha cabeça sendo pendurada na parede da sala do meu chefe, dei uma olhadela para o microfone, torcendo para Tina continuar falando e não notar que eu não estava respondendo.

Infelizmente, o velho idiota reparou.

— Inacreditável... — Havia ódio em seus olhos e no tom de sua voz. — Escute aqui, Vega. Sabe quem é responsável por todos vocês? Eu. Sabe quem tem que apresentar os resultados de vocês para a chefia? *Eu*. E de jeito nenhum eu vou arriscar o meu emprego por um moleque que prefere ficar de papinho a fazer o que foi contratado para fazer.

Eu mal conseguia respirar de tanto nervoso. E ainda tinha mais sermão.

— Se quer ficar batendo papo o dia inteiro, fique na sua casa. Mas, se não quiser ir para o olho da rua, sugiro que termine essa ligação agora. — E com "sugiro" ele quis dizer "estou ordenando, seu verme".

— Sim, senhor — falei, com o coração pesado.

Ele ia mesmo me fazer desligar na cara dela. Depois de passarmos quase o filme inteiro conversando. Depois de descobrirmos tantas coisas um sobre o outro. Mas era claro que aquele infeliz não entendia isso, e não poderia se importar menos. Era algo de se esperar de quem não tem sentimentos.

Pacheco cruzou os braços, e uma veia pulsava em sua testa. Eu estava a um milésimo de ser despedido. Tinha que desligar. Mas

Tina iria me odiar se eu fizesse aquilo assim, tão de repente. E os planos que comecei a criar de encontrá-la pessoalmente iriam virar pó. Não podia deixar aquilo acontecer.

– Posso só... – Sabia que estava brincando com fogo, mas meu sangue subiu tão rápido à cabeça que naquele momento meu lado racional quase entrou em modo repouso. – Me despedir...?

Pacheco apertou os punhos com tanta força que eu achei que iria levar um soco na cara. Mas ele fez pior do que isso. Afastou minha cadeira e foi direto até meu computador. Não só derrubou a ligação como deletou a gravação e os dados dela.

Ou seja... eu tinha perdido o telefone da Tina para sempre e não poderia ligar para ela depois e tentar resolver as coisas.

Que desgraçado!

E, para completar, ele encerrou, com aquela voz de quem se alimenta de criancinhas no café da manhã:

– Se procurar qualquer dado sobre essa cliente, está na rua. E, acredite, eu vou saber se tentar. – E foi embora.

Fiquei parado encarando o computador por alguns segundos. Um minuto antes eu estava conversando com uma garota legal, agora não tinha jeito de voltar a ter contato com ela. Ele deletara tudo.

Que ódio. Que vontade de gritar e sair daquele emprego. Que vontade de invadir a sala do Pacheco e fazê-lo engolir o teclado do computador.

O que mais me irritava era não poder fazer nada a respeito. Nada iria trazer minha conversa com a Tina de volta. Mesmo se ela ligasse outra vez, o que eu achava bem difícil de acontecer, Pacheco não deixaria de jeito nenhum que eu atendesse. Nem me demitir eu podia, já que meu pai iria me matar. E agora eu ainda tinha que atender uma porcaria de uma nova ligação e resolver o problema de uma pessoa para a qual eu não dava a mínima.

Passei o resto do meu expediente reprisando na cabeça a conversa que tivera com Tina. Aquelas reclamações de clientes insatisfeitos entravam por um ouvido e saíam pelo outro, e minha fala era automática feito a de um robô.

Enfim encerrei meu horário de trabalho e saí daquele pequeno pedaço da mesa comunitária que supostamente era meu escritório. Vi uma chamada perdida de Lila meia hora antes e várias mensagens de amigos me chamando para encontrá-los no Colarinho, um bar perto de casa ao qual costumávamos ir aos fins de semana. Cansado e com muita raiva do meu chefe, eu realmente não estava em clima de comemoração e bebedeira, mas, por outro lado, uma cervejinha cairia bem para espantar o mau humor. Perguntei se eles ainda estavam lá e recebi em resposta um áudio de Antônio gritando:

– VEM LOGO, SEU BABACA!

Cheguei no Colarinho à meia-noite e meia. A única vantagem que eu via em trabalhar até esse horário era que o trânsito ficava uma beleza. O ônibus foi praticamente direto, parando apenas nos pontos em que passageiros precisavam saltar.

Era sábado à noite e, como de costume, o bar estava fervilhando de gente. Poucos sortudos conseguiam mesas, mas, felizmente, meus amigos faziam parte desse grupo seleto. Passei por algumas mesas do lado de fora até que encontrei Lila e Antônio, sentados um de frente para o outro, numa pequena mesa de plástico onde tinha uma garrafa de cerveja quase vazia. Lila guardava meu lugar com sua bolsa, e, pelo jeito como ela não movia a mão, muita gente devia ter tentado surrupiá-lo.

– Fala, irmão! – Antônio, bem mais alto do que a média da população, foi obviamente o primeiro a me ver.

Lila seguiu o olhar dele e acenou para mim, sorrindo. Dei um oi meio desanimado e sentei à mesa, livrando Lila de ter que segurar a minha cadeira por mais tempo. Mal me sentei e já pedi para o garçom mais uma cerveja.

– Que cara é essa? – Lila perguntou, percebendo que eu não estava no meu melhor humor.

Respirei fundo e massageei as têmporas.

— Ainda está chateado por causa da Carina?

Foi um bom palpite. Na verdade, Carina foi um dos motivos para eu ter passado o dia desanimado. Mas agora havia outros.

— Isso e outras coisas. — Nesse momento o garçom chegou com a garrafa gelada e despejou o néctar dourado dos deuses no meu copo. Quase salivei.

— Que outras coisas? — ela perguntou, apoiando os cotovelos na mesa.

Ponderei se devia falar sobre a Tina ou se era besteira. Eles poderiam me julgar e dizer que eu era louco por ter ficado de papo com uma garota aleatória durante o trabalho — o que, é fato, não tinha sido uma decisão muito inteligente. Por outro lado, podiam me dar apoio e entender que meu chefe era uma pessoa horrível.

— É sobre… uma outra garota — respondi, sentindo as bochechas esquentarem.

Lila e Antônio se entreolharam e deram risinhos.

— Mas já, rapaz? Gostei de ver! — Ele deu um tapa de "leve" nas minhas costas com sua mão enorme.

— Tiago Vega, explica isso aí direitinho pra gente — Lila disse, arqueando uma sobrancelha enquanto erguia seu copo de cerveja.

E acabei contando a história toda para eles. Claro que não entrei em detalhes, mas falei de como comecei a conversar com Tina, o que descobri sobre ela, como senti que nos aproximamos e como meu chefe foi lá e estragou tudo.

Terminei a história já prevendo que os dois cairiam na risada ou algo do tipo, mas isso não aconteceu. Os dois estavam com as mãos apoiadas nas bochechas e me encaravam com uma expressão sonhadora.

— Sério? Sem zoeira? Sem me sacanear? Nada? — perguntei, surpreso. — Quem são vocês e o que fizeram com meus amigos?

— Ah, Tiago! — Lila cruzou os braços. — É diferente! Você tinha que estar do nosso lado para ver como foi bonitinho você falando dessa menina. Não a conheço e ela ainda vai precisar passar pela minha aprovação, mas, por enquanto, já gostei dela. — E riu.

– E assim... – Antônio complementou, dando de ombros. – Tem a possibilidade de essa garota ser uma roubada? Com certeza. Ela pode, na verdade, ter noventa anos e ser uma ladra de órgãos? Pode... – Ele deu um gole na cerveja e continuou: – Mas pode ser que ela seja como falou e ter esse monte de coisa em comum com você.

– Isso aí. Vale a pena encontrá-la – Lila disse, e Antônio concordou com a cabeça.

Olha só. Que maduros esses meus amigos.

– Só que é aí que está o problema, né – falei, murchando. – O desgraçado do Pacheco, não satisfeito em me obrigar a encerrar a ligação, deletou todos os dados dela. E está na minha cola caso eu tente entrar no sistema da empresa para encontrar.

– E para que você acha que existe o Facebook, otário? – Antônio apontou para o meu celular. – Em cinco segundos você acha essa menina! Se bobear, acha até no Tinder!

Pisquei duas vezes, me sentindo um dos clientes tapados que ligavam para o SAC sem nem saber conectar o wi-fi no computador. Será que era tão fácil assim? Não costumava procurar pessoas aleatórias no Facebook, mas Lila era capaz de encontrar informações sobre qualquer pessoa. Tanto é que me deu um panorama da Carina antes mesmo do meu primeiro encontro com ela.

– Vamos lá. – Lila puxou o próprio celular. – O nome dela é Tina, não é? Qual é o sobrenome?

– Souza. Souza com "z" – respondi, exatamente como Tina dissera.

Lila digitou com rapidez e um monte de garotas chamadas Tina Souza apareceram na tela.

– É alguma dessas? – ela perguntou, deslizando o dedo pela tela, que ia mostrando cada vez mais resultados.

– Como é que ele vai saber, Marília? – Antônio indagou. – Eles só se falaram no telefone.

Assenti com a cabeça, mas logo me veio algo à mente. Eu sabia pelo menos um atributo físico dela.

– Ela é ruiva! Vê se tem alguma ruiva aí!
– Ruiva? – Antônio sorriu. – Boa, rapaz!
– Que é que tem? Não entendo esse fetiche de vocês... – Lila revirou os olhos.
– Não precisa ficar com ciúme, Marília. Você é minha número um. – Ele a envolveu com um braço e foi beijá-la na bochecha, mas ela apenas riu e lhe deu um tapinha de brincadeira no rosto.

Lila continuou descendo a tela, e nenhuma Tina Souza ruiva apareceu.

– Sabe o que pode ser? – ela perguntou, abaixando o celular. – O nome dela não deve ser só Tina. Pode ser só um apelido de Valentina, por exemplo.

Se aquilo era verdade, seria mais difícil de encontrá-la do que a tecnologia fazia parecer. Mas tentei pensar positivo.

Lila procurou por Valentina Souza, e novamente surgiram vários resultados. A única Valentina Souza ruiva que apareceu naquele mar de gente, depois de um tempão buscando, era do Rio Grande do Sul e tinha 40 anos.

Lila voltou a procurar por Tina Souza, e mais ou menos na vigésima rolada da tela Antônio apontou para um perfil específico e disse:

– E essa aqui? Maria Cristina Souza.

Lila clicou na foto de perfil da menina e a aproximou. Ela tinha bochechas grandes, cabelo longo e cacheado, olhos castanhos e usava óculos.

– Ela não é ruiva, cara. Olha só. – Apontei para os cabelos da menina, que estavam entre o castanho e o loiro. Mas ruivo com certeza não eram.

Antônio pegou o celular da mão de Lila e aproximou-o de seus olhos.

– Ah, é. E tem cara de novinha. Deixa para lá. – Ele devolveu o celular para Lila, que desistiu da busca e guardou-o na bolsa.

Virei o copo de cerveja, frustrado.

— Ei, não fica assim — disse Lila, colocando a mão sobre meu ombro. — Se for para ser, vocês vão arrumar um jeito de se encontrarem pessoalmente.

Apoiei o queixo nos braços esticados em cima da mesa do bar, murchando.

— Mesmo que por algum milagre do universo a gente se encontre, ela não vai querer nada comigo. Esqueceu que eu desliguei o telefone na cara dela? Não tem jeito, eu sou um caso perdido.

— Ah, cara, pensa bem, é só você... — Antônio começou, mas foi logo interrompido por Lila.

— Ai, Tiago, parou, hein!

Antônio e eu arregalamos os olhos com a súbita mudança de tom da nossa amiga.

— Tô cansada de ouvir você só reclamando de como sua vida é triste e de como você é a pessoa mais azarada do planeta! — encerrou ela, dando um soco na mesa. Não fez muito efeito no ambiente, mas mostrou sua determinação.

Pisquei duas vezes e continuei sem falar nada.

— De agora em diante, chega desse clima de tristeza e pessimismo, quero ver você acreditando mais em si mesmo! — ela disse, segurando meus ombros. — Não deu certo com a Carina? Arranje outra pessoa! Você foi obrigado a desligar na cara da Tina? Dê seus pulos para encontrá-la e explicar a situação! Mas, pelo amor de Deus, chega de ficar se martirizando!

— Nossa, Marília — disse Antônio, encarando-a surpreso depois de seu discurso.

— Tiago, me promete — Lila continuou, cravando seus olhos nos meus. — Me promete que você vai tentar consertar as coisas. Ver tudo de um jeito mais positivo. Acreditar que você merece e vai conseguir alguém que te valorize.

Ela tinha razão. Precisou explodir — e quase derrubar meu copo de cerveja — para que isso entrasse na minha cabeça. Ficar choramingando e sofrendo pelos cantos não iria ajudar em nada a minha situação. Isso era o que meus clientes faziam, não eu. Se eu quisesse reencontrar a Tina ou tentar convencer a Carina de que eu era o cara certo para ela, precisava levantar a bunda da cadeira e parar de ver o copo meio vazio.

– Obrigado pela motivação, Lila. Eu precisava disso.

– De nada, meu amor. – Ela sorriu e me soprou um beijo. Depois virou o corpo de lado e, apontando para seu copo vazio, chamou o garçom: – Moço! Traz mais uma gelada, fazendo o favor?

Meus amigos podiam ser bem estranhos e sem noção de vez em quando, mas eles me apoiavam – do jeitinho deles – sempre que eu precisava. Eu tinha sorte em tê-los na minha vida. Na saúde, na doença e na cerveja.

* * *

Pelo menos meu chefe não me obrigou a trabalhar mais uma vez no meu dia de folga, embora eu soubesse que ele adoraria fazer isso. Especialmente porque devia estar com ódio de mim até agora por causa da demora bem além do protocolo no atendimento de Tina. Procurei fazer como Lila dissera e enxergar as coisas de um jeito mais positivo.

Aproveitei o domingo para fazer um trabalho da faculdade que seria entregue segunda-feira, o que me ajudou a distrair um pouco dos problemas. Carina não havia mandado nenhuma mensagem, mas eu fui forte e não mandei nada também. Era uma questão de tempo até ela me procurar de novo. Eu achava.

De vez em quando, involuntariamente, me pegava pensando em Tina. Minha imaginação a construiu como uma ruivinha linda, de sardas e olhos claros. Imaginei que ela devia estar se sentindo meio mal com toda a situação da irmã ficando noiva do cara de quem ela era a fim e que eu poderia ser a solução perfeita para ela esquecer disso.

Se não fosse o idiota do Pacheco.

Respirei fundo e tentei não me estressar. A voz fina de Lila ecoou nos meus ouvidos como se fosse a minha consciência.

Dê seus pulos para encontrá-la e explicar a situação! Mas, pelo amor de Deus, chega de ficar se martirizando!

Repeti o discurso de Lila na minha cabeça até a hora de dormir. Em algum momento, conseguiria fixá-lo na mente.

Como eu ainda não tinha grana o suficiente para simplesmente mostrar o dedo do meio para o meu chefe, juntar minhas tralhas e dar o fora de lá, na segunda-feira apareci no escritório do NettyMe muito feliz e serelepe, como se nada tivesse acontecido. Pacheco me recebeu com sua tradicional cara de bunda e me dirigiu menos de duas palavras. Bem, era melhor ele me tratar com frieza e distância do que brotar cheirando meu cangote e interrompendo minha conversa com meninas bonitas durante meu turno.

– Agradecemos o contato com o NettyMe, senhor. Tenha um ótimo dia – falei, fingindo alegria, e desliguei o canal de atendimento do cliente.

Afastei um pouco minha cadeira da mesa e me espreguicei. Antes de voltar para a posição original, escutei um dos meus colegas superempolgado terminando de atender um cliente:

– Pronto, amada. Tirei esse embuste da sua assinatura e ela agora é toda sua. Onde já se viu? Ex-namorado querer dar uma de parasita na sua conta para não pagar a dele? Um absurdo. Você fez muito bem em terminar com ele, amiga. Se valorize, você é maravilhosa. – Ele fez uma pausa, sorrindo com todos os dentes. – De nada, chuchu! Qualquer coisa é só ligar de volta que a gente resolve seu problema, está bem? Beijão!

Esse aí, sim, era a perfeita definição de serelepe e feliz. E pior: parecia genuíno. Tinha muita curiosidade em saber como ele conseguia estar assim todos os dias, fazendo o mesmo trabalho que eu.

– Que foi? – ele perguntou, me pegando de surpresa.

Opa. Acho que fui meio indiscreto ao observá-lo. Mas era difícil evitar. O cara tinha uma energia que eu nunca vira na vida. Para quem estava doente no sábado, ele parecia bem saudável dois dias depois.

– Nada, foi mal – respondi, envergonhado.

– Ei, pode falar. Eu estou falando alto? Estou te atrapalhando? – ele perguntou de forma tranquila. Não foi em um tom acusativo nem nada.

– Não, não. – Olhei para a tela do computador, que mostrava que não havia ninguém tentando me contatar ainda. – Posso... só te perguntar uma coisa?

Ele ergueu uma sobrancelha, parecendo interessado.

– Diga.

– Você... gosta de trabalhar aqui? Gosta do que faz? Porque você parece sempre tão feliz falando com os clientes...

Ele deu um risinho, depois aproximou um pouco mais a cadeira da minha e disse, em um tom mais baixo:

– Isso aqui é um saco, convenhamos. Mas é o que tem pra hoje. Tudo o que eu mais queria era estar em casa dormindo... passei o fim de semana inteiro fora... – Ele se interrompeu subitamente, então continuou: – Fora de mim. De tão doente. – Ele deu um sorriso amarelo. – Mas, se a gente tem que estar aqui, que ao menos seja se divertindo um pouco, não é? – Ele deu de ombros.

– Mas... como? Ainda mais com... – olhei para trás, para ter certeza de que ele não se materializaria ali como da última vez – ... o *Pacheco* como chefe! – falei baixinho.

Ele suspirou.

– Realmente não é fácil. Mas sabe o que eu acho? Que ele paga de machão, mas morre de medo dos chefes dele, aquela galera que fica no último andar do prédio e nunca dá as caras aqui para cumprimentar a ralé. Eles devem fazer o Pacheco de gato e sapato, e ele desconta na gente. – Deu de ombros. – Mas *c'est la vie*, não é mesmo? Deus podia ter me feito rico, mas preferiu me fazer lindo. Segue o baile.

Eu não podia dizer o mesmo, acho que não tive sorte no departamento financeiro nem no de beleza. Mas o que ele falou até fazia sentido: de fato era um trabalho muito chato e que exigia paciência

– coisa que eu não tinha em abundância –, mas dava para achar um jeito de fazer o tempo passar mais rápido e com mais leveza. Na minha conversa com a Tina, por exemplo, o tempo pareceu voar de tão legal que foi. Tinha dado azar de o Pacheco estar de olho em mim nessa hora, mas realmente tinha sido o máximo. Talvez se eu juntasse o conselho de Lila a esse ponto de vista do meu colega esse emprego ficasse mais suportável.

– Tem razão. Obrigado por isso. Desculpe tomar seu tempo.

Ele me observou dos pés à cabeça.

– Você parece meio tristinho. Aconteceu alguma coisa?

Ok, o cara era gente boa e até me deu uma boa ajuda, mas tinha zero intimidade com ele para desabafar sobre os meus problemas e sentimentos confusos.

– Há... não, nada.

Respondi de forma tão sem graça que ele não ficou convencido.

– Tudo bem, não vou insistir. Mas parece que você precisa se divertir um pouco e distrair a cabeça. – Ele deu uma piscadela. – Vou comemorar meu aniversário nesse sábado na casa de um amigo. Vai ter bebida, pizza, música boa e gente bonita. Está convidado, se quiser.

Uau. Aquilo foi bem inesperado. Eu trabalhava com ele havia apenas alguns meses e essa era a primeira vez que tínhamos uma conversa real. Eu já não sou uma pessoa muito sociável e odiava trabalhar no NettyMe, então nunca achei necessário fazer amizades no trabalho. Para ser sincero, precisei espiar o computador dele para lembrar seu nome: Nicolás Garcia.

– Obrigado pelo convite, Nicolás.

– Pode me chamar de Nico. – Ele sorriu.

Não me agradava muito a ideia de ir em uma festa conhecendo uma única pessoa que nem minha amiga era. Não consegui disfarçar esse desconforto.

– Vai ter héteros lá também. Não precisa se preocupar.

Senti meu rosto arder de leve. Nico achou graça.

– Vou te mandar o evento pelo Facebook, aí você vê se quer ir. – Ele sacou o celular do bolso da calça e entregou para mim. – Bota o seu perfil aí, não tenho você como amigo.

Timidamente, peguei o celular da mão dele e digitei "Tiago Vega" na barra de pesquisa. Eu não tinha muita escolha, ou tinha?

– Obrigado. – Devolvi o celular para ele, ainda sem graça.

– Imagina. Você tem cara de quem está precisando de uma festinha boa. Pode chamar um ou dois amigos também.

Fiquei ligeiramente mais interessado. Obviamente já sabia quem chamaria. Talvez eu estivesse mesmo precisando de uma festinha. Quem sabe eu não encontraria uma terceira garota e me livraria da maldição de relacionamentos ruins?

5
Tina

Bebendo demônios

– Sua louca! Quer cair e quebrar a bunda?

Essa foi a primeira coisa que Nico disse quando me viu me equilibrando na ponta dos pés em cima de dois banquinhos empilhados e esticando o braço ao máximo para alcançar a última prateleira do armário. Era dia de caldo verde, e Nico sempre jantava em casa quando tinha caldo verde.

– Se você ajudar, pode impedir que isso aconteça – respondi. – Me ajuda a pegar o DVD na última prateleira?

– DVD? – ele perguntou incrédulo. – Isso ainda existe?

– Existe, ué! Quero distância do NettyMe por enquanto – respondi em tom amargo.

Nico estranhou minha reação. Ele ainda não sabia que dois dias antes eu passara a noite conversando com Tiago, e que ele desligou na minha cara quando o chamei para sair. Que vergonha... Então para Nico eu parecia uma louca que estava com raiva da empresa onde ele trabalhava sem motivo nenhum.

– Aconteceu alguma coisa? – ele perguntou, me ajudando a descer dos banquinhos.

Suspirei. Por que eu resolvi ver *Os Simpsons* no Dia dos Namorados? Por que não me contentei com um videogame ou com a programação normal da TV? Por que tinha que ter ligado para o SAC? Por que eu acreditei que Tiago realmente se importava?

— E aí? Vai me contar o que aconteceu? — ele tornou a perguntar.

Desviei o olhar. Queria desabafar, mas ao mesmo tempo sentia vergonha por ter sido tão trouxa. E era ainda mais vergonhoso porque Nico com certeza conhecia o Tiago. Eles trabalhavam na mesma função e na mesma empresa.

— Quero... mas não quero — respondi, sincera.

Ele deu um risinho e segurou minha mão.

— Você sabe que pode falar qualquer coisa para mim, não sabe? É problema com o quê? Dinheiro, família, *boy*?

Não consegui evitar franzir a testa ao ouvir essa última palavra.

— Sabia. — Ele cruzou os braços. — Fala, amiga. Está triste por causa do Bruno?

Ah, claro, ainda tinha aquilo. Alessandra mal havia parado em casa desde que fora pedida em casamento pelo namorado de quem eu secretamente era a fim. Juntando com o Tiago, eram duas decepções.

— Não só por ele.

Ele piscou duas vezes, interessado.

— Você arranjou outro? — Os olhos dele dobraram de tamanho. — Quem é?! Quem é?! — Ele não conseguiu conter a animação.

— Nem se anima — falei, cortando seu barato. — Fiquei com expectativa alta e me dei mal.

— Estou atento. — Ele se sentou no sofá da sala de TV e deu dois tapinhas no espaço ao lado dele, para eu me sentar também.

Respirei fundo. Era óbvio que não ia conseguir esconder aquilo do meu melhor amigo. Meu melhor amigo que trabalhava com o cara que havia me feito de trouxa.

Não, era muita humilhação. Se eu contasse toda a verdade, Nico iria se lembrar todos os dias de como sua melhor amiga fora imbecil e tonta por ter achado que poderia dar certo com seu colega de trabalho. Pior... poderia tentar tirar satisfação com o menino. Eles nem deviam ser amigos, porque Nico nunca sequer mencionara o nome de Tiago. Talvez fosse melhor que Tiago caísse no esquecimento.

Acabei contando apenas parte da história. Disse que conheci um cara pela internet no sábado e que nosso papo fluiu superbem, a ponto de ficarmos por um tempão conversando pelo telefone. A princípio, tudo foram flores e eu realmente acreditei que poderia esquecer o Bruno com ele, mas bastou eu dizer para nos encontrarmos pessoalmente para ele desligar na minha cara e não tentar fazer contato outra vez.

– Poxa, Tininha... – Nico me abraçou de lado, fazendo carinho no meu cabelo. – Que babaca. Ele é um idiota por não querer encontrar com uma pessoa que é linda por fora e por dentro que nem você.

Sorri e abracei-o de volta. Adorava essa sensibilidade dele.

– Mas, olha só, você não vai mais precisar se preocupar com namorico que não dá certo. – Os olhos amendoados dele brilharam. – Nesse sábado, você vai colocar a sua roupa mais sexy, armar esse seu cabelão, colocar uma maquiagem bafo e dar um monte de beijo na boca! Você não venceu uma corrida de espermatozoides para ser maltratada!

Dei risada. Ele estava se referindo à sua festa de aniversário que seria nesse dia. Nico era a pessoa mais festeira do Rio de Janeiro – talvez do Brasil –, então era óbvio que um acontecimento tão importante quanto seus vinte e um anos não passaria em branco.

– Eu vou, é? – Ergui uma sobrancelha.

– Vai, claro! – Ele agora estava mais animado. – Você vai estar tão gata que vai esquecer desses embustes na sua vida. Aliás... já escolheu a roupa que você vai usar?

Fiz que não com a cabeça. Essa foi a deixa para Nico se levantar do sofá, agarrar a minha mão e me puxar até o armário do meu quarto.

– Ei! E o DVD? – perguntei, atrás dele, que já revirava minhas gavetas.

– Esquece DVD, esquece NettyMe, esquece isso tudo, amiga. Foca agora em valorizar essa cara bonita que a Deusa te deu de presente!

Achando graça da súbita animação do meu melhor amigo só de pensar na própria festa de aniversário, resolvi não contestar. Talvez fosse melhor mesmo parar de pensar no NettyMe e ocupar minha mente com outra coisa. Eu normalmente só me produzia para eventos importantes, e a festa viria bem a calhar para dar um up na autoestima – Nico opera milagres quando se trata de maquiagem, cabelo e roupas. Eu estava em boas mãos.

Que se dane o Tiago e o NettyMe, pensei, enquanto analisava as escolhas de blusa que Nico me oferecia. *Não é como se eu fosse vê-lo novamente.*

* * *

Nico sempre se empenhava em me ajudar a me arrumar para um evento, mas para esse, em especial, ele caprichou. Fuçou até o fundo do meu armário e colocou tudo para fora. Conseguimos montar o look perfeito para eu me sentir uma mulher forte, independente, que não precisa de homem nenhum para ser feliz – ah, e que valorizasse a minha bunda também!

Acabei usando uma saia tubinho preta de cintura alta que tinha duas camadas. A de baixo era de malha e ia até a metade das minhas coxas, e a de cima era de renda preta transparente e descia até meus tornozelos. Já para a parte de cima eu estreei algo que nunca usara na vida: um top – impossível chamar tão pouco tecido de blusa – de cor bege e de alcinhas, bem justo. Foi presente de aniversário da Alessandra, mas eu morria de vergonha de usar aquilo sem nada por baixo, deixando parte da minha barriga de fora. A saia cobria até meu umbigo, mas ainda havia alguns centímetros expostos. Era o tipo de roupa que combinava muito mais com minha irmã, que tem até tanquinho, não comigo, que tenho pneuzinhos na barriga. Mas Nico insistiu tanto que acabei concordando. Coloquei saltos

altos pretos – mas levei uma rasteirinha dentro da bolsa – e Nico me maquiou com sombra preta e dourada, muito delineador e um batom vermelho-sangue. Meu cabelo longo cacheado estava solto e bem modelado, graças ao laquê e ao babyliss que ele usava nas próprias perucas. Completei a produção com um colar grande e dourado com um pingente de trevo de quatro folhas, emprestado de Aurora, drag queen e alter ego do meu amigo. Ela dizia ser seu colar da sorte.

– A senhora está destruidora mesmo, viu! – disse Aurora, assobiando enquanto encarávamos nosso reflexo no espelho.

– Olha quem fala.

Ela também estava um espetáculo. Não esperava menos da aniversariante. Como em todas as suas festas desde os dezoito anos, Aurora estava cem por cento montada e fabulosa. Usava um vestido de paetê vermelho bem curto e colado, de alças finas, com um enorme decote na frente. Para rechear, seios falsos e enchimento nos quadris e coxas – a parte preferida de fazer drag, de acordo com ela. Dizia que isso a fazia se sentir uma Kardashian. Para arrematar, um enorme salto de plataforma, da mesma cor do vestido. Aurora já era alta e esguia; quando colocava saltos altos, ficava com quase o dobro do meu tamanho. Sua peruca era longa, com ondas volumosas e de cor mel que ia ficando mais loira à medida que se aproximava das pontas. A maquiagem estava impecável, como sempre: olhos prateados e pretos, longos cílios postiços, iluminador e um batom vinho.

A festa iria acontecer na casa do Mário, um amigo nosso que nasceu em berço de ouro e foi abençoado com um casarão e com pais que volta e meia viajavam para todos os cantos do mundo. Nico já havia feito inúmeras festas lá, não só de aniversário, e uma mais épica do que a outra. Seu aniversário de vinte e um anos não seria diferente.

Em frente à casa do Mário, ainda dentro do Uber, já escutei uma sequência de músicas da Ariana Grande tocando nas alturas e um monte de gente cantando e conversando. Ao contrário do que acontece nas festas convencionais, quem estava dando a festa não foi o primeiro chegar. Nico, no caso Aurora, sempre preferia chegar depois, para causar impacto no público. E foi o que aconteceu. Assim que descemos as escadas em espiral do térreo e entramos no enorme porão da casa – onde ficava o salão de festas –, fomos recebidos com uma salva de assobios, palmas e gritos animados. O DJ, que ficava próximo à varanda e em frente à mesa de totó, parou de tocar Ariana Grande e mudou a música para uma versão em funk do "Parabéns" da Xuxa. O vestido de Aurora reluzia com as luzes piscantes e seu bumbum falso de Kardashian rebolou até o chão no meio da pista. Fiquei atrás dela, mas a uma distância segura. Primeiro porque Aurora merecia aquele momento só para si. Segundo porque eu morreria de vergonha se ela me puxasse para descer até o chão na frente de todo mundo.

Cumprimentei o dono da casa, que parecia um bloco de carnaval ambulante, com glitter nos olhos, na boca e na barba. Ele estava com um grupo de amigos em comum, então abracei todos e já comecei a dançar com eles. Mário e Juliana, com quem eu tinha mais afinidade ali, elogiaram minha roupa e parabenizaram Aurora pela escolha da produção, principalmente por me convencer a deixar uma faixa da barriga à mostra. Agradeci, um pouco sem graça, e continuei a dançar. Estava sóbria, então basicamente só mexia meus pés de um lado para o outro enquanto cantava com eles "Bad Guy", da Billie Eilish.

O grupo logo se cansou de dançar de mãos vazias e partiu para o bar. Eu não sou muito de beber, tomo uma cerveja de vez em quando, ou um drinque mais doce quando vou para as baladas com Nico. Mas eles resolveram enfiar o pé na jaca: pediram seis shots. E não era algo básico, tipo tequila com limão e sal, mas alguma coisa que eu nem sequer consegui identificar: um líquido transparente em que o barman ateou fogo usando um maçarico.

– O que é isso? – perguntei, dando um passo para trás.

– É o shot especial da Aurora! – Mário respondeu. – *El Demonio de Caracas!*

Pisquei duas vezes, sem mudar a expressão do rosto.

— Tem tequila, absinto e tabasco flambados — Aurora explicou.

Jesus Cristo. Já acho tequila ruim, dá uma sensação de queimação bem desagradável enquanto desce. E nunca havia provado absinto, mas já tinha escutado histórias de gente passando mal ou perdendo completamente os sentidos tomando doses mínimas desse negócio. E, para completar, estava pegando fogo! Um drinque assim com "demônio" no nome não tinha como não ser bizarro.

— E como se bebe esse troço? — perguntei, apreensiva.

— Vou mostrar — Aurora disse, fazendo um sinal de positivo com o polegar para o barman.

O barman pegou um copo de chope vazio e emborcou-o sobre o shot flamejante por alguns segundos. Então, virou-o para cima e rapidamente tampou-o com um guardanapo. Com um canudo, Aurora sorveu o shot num gole só e, com o mesmo canudo, furou o guardanapo sobre o copo de chope e sugou rapidamente o ar alcoólico dele, fazendo uma careta. Senti minha garganta queimar só de ver.

— Puta merda. — Foi tudo o que consegui dizer. — Você enlouqueceu se acha que eu vou beber isso.

— É bom, Tininha! — ela respondeu, com o rosto vermelho e se abanando. — Dá uma queimação gostosa!

— Parece um método de tortura da Inquisição!

Aurora riu.

— Toma, vai! É meu aniversário! — E fez beicinho.

— Eu vou ser possuída pelo ritmo Ragatanga se tomar isso aí. Não vai dar certo.

Ela deu de ombros. Eu já estava acostumada a ser a chata que não queria me aventurar nas bebidas esquisitas dela. Mas o resto do grupo foi corajoso e bebeu o tal demônio. Todos fizeram o mesmo ritual de prender o álcool com um guardanapo, beber o shot e sugar o ar depois. Dava nervoso só de vê-los...

— Uma cerveja, por favor — pedi para o barman. Fui um pouco zoada pelos meus amigos, mas ainda achava melhor do que tomar o tal demônio.

Não demorou muito para que Aurora e os outros ficassem extremamente animados na pista de dança. Também, com aquela gasolina que tinham ingerido! Mas estava divertido de ver. Eles desceram até o chão várias vezes ao som de Anitta e depois do Mr. Catra, e davam umas cambaleadas na hora de subir. O funk atraiu praticamente a festa inteira para a pista de dança, que foi ficando cada vez mais apertada. O porão da casa do Mário era grande, mas não tão grande para a quantidade de pessoas que estavam lá. Comecei a ficar com muito calor e cansada de tentar acompanhá-los nas reboladas. Saí da rodinha para tomar ar por alguns minutos, depois pretendia ir ao bar pegar outra cerveja para ver se ficava mais alegrinha.

Passei pela porta de vidro, caminhei até a varanda e me sentei em um dos bancos de madeira para descansar um pouco os pés. Tirei o celular da bolsa e abri o Instagram para passar um pouco o tempo. Uma foto em especial prendeu minha atenção e me fez desejar não ter aberto o aplicativo. Era Alessandra dando um beijo na bochecha do Bruno e mostrando seu anel de noivado. Curti a foto só porque era minha irmã, mas doeu. Trouxe à tona os sentimentos que tinha por ele e o que se passou na noite do sábado anterior, quando fui feita de trouxa mais uma vez. Suspirei e guardei o celular, sem querer receber mais nenhuma surpresa desagradável.

Resolvi olhar à minha volta para ver se me distraía. No canto, havia algumas pessoas fumando, e, mais perto, outras conversando e bebendo apoiadas no muro lilás da casa. Cruzei a perna, apoiei o cotovelo na minha coxa e o queixo na minha mão, murchando. Não devia ter visto aquela foto. Que droga.

De repente, um cara abriu a porta de vidro com força, chamando a minha atenção. Ele era enorme, musculoso, de cabeça raspada e cheio de tatuagens nos braços. Estava claramente bêbado, andando aos tropeços e falando muito, muito alto e enrolando as palavras. Todos conseguiam ouvir o que ele conversava com o casal que atravessou a porta logo atrás.

— Mas ela era muito gata, Marília! – o grandão falou, se apoiando no muro, perto de mim. – Linda mesmo, parecia aquelas marmitas de três bifes, sabe?

— Só que ela – disse a menina de tranças no cabelo presas em um coque grande – é uma drag queen. Já ouviu falar de drag queens?

— Ah, sei lá. – Ele jogou a cabeça para trás. – Só sei que era muito gata. Eu pegava.

— Você não vai pegar ninguém nesse estado, garoto. – Ela segurou seus ombros, tentando deixá-lo estável. O que obviamente não deu certo.

— Marília, tô com sono.

— Eu sei. Senta aí, vai – ela disse, apontando para o banco onde eu estava.

Ela e o garoto que a acompanhava ajudaram o grandalhão a se sentar. Cheguei um pouco para o lado, para dar mais espaço.

— Não me faz passar vergonha, Antônio – falou o outro garoto. – Já não conheço ninguém aqui.

— Eu? – O bêbado apontou para si mesmo, indignado. – Eu sou seu irmão, cara! Se eu te faço passar vergonha, é porque te amo, otário!

Não consegui evitar dar um risinho. Era uma cena bem cômica. Dois magrelos tentando segurar um brutamontes embriagado, que ficou apaixonado pela beleza de Aurora sem perceber que Aurora também era Nico.

Pensei que meu riso iria passar despercebido, mas os olhos castanhos do amigo que amparava o garoto bêbado cruzaram com os meus por meio segundo.

— Vou pegar uma água. Fica aí de olho nele – disse a menina, passando pela porta de vidro e desaparecendo na multidão lá dentro.

Acho que já posso voltar, pensei. Descruzei a perna, pronta para me levantar, mas de repente uma cabeçona enorme desabou no meu ombro e quase me fez cair para o lado.

— ANTÔNIO! – gritou desesperado o amigo do grandão, e o empurrou para o outro lado, dando dois tapinhas no seu rosto. Quando

se assegurou de que ele não cairia outra vez, virou-se para mim, aflito:
— Me desculpa, moça! Ele não fez por mal! Você se machucou?

— Não, não — respondi, ajeitando a blusa. Aliás, puxando-a para baixo, tentando cobrir minha barriga.

— Nossa, desculpa, de verdade — pediu, morrendo de vergonha. — Deixa eu garantir que não vai acontecer de novo. — E empurrou o amigo para a direita, sentando-se entre nós. — Pronto.

— Tudo bem — respondi. Não tinha como ficar brava. O cara só estava bêbado e com sono e se escorou na primeira coisa que encontrou, no caso eu. — Pelo menos ele tem alguém para tomar conta dele.

O garoto sorriu. Tinha braços finos e cabelos castanhos bagunçados, na altura de suas orelhas. Tinha um rosto amigável e até bonitinho, mesmo com o nariz grande.

— Pois é. Um cara desse tamanho, mas fraquinho para bebida.

— Eu entendo. Meus amigos tomaram um negócio flamejante que me deixaria bem pior do que ele está agora.

— Acho que sei o que é. É um tal de demônio-não-sei-o-quê, né? Assenti com a cabeça.

— Demonio de Caracas.

— Isso aí! O Nico me ofereceu um quando me viu, mas...

— Aurora. A drag de Nico se chama Aurora — corrigi.

— Ah, é! Sim, a Aurora me ofereceu um, mas estava na cara que ele... digo, ela já estava meio bêbada. Preferi ficar na cerveja mesmo.

— Somos dois então. Sou a tia do grupo, que não aguenta tomar tequila e absinto.

— Fez bem. Senão poderia acabar assim. — Ele apontou para o amigo, que cochilava sentado.

— Já pensou se eu resolvo dormir no ombro de um estranho?

— Não seria nada bom. Vai que é algum cara mal-intencionado?

— Não quero nem imaginar. — Sacudi a cabeça.

— Nem eu. Mas, olha, se por acaso acontecer, vou garantir que você não se apoie em nenhum cara.

— Vai ser meu guarda-costas? — Ergui uma sobrancelha.

– É. Um guarda-costas bem fracote, mas com as melhores intenções.
– Serve. – E demos risada.

A menina de tranças voltou para a varanda, segurando uma garrafa de água mineral e um tablete de chocolate. Se sentou do outro lado do amigo bêbado e o ajudou a beber a água. O garoto aproveitou que a amiga estava tomando conta de Antônio para se aproximar um pouco de mim.

– Quer tomar alguma coisa? Sem ser o tal do demônio, claro. – Ele deu um risinho.

Pensei um pouco. Não tinha muito a perder, certo? Pelo menos o menino era simpático e me entreteve um pouco. Serviu para que eu parasse de pensar no Bruno e na Alessandra. Além do mais, havia algo nele que era familiar, só não sabia ao certo o quê. Talvez fosse a cerveja fazendo efeito.

– Há... pode ser.

Ele sorriu e avisou à amiga que já voltava.

– Ah, esqueci de me apresentar. Meu nome é Tiago.

Assim que ouvi aquele nome, meu corpo inteiro endureceu, como se eu tivesse sido jogada no meio do espaço sem roupa de astronauta. Tudo ficou claro. A familiaridade que eu estava sentindo era por causa da sua voz. Por ele ter me chamado de "moça". Os olhos castanhos. O amigo grandão e a amiga pequenina. O papo amigável. O fato de não conhecer quase ninguém além de Nico só podia ser por se conhecerem do trabalho...

Não podia acreditar. Ele estava ali. O mesmo Tiago com quem passei o Dia dos Namorados inteiro conversando e que desligou na minha cara quando se encheu de mim. O mesmo Tiago que me fez acreditar que ele podia ter gostado de mim e que eu poderia superar o Bruno.

– Qual é o seu nome? – ele perguntou.

É claro que ele estava conversando normalmente comigo. Não sabia quem eu era. Eu havia dito para ele, num devaneio, que era ruiva.

Desgraçado. Nem devia mais lembrar de mim. Devia dar em cima de um monte de garotas ao mesmo tempo. Estava ali, pagando de bom moço, que cuida do amigo bêbado e diz que vai proteger uma menina que, na teoria, nem conhece... mas na verdade não tem colhão suficiente para recusar o convite da garota que se interessou por ele.

Queria dar um soco nele. Mandar Aurora expulsá-lo da festa. Mas não queria fazer cena, chamar atenção. Tive que pensar rápido, e acabei encontrando uma resolução mais fácil:

— Maria — respondi.

Não era uma mentira. Aquele era meu primeiro nome. Só que as únicas pessoas que me chamavam de Maria Cristina eram meus pais, e só quando estavam bravos comigo.

— Prazer, Maria. — Ele sorriu. Tive que sorrir também e concordar, mesmo que falsamente.

— Espera aqui um pouco? Eu só vou ao banheiro rapidinho.

— Claro.

Virei as costas e disparei para dentro pela porta de vidro. Minha cabeça estava dando voltas. Todas as lembranças que queria esquecer voltaram claras como água. Um papo descontraído com um cara bonitinho se transformou em um pesadelo por causa de um nome: Tiago.

Estava tão desnorteada no meio daquelas pessoas que só fui notar a presença do meu melhor amigo quando Aurora agarrou meus braços e me abraçou.

— Tininha! Onde você estava?!

— Na varanda — respondi, amarga.

— Que cara é essa, amor? — perguntou, e deu risada. É, o tal demônio já tinha dado efeito.

— Nada. — Realmente não queria falar sobre isso.

O problema era que agora o rosto de Tiago estava gravado na minha memória. Antes eu só conhecia sua voz, mas agora eu tinha visto a pessoa de carne e osso. E conversado com ele de novo. E novamente caído em seu papinho.

— Tá bom. Vamos dançar?

Olhei para o lado e percebi que estava bem perto do bar. Avistei uma garrafa de tequila ao lado de uma de absinto.

– Tenho uma ideia melhor… Vamos beber?

Os olhos amendoados e cheios de maquiagem de Aurora brilharam ao ouvir aquilo. Animadíssima, ela me puxou até o bar.

– Quero o Demonio de Caracas, por favor – pedi.

– O quê?! – Aurora gritou, de queixo caído. – O que aconteceu com "vou ficar só na cerveja"? – E levou as mãos à cintura.

O Tiago aconteceu.

– Fiquei a fim de beber – respondi, disfarçando meu incômodo.

O barman me entregou o shot e o acendeu com o maçarico. Me lembrei de todo o ritual e o repeti com facilidade.

Jesus Cristo. Aquilo queimava um milhão de vezes mais do que tequila. Agora entendia o nome daquela bebida: a sensação era do próprio capeta entrando no meu corpo. E ficou ainda pior. Quando enfiei o canudo no guardanapo e suguei aquele ar da bebida, minha garganta entrou em combustão. Comecei a suar e senti minha cara ficando vermelha. O demônio com certeza tinha me possuído. Precisei me apoiar no balcão para não cair depois daquele tiro de bazuca no meu fígado.

Aurora bateu palmas e beijou minhas bochechas, orgulhosa. Quando a sensação de fogo passou, senti minhas mãos formigando. Mas não era uma sensação ruim. Aurora tomou o shot dela e foi minha vez de aplaudir. De repente, começou a tocar "Applause", da Lady Gaga, e senti que era um sinal para irmos dançar. Demos as mãos e nos enfiamos no mar de gente até chegarmos ao grupinho de amigos em que Mário estava.

Na sequência de "Applause", veio uma música da Beyoncé e uma do Wesley Safadão. E então aconteceu o apagão. Não me lembro de nada que aconteceu dali em diante, com exceção de alguns flashes. Sei que em algum momento eu estava dançando sozinha numa rodinha de pessoas e caí tentando descer até o chão, e que tive dificuldade de fazer xixi por causa da saia.

A última coisa de que eu me lembrava daquela festa era de ficar cara a cara com Tiago, ouvi-lo falando "Tina?" e de vomitar Demonio de Caracas em seus sapatos.

6
Tiago

Estar sóbrio é uma droga

Eu não sabia o porquê, mas estava nervoso demais por causa daquela festa.

Na verdade, meio que sabia. Nico havia me convidado para seu aniversário apenas por educação, afinal nunca havíamos trocado mais de duas palavras um com o outro até aquela semana, depois de meses trabalhando juntos. Foi muito legal da parte dele, mas no fundo eu sabia que ele percebera a aura de fracasso que emanava de mim e me convidou por pena. O lado bom foi que ele mesmo disse que eu poderia levar um ou dois amigos para não me sentir deslocado.

E nessa festa aconteceu algo que eu jamais poderia imaginar que aconteceria.

O evento do Facebook dizia para levar trinta reais ou bebidas para compartilhar no bar. Lila e eu preferimos levar dinheiro, porque achamos que iria acabar valendo mais a pena, mas Antônio, que é do tipo que bebe até gasolina se estiver barata, viu uma promoção no supermercado de duas garrafas de Catuaba Selvagem por R$ 21,90 e não resistiu. E se você nunca provou Catuaba, é como se fosse um primo pobre do vinho. Eu sou do time da cerveja, mas não gosto de desperdiçar álcool, então fui tomando uns goles com ele. Lila também tomou um pouco, mas, de nós três, é a que menos gosta de bebidas doces. E Catuaba é uma bomba de açúcar e álcool.

No caminho até a festa, Antônio tomou sozinho quase setenta por cento de uma das garrafas, então já chegou um tanto alterado na casa – e que casa! Era branca e enorme, em Itanhangá, bairro que praticamente só tem casarão e condomínios chiques. Ainda na rua, podíamos ver que tinha dois andares, mas, quando nos aproximamos da entrada, nos deparamos com uma escada em espiral em um canto que levava para um andar subterrâneo, de onde vinham a música e o som de conversas.

Comigo e Lila garantindo que Antônio não iria cair naquelas escadas estreitas, descemos para a festa. Chegamos a um espaço aberto onde havia algumas pessoas fumando e conversando, depois entramos pela porta de vidro no salão fechado. Era um espaço grande, com luzes coloridas piscando, paredes cheias de pôsteres de filmes dos anos oitenta e de cantoras de música pop. Havia uma mesa de sinuca, uma de totó, um DJ com todos os equipamentos montados e um bar com dois caras preparando drinques. Entregamos a garrafa de Catuaba fechada para um deles. Lila e eu pedimos uma cerveja e Antônio pediu uma caipirinha e partimos para explorar o salão. Os dois procuravam um espaço para dançar e eu procurava algum rosto conhecido. Não havia nem sinal de Nico. Nem dele, nem da sua versão drag queen, que eu descobri por acaso quando cliquei em seu perfil para adicioná-lo no Facebook. Não tinha muito o que fazer além de dançar ou conversar. Pelo menos a música estava boa.

Depois de beber mais duas cervejas, comecei a me soltar. Nesse ponto, Antônio – que tomara mais uma caipirinha e um shot de tequila – já estava embriagado, dançando aos tropeços, mas cheio de energia e cantando muito animadamente as músicas que ele conhecia. Lila também estava mais animada depois de tomar um shot de tequila. Por enquanto, estava tudo normal, nada diferente das inúmeras saídas que tinha com meus amigos.

Mas a embriaguez de Antônio começou a sair um pouco do controle. Mesmo sendo um brutamontes troglodita, ele sempre teve jeito de chegar em garotas em festas. Dessa vez não seria diferente, então, no momento em que avistou uma menina de vestido vermelho brilhante, cabelo claro e comprido, não se conteve. Percebi seu olhar hipnotizado enquanto ela descia até o chão com a música "Bum Bum Tam Tam", do Mc Fioti. O que me surpreendeu foi que, depois que ela se levantou e cumprimentou a todos na rodinha ao redor dela, veio na minha direção.

– Tiago! Que bom que você veio!

Foi só quando ela se aproximou e me deu um abraço que pude perceber, pela voz e pela fisionomia, que era ninguém mais ninguém menos do que Nico, ou, no caso, Aurora. Uau!

Antes que eu pudesse apresentar Aurora aos meus amigos, Antônio já se aproximou e deu dois beijos em sua bochecha, com um sorriso bobo. Aurora deu risada. Mas como ela era a aniversariante e eu definitivamente não estava no topo de suas prioridades, ela acenou para nós, falou para curtirmos a festa e que iria voltar para a amiga dela. Até sugeriu que tomássemos uma bebida flamejante no bar, mas estremeci só de pensar no Antônio bebendo mais uma gota de álcool.

Passamos bastante tempo dançando – e bebendo –, até que Antônio chegou a um nível alcoólico de precisar de um sossega-leão. Bastou Lila e eu virarmos as costas por um minuto para jogarmos fora nossas latinhas de cerveja, e Antônio desapareceu da nossa vista. Rodamos o salão à procura dele, até que o encontramos ao lado de Aurora, dançando numa rodinha. A aniversariante também estava claramente embriagada, então os dois estavam meio em pé, meio tropeçando e falando tudo enrolado. Acontece que Antônio tem o dobro do tamanho de Aurora, e estava trôpego. Seria uma cena bem feia se ele caísse e levasse a aniversariante junto. Lila e eu decidimos interferir e, sob protestos de nosso melhor amigo, o levamos para a varanda.

Fomos xingados de vários nomes, porque Antônio insistiu que queria continuar dançando com a "mina gata de vermelho" e que nós dois o estávamos atrapalhando. Lila tentou explicar a ele que a "mina gata de vermelho" era uma drag queen, mas Antônio já estava tão nas nuvens naquela hora que nem deu atenção. Achamos melhor sentá-lo, antes que ele caísse no chão.

No banco mais próximo, havia uma garota sentada, sozinha, que chegou para o lado para que nós três pudéssemos caber ali.

Reparei melhor na menina quando a ouvi rir de alguma besteira que Antônio disse para mim. Seu cabelo castanho-claro era comprido, cacheado e bem cheio. Seus olhos e bochechas eram grandes. Era um pouco mais alta do que Lila e mais gordinha também. Acabei olhando para ela bem no momento em que ela olhou para mim, então desviei logo o olhar, sem jeito.

Sendo meu amigo o Neandertal inconveniente que era, ele se apoiou no ombro da garota para dormir, e essa foi a minha deixa para começar uma conversa, depois de livrá-la do peso-pesado. Ela era bem simpática e tinha um sorriso bonito. Como já havia me decepcionado o suficiente naquela semana e já não estava mais tão sóbrio, achei que seria a oportunidade perfeita para dar uns pegas numa garota bonita. Sugeri que fôssemos buscar uma bebida juntos antes mesmo de perguntar seu nome. Ela se apresentou como Maria e pediu que eu esperasse um pouco porque ia ao banheiro. Beleza.

Passaram-se cinco, dez, vinte minutos, quase meia hora e nada de a Maria voltar para a varanda. Será que a fila do banheiro estava tão grande assim? Será que ela tinha esquecido de mim? Será que preferiu entrar e ficar dançando do que ir beber comigo? Se este fosse o caso, não podia julgá-la, afinal eu era o amigo do ogro que se escorou nela para dormir. Vai que ela achou que eu era tão estranho quanto Antônio. Mas... tive a impressão de que ela havia gostado de mim. Aliás, ela me trazia uma sensação um pouco familiar, só não sabia o porquê.

— Lila, você pode ficar aqui com ele um pouco? – perguntei, me levantando e olhando para a porta de vidro.

— Ficar aqui? – Ela gemeu. – Não, vamos embora!

— Daqui a pouco. Pode ser? Queria entrar para encontrar a Maria.

— Ai, Tiago... — Ela jogou a cabeça para trás, depois ajeitou o ombro para continuar apoiando a cabeça de Antônio, que cochilava em cima dela. — Você quer muito?

— Por favooor, Lila... — pedi, juntando as mãos. — Juro que é rápido. Só vou tentar achá-la e ver se ela quer ficar comigo.

— Vocês homens, viu... — disse, sem paciência. — Só pensam em uma coisa mesmo. Anda, vai logo antes que eu mude de ideia.

— Obrigado! — Beijei os nós dos seus dedos com as unhas pintadas de roxo e saí dando passos largos até a porta de vidro.

A música ficou bem mais alta dentro do salão. Olhei em volta procurando aquela cabeleira cacheada, mas a princípio não a vi. Resolvi me enfiar no meio das pessoas, até que me deparei com uma galera em rodinha dançando – inclusive Aurora, já trêbada –, batendo palmas e apontando para o centro. Me aproximei da roda e vi que todos eles estavam gritando para Maria, que estava com as mãos nos joelhos e tentando, sem muito sucesso, fazer um quadradinho de oito com a bunda. Seus cabelos estavam bagunçados e ela estava toda suada, com as bochechas vermelhas e rindo à toa.

Está bêbada, óbvio.

Reconheci minha derrota e aceitei que uma garrafa de vodca ou seja lá o que ela tivesse bebido era uma companhia mais interessante do que a minha. Dei meia-volta, mas, antes que chegasse à varanda para buscar meus amigos para irmos embora, ouvi atrás de mim um baque e algumas pessoas exclamando e rindo. Quando me virei, percebi que Maria tinha caído de bunda no chão e que todos os seus amigos estavam bêbados demais para ajudá-la a se levantar. A própria Aurora tentou, mas estava rindo tanto que mal conseguia ficar em pé sozinha. Eu era o mais sóbrio naquele metro quadrado e lembrei da brincadeira que fizera sobre ser seu guarda-costas franzino, e me senti no dever de ajudá-la. Pedi licença para as pessoas na minha frente e estendi a mão para ela. Ela aceitou, mas puxou a mão assim que me viu e deu um passo para trás.

— Sai, embuste! Não quero você – disse, e pela sua voz esganiçada não tive mais nenhuma dúvida de que ela estava alterada.

Estranhei aquela reação agressiva, já que tínhamos nos dado tão bem antes, mas relevei. Talvez ela fosse do tipo que fica agressiva com todo mundo quando está bêbada. Lila é meio assim.

— Está tudo bem? Quer que eu pegue uma água ou...?

— Não. – Ela virou a cara. – Espera, preciso fazer xixi. Onde é o banheiro?

Presumi que estava perguntado para mim, já que eu era a pessoa mais próxima no momento, mas eu não fazia ideia. Olhei em volta e avistei, perto do bar, uma porta de onde uma menina havia acabado de sair secando as mãos na saia.

— Acho que é ali – falei, apontando na direção.

— Tá. – Ela se apoiou em mim e saiu cambaleando para onde apontei.

Olhei para trás na esperança de que alguém do grupinho fosse com ela, mas estavam todos bêbados – aliás, até mais do que Maria. Iriam acabar caindo feito peças de dominó.

Fui com ela até a porta, só para ter certeza de que ela não iria cair no caminho, mas a uma distância segura, para que ela não achasse que eu a estava seguindo – não que ela tivesse condições de perceber, já que estava se concentrando ao máximo em chegar ao banheiro inteira.

Esperei por alguns minutos do lado de fora, até que Maria abriu a porta, morrendo de rir.

— Tudo bem? – perguntei.

— Porra. Fazer xixi é difícil.

Ela saiu do banheiro levantando um pouco a saia longa para que não arrastasse no chão. Imaginei que ela havia tido dificuldade de manusear a saia longa naquele espaço pequeno. Nossa, eu estaria ferrado se fosse mulher. Já tropeçava nos meus próprios pés usando tênis, imagina se usasse salto alto, meia-calça, saia comprida, essas coisas. Maria e Aurora mereciam uma salva de palmas. Se fosse eu bêbado usando essas roupas, já teria caído e rasgado tudo.

– Maria, acho melhor você se sentar um pouco – sugeri, apontando com a cabeça para o recanto dos bêbados dorminhocos, popularmente conhecido como varanda.

Ela olhou para mim e seu riso frouxo deu lugar a uma tromba.

– E eu acho melhor você me deixar em paz.

Caramba. O que eu estava fazendo de tão errado? Será que tinha me tornado um daqueles caras chatos e insistentes de balada dos quais a Lila vivia reclamando? Não, não podia ser. Eu não estava tentando me aproveitar da Maria de maneira alguma. Na primeira vez que a vi, queria dar uns pegas nela? Queria, claro. Mas, naquele momento, eu realmente só queria ter certeza de que ela ficaria bem, porque, se dependesse de algum de seus amigos, ela poderia cair de cara no chão e acabar dormindo ali mesmo.

– Maria, eu só quero que você sente em algum lugar. Não quero te pegar nem nada do tipo.

– Vai à merda! – Ela me deu um tapa no braço. – Seu falso! Se um dia você pegar fogo e eu tiver uma jarra de água na mão, vou beber ela todinha!

Meu Deus! Realmente me enganei quando achei que ela estava interessada em mim. Assim como foi com a Carina. Nossa, eu era um lixo mesmo. Mas, mesmo levando patadas, não podia deixar a menina, alterada daquele jeito, dando voltas na pista. Minha consciência não permitia. Cedo ou tarde ela iria passar mal ou até perder a consciência.

– Eu sou um otário mesmo. Não precisa olhar na minha cara. Mas podemos só nos sentar ali na varanda? Aí prometo que te deixo em paz.

Ela hesitou um pouco. Devia estar ponderando na sua mente embriagada se valia a pena ou não. De repente, levou a mão à testa, seus olhos se fecharam e ela cambaleou para a frente.

– Tô meio tonta.

Estendi a mão para ela, mostrando que minha proposta ainda estava de pé. Ela acabou concordando, graças aos céus. Se apoiou em mim e eu a guiei para fora daquela pista de dança, onde havia bem menos gente, menos barulho e mais ar fresco. Ajudei Maria a se sentar no mesmo banco onde estavam Lila e Antônio.

– Que porra é essa, Tiago? – Lila arregalou os olhos ao ver Maria. – O que você deu para ela?!

– Nada, sua doente. Ela já estava assim quando a encontrei na pista.

Ajoelhei para ficar mais próximo do rosto de Maria, cujos olhos agora encaravam o vazio.

– Tô enjoada – ela disse baixinho.

Olhei para Antônio, adormecido e apoiado na parede. Imaginei que o corpinho magro de Lila não iria aguentar sustentar o peso dele por muito tempo, então aquela era uma solução melhor. Me levantei e cheguei mais perto da minha melhor amiga.

– Olha ela por um minutinho? Vou buscar água.

Lila me encarou com ódio.

– Você vai é sair para comprar cigarros, isso sim.

Ri de leve com aquele comentário.

– Dessa vez eu prometo que é rápido. Pode ser?

Lila bufou.

– Tá. Mas, Tiago, me promete uma coisa. Sossega um pouco o facho, ok? Com a Carina, a Tina, a Maria…

– Pode deixar. – Sorri com tristeza. – Já aceitei que vou ser o velho estranho que tem um monte de gatos.

O bar agora estava bem menos cheio. Imaginei que a galera mais animada já havia bebido tudo o que tinha direito e estava dançando, ou agarrando alguém, ou vomitando, ou morrendo em algum outro lugar. Em poucos minutos, busquei a água da Maria e voltei para a varanda. Para minha surpresa, nem ela nem Lila estavam mais no banco de madeira. Só Antônio, que dormia e roncava feito um bebê dinossauro.

Um grito vindo do outro lado do espaço aberto me chamou a atenção. Quando me virei, vi minha amiga arrancando com violência o celular da mão de Maria, que protestava e tentava pegá-lo de volta, mas sua coordenação motora não estava das melhores. Então, mesmo Lila sendo menor que ela, conseguiu manter o celular consigo.

– O que aconteceu?! – perguntei, correndo até as duas.

Lila estava soltando faísca pelos olhos. Era uma cena bizarra. Em pouquíssimo tempo as duas haviam levantado do banco, andado até o outro lado da varanda e, por algum motivo, brigado por um celular.

Como Lila era claramente a mais racional da história – tomar conta de tanta gente bêbada e sonolenta havia feito o álcool em seu sangue evaporar mais rápido –, ela me puxou pela camisa e falou, atordoada:

– Tiago, você precisa conversar urgente com ela.

– Por quê?! – Estava confuso e assustado ao mesmo tempo.

– Ela se levantou com o celular na mão, dizendo que precisava fazer uma ligação. Veio até aqui e ficou falando umas coisas sem sentido que nem ouvi, mas, do nada... – Ela franziu a testa. – Escutei ela falando seu nome. Ela falou barbaridades sobre você.

O quê? Ela não só havia me dado patadas ao vivo como quis ligar para alguém para falar mal de mim, um cara que conhecera havia pouquíssimo tempo e que não tinha feito nada de mal para ela? Com que tipo de louca eu estava me metendo?

– Achei muito esquisito e resolvi vir para cá para ouvir melhor – Lila continuou, séria. – Tiago, sabe o que eu escutei? – Seus olhos castanhos cravaram nos meus. – Ela estava falando para alguém que você desligou o telefone na cara dela no Dia dos Namorados.

Aquilo não fazia o menor sentido. Eu tinha acabado de conhecê-la! A garota estava delirando, só podia ser!

– Mas eu não liguei para ninguém no Dia dos Namorados! Só para a Carina, mas não desliguei na cara dela – argumentei. – Eu estava trabalhando nesse dia!

Lila cruzou os braços.

– Não ligou, Tiago. Mas alguém ligou para você. E você teve que desligar. Não lembra?

E de repente entendi tudo. Em minha defesa, não estava cem por cento sóbrio e estava usando toda a minha capacidade cerebral para cuidar de Maria, então não pude perceber o que estava logo abaixo do meu nariz. Por isso ela me era familiar. Não era um *déjà-vu*. Eu realmente já a conhecia.

Maria não estava com raiva de mim por nada. Me dei conta de que sua atitude mudara no momento em que falei meu nome. Como ela nunca havia me visto, finalmente associou meu rosto ao cara que trabalhava no NettyMe e que havia desligado na cara dela sem dar nenhuma explicação, depois de ter passado a noite inteira conversando com ela. Maria não sabia que meu chefe escroto me obrigara a desligar, mesmo sendo a última coisa que eu queria fazer.

Nada fazia muito sentido, pois eu tinha uma imagem completamente diferente dela na minha cabeça, mas não podia ser outra coisa. Perplexo, encarei Maria e perguntei, olhando no fundo de seus olhos:

– Tina?

Nesse momento, ela retribuiu o olhar com um misto de surpresa e desespero. Parecia que havia ficado sóbria do nada. Já que se apresentou como Maria, não devia esperar que eu descobrisse quem ela era. Ela tinha muito o que explicar, e eu também.

Infelizmente, aquele foi o pior momento para tantas descobertas. Além de serem muitas emoções tomando conta de nós dois, ela ainda estava bêbada e, pior, se sentindo mal. Bastou eu dizer seu nome para seu corpo falar no lugar de sua boca. Ela fincou as mãos no meu braço, cambaleou para a frente e colocou para fora tudo o que havia bebido. Ela até tentou virar o rosto para o lado, mas uma parte do vômito foi parar bem em cima dos meus tênis.

Então caiu desacordada em cima do meu peito.

7
Tina

A tequila, antes de matar, humilha

Eu nunca mais bebo uma gota de álcool na vida.

Essa frase, que provavelmente noventa por cento dos jovens brasileiros já disseram pelo menos uma vez, foi a primeira coisa que pensei quando acordei no dia seguinte à festa de aniversário de Nico. Senti minha cabeça pesando duas toneladas, tudo ao meu redor ainda girava um pouco e eu estava com um gosto nojento na boca. Só de lembrar daquele vapor alcoólico do tal Demonio de Caracas, senti uma náusea pesada.

Esfreguei os olhos e bocejei, repreendendo a mim mesma por ter sido tão idiota. Eu podia ter continuado bebendo a minha cerveja, mas não... precisei dar uma de louca e enfiar aquele drinque do capeta goela abaixo. Bem feito para mim. Pelo menos esse episódio serviria de lição para não fazer aquela idiotice outra vez.

Me espreguicei e passei a mão pelo meu macio edredom amarelo. Olhei em volta e agradeci silenciosamente a Deus, Buda, Alá e Thor por ter acordado sã e salva no meu quarto, e não em um beco escuro no meio do Itanhangá, sem um dente e com uma tatuagem na cara. Foi quando me dei conta de que não lembrava de absolutamente nada desde que vomitara em cima de Tiago na noite anterior. Não fazia ideia de como chegara em casa nem de como colocara o pijama.

Meus olhos ardiam. Tirei as lentes de contato, que haviam passado bem mais tempo no meu corpo do que o recomendado pelos oftalmologistas, pisquei algumas vezes e tateei minha mesa de cabeceira até encontrar meus óculos.

Depois de alguns minutos refletindo sobre as péssimas escolhas da minha vida, ouvi três batidas na porta.

— Pode entrar — falei, ouvindo pela primeira vez naquela manhã minha voz de quem acordou com a maior ressaca da vida.

A porta se abriu e minha irmã entrou no meu quarto. Em uma mão ela segurava um prato com o que parecia ser um misto quente e, na outra, minha caneca com o Homer Simpson estampado e um balãozinho de fala que dizia: "O papai chegou". Pela fumacinha que saía dela, presumi que estava cheia de café.

— Bom dia, flor do dia — ela disse, sentando-se na beira da minha cama e estendendo o café da manhã para mim. — Como você está?

— Respirando com a ajuda de aparelhos — resmunguei, me sentando.

— Imaginei. — Ela soltou um risinho. — Trouxe algo para você tomar.

Alessandra tirou do bolso do seu short jeans duas cartelas de remédio, um para dor de cabeça e outro para o fígado. Mesmo sendo tudo o que eu precisava no momento, franzi a testa só de imaginar que teria que ingerir qualquer coisa.

— O gosto é ruim, mas você vai melhorar — disse ela, percebendo minha careta ao tomar os comprimidos com o café.

Agradeci a ela e dei uma mordida no pão. Estava quentinho, o queijo derretido, e com manteiga nos dois lados, do jeito que eu gosto. Quase pude ouvir um coro de anjos cantando e parte da minha alma voltando ao meu corpo.

— Fiquei preocupada com você ontem — falou Alessandra, séria, porém calma. — Mal conseguia andar quando chegou em casa.

Bem, um dos mistérios estava resolvido. Alessandra foi quem abriu a porta para mim, trocou minha roupa e me colocou na cama. Mas ainda faltavam algumas peças para o quebra-cabeça estar completo.

Mas de repente pensei no pior e quase me engasguei com um pedaço de pão.

– Papai e mamãe me viram assim?!

Alessandra riu.

– Não, pode ficar tranquila. Eles estavam dormindo.

Soltei um longo suspiro de alívio. Meus pais iriam me matar se me vissem chegando naquele estado. E que bom que Bruno não estava dormindo lá também. Nunca mais ia conseguir olhar na cara dele.

– Alê...Como... como eu cheguei? – perguntei, sem jeito.

– Você não lembra? – Ela arregalou os olhos.

Neguei com a cabeça, envergonhada.

– Tina, não bebe mais assim, não. Imagina o que poderia ter acontecido!

Ela estava certa. Eu sabia que tinha sido um grande erro beber aquele negócio e que a noite poderia ter acabado bem pior do que foi.

– Sorte a sua que aquele menino te trouxe para casa.

Ergui uma sobrancelha e precisei apoiar o prato na mesinha de cabeceira.

– Que... menino?

Alessandra levou as mãos à cintura.

– Tina, Tina! – ela me repreendeu, mas de um jeito leve.

– Alê, eu já entendi que fiz cagada – falei, impaciente. – Pode só me falar quem veio me deixar aqui?

– Tudo bem. – Ela olhou fundo em meus olhos. – Foi um menino chamado Tiago.

Claro que tinha sido ele. Eu sabia que não ia ser tão fácil assim cortá-lo da minha vida. Ele já trabalhava com Nico, me encontrou na festa, me viu bêbada no meu pior estado e agora tinha conhecido Alessandra. Argh.

– Ele deixou o telefone e pediu para você mandar uma mensagem para ele. Disse que vocês precisavam conversar.

Fechei a cara.

– Não tenho nada para conversar com ele.

– Mas, Tina... Ele te trouxe até aqui! Foi um amor.

Não tinha argumento, senão teria que contar a ela a história toda.

– Ele parece bonzinho, mas é um falso.

Ela ergueu uma sobrancelha e, ao contrário do que imaginei que seria sua reação, soltou um risinho.

– O que foi? – perguntei.

– Ele falou que você provavelmente reagiria assim.

Cruzei os braços. Como assim? Quanto eles haviam conversado na madrugada enquanto eu quase entrava em coma alcoólico?!

Nem precisei perguntar, Alessandra pareceu ler meus pensamentos:

– Ele me contou tudo, Tina.

Eu não disse nada, mas meus olhos saltando das órbitas deixaram claro que estava bem surpresa. O que exatamente era "tudo"?

– Imagina a situação – ela continuou. – Quatro da manhã, eu acordo com a campainha tocando, abro a porta e vejo você bêbada, com uma cara de morte, andando com a ajuda de um garoto que eu nunca vi na vida! É claro que eu queria saber quem era o moleque!

Coitada. Deve ter levado um baita susto. Eu nunca havia bebido daquele jeito e voltado para casa em um estado tão deplorável. Normalmente eu dormia na casa de Nico quando ficava um pouco mais alegre nas festas. Eu teria um treco se visse Alessandra chegando em casa assim, ainda mais acompanhada de um desconhecido.

– Ele se apresentou e contou que não te beijou nem nada, só viu que você estava mal na festa e quis te trazer em casa, para ter certeza de que você ficaria bem.

Nossa... Odeio admitir, mas foi bem legal da parte dele. Tudo bem, minha casa era no caminho de Botafogo, bairro onde ele mora, mas mesmo assim ele se deu ao trabalho de me trazer até a porta e explicar a situação para a Alessandra não ficar preocupada.

Bom, educado ou não, eu ainda estava furiosa com ele.

— Ah. É, foi basicamente isso – respondi.

Alessandra me olhou como se eu fosse um esquilo escondendo uma noz na boca.

— O quê?

— Não é só isso e você sabe muito bem, madame. – Ela abriu um sorriso travesso.

Imediatamente senti minhas bochechas corando. Ai, não. Tiago havia contado *tudo* mesmo?! Se bem que não tinha como ele saber que eu era eu... Ah, espera. Tinha, sim. Ele descobriu de algum jeito que Maria e Tina eram a mesma pessoa. Eu não fazia ideia como, mas lembro de ele me chamar pelo meu apelido.

— Em defesa dele, ele só me contou o resto da história porque disse que só assim você voltaria a falar com ele.

Ah, é? Agora eu quero ver.

— Ele contou que vocês conversaram pelo atendimento do Netty-Me no Dia dos Namorados. Que você estava triste porque estava sozinha e ele te confortou. Vocês se deram superbem e ele do nada desligou a ligação.

Nada de novo sob o sol. Só relembrando o quanto eu fora iludida. E agora Alessandra sabia disso também. E provavelmente Bruno saberia logo, logo. Que ótimo.

— Pronto, agora você sabe tudo – respondi amargamente.

O sorriso dela continuou intacto.

— É, mas quem não sabe tudo é você.

— Como assim?

— Ele não desligou porque cansou de conversar com você, boba.

Meu coração acelerou.

— Não?

— Não! – Alessandra agora estava empolgada. – Foi porque o chefe dele mandou desligar! Ele disse que estava louco procurando você na internet, mas não encontrou! E por acaso vocês se viram na festa!

Meu queixo caiu no chão. Não dava para acreditar. Uma coisa tão simples assim. Pensando bem, fazia sentido. Eu havia dito a ele que era ruiva. E meu nome no Facebook estava como Maria Cristina. Se bobear, ele devia até ter encontrado meu perfil, mas descartou porque não era como eu havia dito a ele!

Como não pensei naquilo antes? Então eu não havia sido iludida, no final das contas? Ele tinha gostado de mim?

Quer dizer que nós ainda tínhamos uma chance de dar certo?

Ai, que merda. Dava para sentir minha cara se transformando em um tomate.

– Então você pode me fazer o favor de ligar para ele e encontrar esse menino? – Alessandra segurou meus ombros. – Não perde essa chance, não, irmãzinha!

Ela ficou um pouco empolgada demais e acabou falando muito alto, o que fez meus tímpanos sensíveis de ressaca chorarem.

– Toma um banho, volta a ser gente e fala com ele! – Ela apontou para o próprio celular e se levantou. – Vou te passar agora o telefone dele.

Alessandra estava radiante. Eu também estava, por dentro. Por fora estava fedida, enjoada, de cabelo em pé e ainda meio tonta. Mas foi reconfortante saber aquela informação.

Não pude evitar dar um sorriso quando ela fechou a porta. Tiago tinha gostado de mim. Cuidou de mim enquanto estava bêbada, mesmo eu sendo grossa e chata com ele – e tendo vomitado em seus sapatos... –, me trouxe em casa e se deu ao trabalho de explicar toda a história para Alessandra, para que eu falasse com ele!

Comi, tomei um banho e, apesar de revigorada, não posso dizer que me tornei cem por cento uma pessoa. A dor de cabeça e o enjoo não haviam passado completamente.

Abri o celular e encarei por alguns segundos o número do Tiago, que a Alessandra tinha me enviado.

Vai, Tina. Você consegue.

Respirei fundo, fechei os olhos e cliquei no botão de ligar. Cada toque era uma martelada no meu coração. Depois do terceiro, ele finalmente atendeu, e perdi completamente o fôlego só de ouvir seu alô.

– Oi... sou eu. Tina.

Apesar de já ter falado com ele antes, dessa vez foi um parto conseguir dizer uma frase. Claro, a situação era completamente diferente. Havia acabado de descobrir que Tiago realmente estava interessado em mim. Quer dizer, eu esperava que ainda estivesse, porque fiz tantas coisas ridículas na noite anterior que não iria culpá-lo se quisesse desistir de mim.

– Ah, oi! – ele respondeu, com mais animação. – Como você está?

– Há... parece que um caminhão me atropelou, mas, fora isso, estou ótima.

Ele riu. Era bom ouvir a voz dele outra vez. Agora que estava tudo bem.

– Que bom.

Mordi o lábio e tomei coragem para dizer o que era necessário:

– Tiago... eu queria me desculpar pelo jeito como tratei você ontem.

– Tudo bem, Tina. Você estava chateada, e com razão.

– É... mas minha irmã me contou, sabe... o que você falou para ela. Sobre o seu chefe.

– Ufa. Então agora você sabe, né? Que eu não desliguei de propósito.

– Sei. – Mordisquei a unha do polegar.

– E, em minha defesa, você dificultou um pouco meu trabalho de tentar te encontrar, moça – ele falou em um tom brincalhão.

Bem, aquilo era verdade. Eu menti para receber um elogio. Foi uma idiotice, admito. Felizmente, ele não pareceu irritado.

– É, dificultei mesmo. Foi mal.

– Não tem problema. Pelo menos eu consegui te achar, no final das contas.

– Isso aí.

A porta do meu quarto estava entreaberta. Lisa entrou e subiu na minha cama. Tiago não disse mais nada, então senti que aquele era o momento em que eu poderia consertar todas as coisas que deram errado entre a gente.

– Tiago... A gente pode começar de novo?

– Acho uma ótima ideia.

Suspirei de alívio.

– Você está de bobeira hoje? Podemos nos encontrar em algum lugar – ele sugeriu.

Olhei para baixo e vi minha cadela se encaixando entre minhas pernas cruzadas, abanando o rabo, e isso acabou me dando uma ideia, que eu falei meio sem pensar:

– Vou passear pelo calçadão da praia com a minha cadela. Quer me encontrar aqui? Você já sabe onde eu moro.

– Pode ser. Aproveitamos e tomamos um açaí. Que tal?

– Ótimo! – Tentei controlar o tom de voz, não queria parecer tão escandalosa. – Há, pode ser.

– Vai ser bom te ver sóbria e de boas dessa vez – ele disse, dando um risinho.

– E vai ser bom te ver sem querer te dar um soco – rebati.

Demos risada. Combinamos o horário e nos despedimos. Deixei meu celular de lado e dei um beijo na minha cachorra babona, que me encarava com cara de felicidade.

– As coisas estão começando a melhorar, Lisa!

Lisa deu um latido animado em resposta. Realmente parecia que agora tudo ia ficar bem. Eu ia encontrar o Tiago, nós deixaríamos todo aquele mal-entendido para trás e seguiríamos em frente numa boa.

Parecia bom demais para ser verdade.

* * *

Combinamos de nos encontrar às cinco da tarde, no quiosque que fica na direção do meu condomínio. Eu moro bem de frente para a praia e ao lado do metrô. É uma ótima localização. Alessandra vivia dizendo que eu deveria sair mais de casa para caminhar ou correr no calçadão com ela, mas a preguiça sempre falava mais alto.

Não queria mais fingir para o Tiago que era qualquer outra pessoa, então resolvi me arrumar como eu mesma. Nada de roupa que mostra a barriga, que empina a bunda etc. Coloquei um short jeans, uma blusa amarela de alcinhas, tênis e um colar com um pingente de apanhador de sonhos de que gostava muito. Pensei em botar as lentes novamente, mas senti meus olhos arderem só de pensar, então mantive os óculos. Apliquei uma maquiagem leve, mais com a intenção de esconder as olheiras de ressaca do que outra coisa, e estava pronta. Sem exageros. Autêntica.

Me despedi da Alessandra, que estava na sala e me desejou boa sorte. Já estava quase chegando na porta quando pisei no brócolis de plástico da Lisa. Foi quando me toquei de que estava esquecendo a parte principal daquela saída: minha cadela! Imagina combinar de passear com a cadela e aparecer sem ela? Tiago ia achar que eu era louca. Mais do que já achava.

Nas raras vezes que Lisa perdia a preguiça e se animava para passear, precisava ficar sempre na coleira, porque era muito distraída. Então mandei uma mensagem para o Tiago avisando que já estava indo. Presumi que ele estava no metrô e por isso não tinha me respondido de imediato.

Me sentei no quiosque do calçadão, pedi uma água de coco para mim e um copinho com água para Lisa. Eu batucava sem parar na mesa de plástico, olhando para os lados. A qualquer momento ele ia chegar. Eu já o havia visto antes, não devia estar tão nervosa!

Nos primeiros quinze minutos, não me preocupei com seu atraso. Afinal, ele estava vindo de Botafogo. O metrô podia estar demorando em algumas estações. Só que mais tempo foi se passando, e cada vez mais meu nervosismo aumentava, agora junto com a minha preocupação. Ele não tinha esquecido, tinha?

Eram cinco e trinta e seis quando finalmente Tiago deu sinal de vida. Mas não foi por mensagem, para que eu pudesse me preparar mentalmente. Levantei os olhos, que estavam fixos no celular, e vi que ele estava bem na minha frente. Usava uma bermuda vermelha, tênis e uma camiseta cinza com uma foto do Forrest Gump barbudo e cabeludo. O cabelo castanho estava mais arrumado, e não pude evitar imaginar que ele havia se penteado especialmente para me ver.

Estava feliz em vê-lo, mas ao mesmo tempo queria socá-lo. Uma coisa é você se atrasar uns dez, quinze minutinhos, outra coisa é se atrasar mais de meia hora! Até Lisa, que é extremamente paciente, já estava sem saco de esperar.

Pensei em fazer uma gracinha e perguntar de um jeito suave o motivo de ele ter demorado tanto, mas percebi que ele tinha uma expressão atordoada no rosto.

— Eu juro que não foi de propósito — disse Tiago, se sentando de frente para mim. — Eu tive um... pequeno imprevisto.

— Não, tudo bem. — Tudo bem nada. Era bom que ele tivesse uma explicação *bem* razoável. — O que aconteceu?

Tiago respirou fundo e olhou nos meus olhos. Estava sério e preocupado, o que me deixou um pouco apreensiva. Não parecia um motivo bobo, do tipo "estava cochilando e acabei perdendo a hora".

— Eu fui demitido, Tina.

Arregalei os olhos. Definitivamente não era assim que eu imaginava que esse primeiro encontro sóbrio aconteceria. Esperava um abraço e dois beijinhos na bochecha meio envergonhados, uma conversa leve e descontraída durante a tarde e, quem sabe, uns beijos na boca ao pôr do sol. Como proceder?!

— Por quê?! — perguntei.

Tiago mordeu o lábio e passou a mão nos cabelos, sem jeito. A sensação era de que ia dar uma notícia ainda pior.

— Não sei direito. Mas teve algo a ver com a sua ligação ontem à noite.

Como é que é? Minha ligação? Ontem? Como eu poderia ter qualquer coisa a ver com o trabalho dele? Só podia ser uma ligação muito comprometedora e para uma pessoa muito específica para ter dado uma merda daquele tamanho.

— Eu? — perguntei, incrédula. — Que ligação de ontem?!

Novamente a mesma cara de "vou te contar agora que seu cachorrinho foi atropelado".

– Minha amiga Lila até tirou o celular da sua mão. Não se lembra?

Passei quase um minuto em silêncio, tentando fazer as engrenagens do meu cérebro trabalharem melhor. Mas estava difícil. Eu lembrava da tontura, da vontade de vomitar, de rir como uma retardada por motivo nenhum e de apagar em cima de Tiago. Agora essa tal de Lila arrancando o celular da minha mão...

E de repente veio. Lila era a amiga de Tiago que ficou comigo enquanto ele saiu para buscar água para mim. Eu estava com raiva e querendo matar o Tiago pelo que eu achava que ele fizera comigo. Foi nesse momento em que me toquei que poderia me vingar do mesmo jeito que nos conhecemos.

Ligando para o NettyMe.

Estava tudo voltando à minha mente, e por um momento quase desejei que continuasse sem saber o que tinha feito.

– Serviço de atendimento NettyMe, Dora falando. Em que posso ajudar?

– Olá, NettyMe! – Minha própria voz embriagada ecoou no meu ouvido. *– Meu nome é Tina. Lembra de mim?*

– Hum... A senhora possui cadastro?

– Eu não acredito que não se lembram de mim! Ok, tudo bem, não importa. Dora, não é? Me diz uma coisa, Dora: você conhece um tal de Tiago, que trabalha aí com você?

– Hã... conheço.

– AH, QUE BOM! SABIA QUE ELE É UM BABACA?! – gritei, a pronúncia das palavras saindo tortas. – Você liga para o NettyMe, acha que eles vão resolver o seu problema, e o que eles fazem? Me pergunta o que eles fazem.

– O-o que eles fazem? – a pobrezinha perguntou, sem saber o que fazer. Não devia ter recebido treinamento para o caso de uma louca bêbada ligar e começar a bostejar pela boca.

– Eles te fazem se sentir um lixo! Um grande lixo, a própria caçamba de lixo! Um aterro a céu aberto!

– Senhora – ela disse, com um pouco mais de firmeza. – Pode me dizer qual foi o seu problema com nosso funcionário?

– O problema? Que bom que perguntou, Dora. Então vamos lá. Ele deu em cima de mim, sabia? Não que eu não tivesse gostado, porque eu gostei. Mas aí... ele foi escroto. Muito. Desligou na minha cara no Dia dos Namorados. Me fez chorar. Eu estou puta. Odeio ele. Dá um chute nele quando o vir, tá bom?

– Hã... Vamos anotar sua reclamação, senhora. Obrigada por seu contat...

E foi nesse momento que a amiga de Tiago arrancou o celular da minha mão.

Ai, meu Deus.
Ai, Jesus Cristo.
Tiago havia sido demitido e a culpa era cem por cento minha.

# 8

TIAGO

Pugs não gostam de gritaria

Sabe quando você está tão ansioso para encontrar alguém que, bem na hora em que vai sair, sente uma repentina vontade de ir ao banheiro? Pois é, de vez em quando isso acontece comigo. Por sorte, minha casa fica pertinho do metrô de Botafogo, então não teria tanto problema fazer um pit stop no banheiro antes de ir para a Barra da Tijuca.

Eu mal podia acreditar que naquele momento eu estava indo ver Tina Souza. A pessoa que eu conhecera pessoalmente na noite anterior, mas do pior jeito possível. Felizmente, conheci também sua irmã mais velha, Alessandra, que estava sóbria e escutou o meu lado da história. Senti meu coração dando um salto mortal quando ouvi Tina dizendo que queria me ver e começar de novo. Tudo parecia perfeito.

Mas é claro que eu, Tiago Vega, não posso ter as coisas tão fáceis assim. Quando tudo está feliz demais, é porque vem coisa ruim por aí. Mais especificamente o encosto do meu chefe, que gosta de infernizar a minha vida de todos os jeitos possíveis.

E dessa vez foi golpe baixo. Bastou eu caminhar para fora do metrô, já perto da casa de Tina, e recuperar o sinal do meu celular para ver duas ligações perdidas dele. Engoli em seco ao ler seu nome na tela.

Era só o que me faltava. O que aquela cria de Satanás queria comigo no *domingo*? Ele deveria queimar no domingo, que é dia santo.

– É irônico trabalhar atendendo telefonemas todos os dias, mas, quando é o seu telefone tocando, nunca atender, Vega.

Pelo amor de Deus, é domingo! Eu não sei nem o meu nome nesse dia! Nem hoje você consegue me deixar em paz?

Era o que eu adoraria ter respondido, mas eu não era idiota. Tinha que engolir suas grosserias, como sempre. Respirei fundo e falei calmamente:

– O senhor queria falar comigo, Seu Pacheco?

– Sim, só queria avisá-lo de uma coisa. Na segunda-feira, arrume suas coisas e limpe sua mesa.

– Há? – perguntei, confuso.

– Está demitido, Vega.

Meu queixo caiu no chão. Então, respondendo à minha pergunta anterior: não. Ele não iria me deixar em paz no domingo. Aliás, iria ferrar de vez a minha vida. Na porra-do-domingo.

– Por quê?! – Minha voz saiu um pouco esganiçada de nervoso. Me lembrou a época em que tinha treze anos. – O que eu fiz de errado?!

Ouvi uma risada sarcástica do outro lado da linha.

– Você sabe muito bem o que fez, Vega. E se não estiver lembrado, talvez sua amiguinha *Tina* – ele disse o nome em alto e bom tom, com uma pitada de desdém – o ajude a refrescar sua memória. Passar bem. – E desligou.

Fiquei um bom tempo em pé, parado, só olhando os trens passando com rapidez. Como assim eu havia sido demitido? E eu sabia o que tinha feito? E onde diabos a *Tina* entrava nessa história?

E a voz de Lila ecoou na minha cabeça, como se fosse minha própria consciência:

"Ela estava falando para alguém que você desligou o telefone na cara dela no Dia dos Namorados."

Era um *déjà-vu*. Um momento de felicidade extrema seguido da sensação de que meu mundo acabara de desabar. Por causa do meu chefe. De novo.

Ok, no fundo eu queria sair daquele emprego? Queria. Odiava ter que ir lá todos os dias e dar de cara com aquele velho imbecil? Com certeza. Mas eu não podia sair sem ter uma alternativa. Pelo menos ali eu ganhava meu dinheiro para pagar a faculdade. Caramba, o que meu pai iria dizer quando soubesse? Eu estava fodido. F-O-D-I-D-O.

Em meio a tantas dúvidas, angústias e vontade de estender os braços para cima na esperança de ser abduzido, deixei Tina me esperando por um tempão. Na verdade, não tinha ideia de como iria encará-la. Chegaria com uma cara de bunda, sem saber o que dizer, e muito menos como abordar a relação dela com a minha recente demissão.

Mas não adiantava nada ficar lá parado; subi as escadas da estação e fui caminhando até o quiosque onde combinamos de nos encontrar. Fui encarando o mar à minha esquerda no caminho, pedindo forças a Iemanjá e ao Aquaman.

Avistei-a sentada numa das mesas do quiosque, com uma expressão entediada. Até sua pug, enroscada nas suas pernas, parecia melancólica. Eu havia lhe dado um belo chá de cadeira e me sentia péssimo por isso. Mas tinha outras coisas para me preocupar no momento.

Acabei despejando logo de cara o que aconteceu, sem acusá-la, mas deixei claro que ela tinha algo a ver com aquilo e que eu queria entender o quê. A princípio ela estava chocada demais para tentar encontrar uma explicação, mas, depois de alguns segundos, pareceu que uma luz se acendeu em cima de sua cabeça. Ela se levantou, seus olhos castanhos dobraram de tamanho e ela franziu a testa.

– Eu preciso confessar uma coisa.

Me aproximei, curioso. Ela continuou a falar, mesmo hesitante:

– Eu liguei para o NettyMe. Enquanto estava bêbada. Na hora em que você foi buscar água para mim.

Era o que eu imaginava. Até ontem eu achava que ela tinha, sei lá, ligado para uma amiga ou algo do tipo.

– Tina... O que você falou?

Ela mordeu o lábio, depois contou tudo o que se lembrava. Falou um monte de besteira para a Dora, minha colega de trabalho, e obviamente o Pacheco ficou sabendo, afinal ele controlava tudo naquela unidade da empresa.

Tina levou as mãos ao rosto, tentando cobrir a vergonha.

– Tiago, me desculpa! Se eu soubesse que tudo era um mal-entendido, eu nunca teria feito isso! Eu estava fora de mim na hora!

Pisquei duas vezes. Precisava dar uma resposta. Mas o que eu iria dizer? Nem eu mesmo sabia como estava me sentindo naquele momento.

– Tina... – falei com a voz fraca. – Esse emprego era importante para mim.

Ela abaixou a cabeça.

– Eu sou uma idiota.

Passei a mão pelo queixo, depois pelo rosto e pelo cabelo. E foi quando a ficha caiu para mim. Eu estava puto. Irritado com tudo e com todos. Queria socar aquele velho desgraçado do Pacheco. Queria que Tina não tivesse tomado aquela porcaria de bebida endemoniada. Queria que ela tivesse um pouco mais de consideração por mim, mesmo na hora da raiva.

– Por favor, me perdoa – pediu.

Talvez devesse ter ficado calado, porque, quando comecei a falar, o sangue ferveu e perdi a razão.

– Agora você quer falar de perdão? Eu tenho que te perdoar na hora, mas quando é você que está com raiva, pode dar patada à vontade?!

Ela me encarou, estarrecida. O casal que estava na mesa ao lado também interrompeu a conversa e voltou a atenção para o meu ataque. E a cascata de ódio continuou a sair pela minha boca.

– Não passou pela sua cabeça que eu não desliguei na sua cara de propósito naquela noite? Que eu estava fazendo a porra do meu trabalho e alguma coisa me obrigou a desligar? E, mesmo se eu tivesse desligado de propósito, você tem noção do estrago que causou com sua vingancinha?!

As narinas dela inflaram. Ela estava incomodada, com razão, afinal eu estava passando um pouco dos limites gritando daquele jeito. Acabei descontando nela a raiva acumulada de tanto tempo engolindo sapo do meu chefe.

Mas ela não deixou barato.

– Você viu que eu estava bêbada naquela noite! – Ela elevou o tom de voz também. – Acha que teria feito isso se estivesse raciocinando direito e se soubesse que iria te prejudicar assim?!

– Ah, sei. – Cruzei os braços. – Você tinha sete bilhões de pessoas no mundo inteiro para ligar e descontar sua raiva, mas quis falar mal de mim para a empresa onde eu trabalho! Como isso poderia dar errado, não é mesmo? – falei com ironia.

– Não fala comigo como se eu fosse burra! – Ela bateu o pé com força no chão. Nesse ponto, já éramos a atração do quiosque inteiro. – Eu já entendi que fiz besteira, mas foi sem querer!

– É, princesa, bem-vinda ao mundo real! Não vai ter ninguém para passar a mão na sua cabeça quando você errar!

– Eu não preciso de lição de moral sua! – Seu dedo indicador agora estava a alguns centímetros do meu rosto.

– Quem sabe assim você deixa de ser egoísta! – Cada vez que rebatia o que ela dizia, eu ia gritando mais alto. Logo ia ficar rouco.

– Você é um grosseiro estúpido! Esse seu ataque está assustando a minha cachorra!

Olhei na direção para a qual Tina apontou e, em vez de entreter os xeretas ao redor com mais uma resposta malcriada, perguntei em um tom ameno:

– Que cachorra?

Ela estranhou minha reação e abaixou o rosto. Sua expressão raivosa se esvaiu em um segundo, e ela foi tomada pelo pânico.

– LISA!

Realmente a pug estava lá quando cheguei, mas não reparei mais nela depois que comecei a gritar. Tina também não, por razões óbvias. A bichinha devia ter se assustado e saído de perto.

Tina correu em volta do quiosque, perguntando a todos se haviam visto uma pug gorducha, mas as pessoas estavam muito ocupadas com a novela mexicana ao vivo para reparar em cachorrinhos assustados. Tina se voltou para mim, com o rosto vermelho e uma veia pulsando em sua testa.

– A culpa é sua!

Ergui uma sobrancelha.

– Minha?!

– Você começou a gritar e a assustou! Ela não gosta de ouvir gente gritando, tem medo!

Minha sobrancelha continuou arqueada, como se tivesse sido fisgada por um anzol.

– Você não estava falando baixinho também não, viu, moça?

Ela grunhiu de frustração e chutou a mesa de plástico. Depois suspirou e baixou a cabeça. Percebi que aquele não era o melhor momento para continuar a discussão. Aliás, não precisávamos discutir mais. Eu já havia dito tudo o que queria, e ela também.

Tina tirou uma nota de cinco reais do bolso e colocou em cima da mesa. Depois se virou para mim, tensa:

– Eu juro que não queria que te demitissem. Mas eu não vou ficar me explicando mais. Preciso encontrar a Lisa. – Ela torceu o nariz, chateada. – Tchau, Tiago.

Ela passou por mim e saiu andando em direção ao quiosque seguinte. Fiquei alguns segundos parado, encarando seus cabelos cacheados balançando com o vento. Definitivamente aquele não foi o primeiro encontro que imaginei que teria com ela. Eu ia mesmo virar o tiozinho dos gatos.

De repente, um baque seguido de um grunhido me fez despertar do estado de transe em que estava. Virei para trás e percebi que um senhor que aparentava ter uns setenta e poucos anos havia escorregado e tentava se levantar se segurando na mesa de plástico. Como eu era a pessoa mais próxima, corri para ajudá-lo, apoiando seu braço no meu ombro.

– Muito obrigado – disse o senhor, envergonhado. – Esse chão de pedrinhas...

– Imagina. O senhor está bem? – perguntei.

– Sim, sim. Desculpa, meu filho, mas não pude evitar ouvir a discussão.

Encarei o chão, encabulado. Claro que ele tinha escutado a briga. Assim como todos naquele quiosque. Que vergonha.

– Desculpe, não era para ter tomado essa proporção.

Ajudei-o a se sentar na cadeira de plástico e ele pegou o suco de melancia meio tomado que estava em cima da mesa. Deu umas mexidinhas com o canudo e voltou a beber.

– Acontece. Eu e minha Odete discutíamos muito quando éramos mais jovens.

Senti minhas orelhas ficando quentes. Tina não era minha do jeito que ele estava falando. Eu gostaria que fosse? Até meia hora atrás, sim. Agora já não sabia. Minha cabeça estava confusa.

– Deixa eu te perguntar uma coisa. – Ele colocou a mão no meu cotovelo. – Você gosta dessa mocinha?

Olhei nos olhos dele, que pareciam três vezes maiores atrás das lentes grossas dos óculos.

Não respondi. Não sabia o que responder. Era muita coisa acontecendo ao mesmo tempo. Minha demissão, a discussão com ela, o sumiço da cadela, um estranho que assistiu à briga vindo me abordar... não estava mais raciocinando direito.

– Vai atrás dela – ele disse, como se estivesse lendo meus pensamentos. – Se não for, vai se arrepender depois.

Dito isso, ele voltou para seu suco de melancia e apoiou os pés na cadeira de plástico vazia à sua frente.

Será que eu iria me arrepender mesmo? Pensei em Carina, em todas as vezes que corri atrás dela e acabei quebrando a cara. Tinha medo de passar por aquilo novamente. Mas, ao mesmo tempo, ver Tina se afastando de mim me incomodou mais do que eu achava que iria incomodar. Não fazia muito tempo que eu a conhecia, a primeira vez que nos encontramos foi desastrosa, e a segunda, ainda pior. Mas havia alguma coisa nela que me fazia não querer desistir assim. Lembrei da nossa conversa pelo atendimento do NettyMe, que durou horas. Havia muito tempo que não me sentia tão bem quanto me senti naquela noite.

Agradeci ao senhor pelo empurrão necessário e disparei na direção do outro quiosque.

– Tina! Espera!

Não sei se ela não me ouviu ou se fingiu que não me ouviu, mas precisei dar uma boa corrida para alcançá-la depois de uns dois quiosques.

– Deixa eu te ajudar – falei, finalmente chamando sua atenção.

Tina fez uma careta.

– Você já fez o suficiente.

Respirei fundo, porque realmente não queria voltar a discutir com ela. Virei as costas, me afastei um pouco e comecei a perguntar para as pessoas ao redor se haviam visto a cadela passando. Nenhuma resposta positiva. Tina estava ficando cada vez mais estressada e com medo de não achar sua cachorrinha. Fiquei com pena. Nunca tive um animal de estimação, mas, na noite em que conversamos, Tina deixara bem claro que Lisa era como uma filha para ela. Isso a devia estar matando.

Sugeri que voltássemos e procurássemos nos quiosques do outro lado do condomínio dela. Ela concordou. Não falamos nada um com o outro durante a busca. O único som que saía das nossas bocas era quando gritávamos o nome de Lisa.

Já estava escurecendo e os postes de luz da orla começaram a acender. Tina andava na minha frente, mais pálida do que o normal. Mil coisas deviam estar passando na cabeça dela.

Pensando bem, eu realmente havia sido grosseiro. E fui eu quem começou a gritar com ela. Talvez a culpa daquilo fosse mesmo minha.

Olhei para o lado e vi vários carros passando em alta velocidade. Senti um calafrio ao imaginar que a cadela pudesse ter corrido para aquela direção e sido atingida por um deles. Sacudi a cabeça e tentei afastar aquele pensamento. Nunca iria me perdoar, e Tina com certeza iria comer o meu esôfago.

Passamos quase duas horas procurando, e nada da Lisa aparecer. Andamos tanto em círculos, indo e voltando dos quiosques, que estava me sentindo cansado. Ela também estava, porque eu conseguia ver seu peito subindo e descendo mais rápido do que o normal.

Como se uma válvula tivesse sido desligada no corpo, ela de repente parou e se sentou no meio-fio, entre o calçadão e a ciclovia. Mordeu o lábio, juntou os joelhos e abaixou a cabeça.

Estava chorando. Ou se segurando muito para não chorar.

Como nada que eu dissesse a faria se sentir melhor, apenas me sentei ao seu lado, mudo. Ficamos um tempo em silêncio, só ouvindo as bicicletas e pessoas correndo na nossa frente.

– Nós a resgatamos – ela quebrou o gelo, encarando o vazio.

Olhei para ela, mas não respondi.

– Quatro anos atrás, nós adotamos a Lisa. – A voz dela era baixa e trêmula. – Ela vivia sozinha na antiga casa. Os donos não estavam nem aí pra ela. Nem a alimentavam direito. Quando a vi pela primeira vez, ela era desse tamanho. – Ela estendeu as mãos, com um palmo de distância entre elas. – E chorava tanto. Tremia. Morria de medo. Não tinha ninguém.

– Nossa. – Foi tudo o que consegui dizer.

– É. – Ela deu uma fungada. – Quando ela foi lá para casa, se transformou em outro cachorro. Vivia alegre, correndo, babando pela casa toda. Levou um tempo para se adaptar, sabe? – Ela deu um risinho triste. – Fazia cocô e xixi em tudo quanto era lugar, menos no jornalzinho. E mesmo assim... – A voz dela falhou. – Mesmo sendo bagunceira, babona, comendo o dobro do que deveria, ela está sempre lá quando eu preciso. Quando falei com você pela primeira vez, disse que me sentia sozinha, lembra?

Assenti com a cabeça.

— Mas eu nunca estive sozinha de verdade. Tenho Alessandra, Nico, meus pais... e Lisa. Ela que nunca teve ninguém até nos conhecer. Eu reclamo tanto, não sei dar valor ao que é realmente importante para mim.

E, pela primeira vez desde que começamos a procurar Lisa, Tina olhou nos meus olhos.

— Me desculpe por ter feito você ser demitido. Eu realmente fui egoísta.

Abri um pequeno sorriso, para reconfortá-la.

— Relaxa. Eu também não devia ter gritado. Estava com tanta raiva do meu chefe que acabei descontando tudo em você. Desculpa. A gente erra mesmo, faz parte da vida. Eu sei que você não fez por mal.

O queixo dela tremeu.

— Só não queria que perceber isso me custasse a Lisa.

— Ei, ela vai aparecer. Tenho certeza.

— Como? Já procuramos por um tempão e nada de encontrá-la.

Nesse momento, agi por impulso. Cheguei mais perto dela e a envolvi com os braços. Estava me matando ver Tina tão triste, ainda mais depois de ela se abrir para mim e se mostrar totalmente vulnerável. Confesso que eu também estava. Estava cansado de discussão, estresse, de engolir desaforo. Eu podia ajudá-la e ela podia me ajudar.

— A gente se encontrou no lugar mais improvável do mundo — falei baixinho. — Talvez o seu reencontro com sua cadela seja assim também.

Mesmo não vendo seu rosto — que estava afundado no meu peito —, tive a impressão de que ela estava sorrindo. Ela suspirou e envolveu minhas costas com os braços. E ficamos assim, abraçados, sem falar nada, sentados no meio-fio.

— Obrigada, Tiago. — Ouvi sua voz abafada falando. — Por me ajudar de novo.

— Tô aqui para resolver os seus problemas, moça. — Fiz carinho em seu cabelo.

Não ia adiantar nada ficarmos lá sentados para sempre. Era hora de levantar e continuar procurando a pug. Me desvencilhei dela, pronto para me levantar, mas algo me prendeu no meio-fio.

Tina me olhava fundo nos olhos. Seu rosto estava um pouco vermelho, suas bochechas grandes, molhadas e seu cabelo, rebelde, mas ela nunca pareceu mais bonita do que naquele momento.

Eu queria beijá-la. Mais do que tudo. Quer dizer, queria recuperar o meu emprego, queria que meu pai não arrancasse meu couro quando eu chegasse em casa e queria que encontrássemos a cachorra o quanto antes, mas beijá-la estava nessa lista de coisas que eu queria muito. E parecia que estava na lista dela também.

Quando dei por mim, ela já estava se aproximando e mirando em meus lábios. Saquei a mensagem e, tentando não parecer tão animado, fiz o mesmo. Nada poderia nos atrapalhar agora.

Exceto uma coisa.

Um latido.

Arregalei os olhos, e Tina também. Ela olhou por cima do meu ombro e seu rosto se encheu de alegria. Me virei e vi o mesmo senhor que me aconselhara, mas agora ele estava acompanhado de uma mulher. Ela tinha os cabelos prateados presos em um rabo de cavalo e usava um vestido azul-escuro de mangas curtas. Devia ser alguns anos mais nova que ele. Assumi que era a tal Odete de quem ele me falara. No colo dela estava a pug gorducha, abanando o rabo e com a língua de fora.

– LISA! – Tina gritou e estendeu os braços.

A cachorrinha reconheceu sua dona imediatamente e correu até ela. Tina a abraçou com tanta força que quase transformou a coitada em geleia.

– Estávamos procurando vocês por toda parte – disse o senhor. – Encontramos a cadela na frente da minha loja, encarando os pôsteres.

Olhamos na direção de onde o senhor apontou. Era um centro comercial com algumas lojinhas do outro lado da rua. Então, sim, a cachorra tinha atravessado a avenida cheia de carros. Bem, ninguém se machucou, certo?

Tina beijou cada centímetro da cabeça amassada de Lisa.

— Muito obrigada!

— Sua cachorrinha é muito inteligente — comentou a senhora. — Já vimos vocês passeando perto da loja do meu marido algumas vezes.

— Que loja é? — perguntou Tina. — Sempre vou lá porque tem a padaria, uma farmácia...

— Fica bem ao lado. Abri há pouco tempo — respondeu o senhor. — É uma loja de informática.

— Claro! — Tina estalou os dedos. — Seu Júlio! Já fui lá uma vez comprar uma peça para o meu computador! Desculpe por não lembrar de você na hora, foi a correria... E a senhora, me desculpe também, mas não me lembro de tê-la visto...

Os dois riram.

— Não se preocupe, querida. Quem cuida do negócio é meu marido mesmo. Eu vou lá só algumas vezes, mais aos fins de semana. Sou Odete, muito prazer.

— Muito prazer — Tina e eu respondemos em uníssono.

— Só de curiosidade — falei. — Que tipo de pôsteres vocês têm numa loja de informática?

— De todo tipo de filme — respondeu Seu Júlio. — Somos apaixonados por cinema.

— E que pôster ela estava encarando?

— O dos *Simpsons*, se não me engano.

Troquei um olhar involuntário com Tina, seguido de um risinho. Realmente, ela não poderia ter escolhido um nome melhor para sua cadela. Agradecemos novamente ao casal e os dois seguiram seu caminho. Dona e cachorra haviam sido reunidas novamente. Agora estava tudo bem. Quer dizer... quase tudo, o meu principal problema ainda não havia sido resolvido.

— Tina... — falei, murchando. — Acho melhor eu ir. Preciso conversar com o meu pai sobre o que aconteceu e tal.

Ela me olhou com pena. Lisa, ainda em seu colo, também me olhava com a mesma expressão, com seus olhos enormes.

Mas de repente Tina agarrou meu braço. Pareceu mudar da água para o vinho.

– Espera. Não conta para o seu pai ainda.

– Por quê?

Parecia que ela havia acabado de perceber que tinha uma carta na manga.

– Ainda tem um jeito de você recuperar o seu emprego.

Eu não fazia a menor ideia de qual era o seu plano, mas definitivamente estava interessado nele. Ela sorriu e disse, convicta:

– Vamos falar com o Nico!

9
TINA

O mundo é um ovo de codorna

Eu deveria ganhar um prêmio por aguentar tanto estresse em um espaço tão curto de tempo. E detalhe: enquanto ainda me curava de uma ressaca terrível.

O encontro com Tiago não foi absolutamente *nada* do que eu esperava que seria. Ele foi demitido por minha causa, discutimos feio por conta disso e acabamos assustando minha cadela, que fugiu desesperada e só foi aparecer umas duas horas depois, graças à Dona Odete e ao Seu Júlio.

Mas essa confusão acabou bem, no final das contas. Minha cadela poderia ter sido atropelada pelos mil carros que passam em alta velocidade pela rua, mas o anjo da guarda canino tomou conta dela e, felizmente, Lisa saiu ilesa. Tiago e eu nos acertamos, e num momento de desespero acabei abrindo meu coração. Ele se desculpou por sua atitude também e o clima ficou ameno entre nós. Aliás, depois que nos abraçamos e ficamos nos encarando por alguns segundos, a minha vontade era de agarrá-lo.

Só que nem tudo estava resolvido. Tiago havia sido demitido com requintes de crueldade pelo chefe idiota que leva a sério o que uma universitária embriagada diz. Tudo bem, eu fui a principal culpada da história, mas o que custava ele simplesmente ignorar o meu depoimento? Não precisava ter descontado no Tiago!

Felizmente, havia uma possível solução para aquela história. Não podia esquecer que meu melhor amigo trabalhava na mesma empresa e respondia para o mesmo chefe. A diferença entre os dois é que Nico é uma pessoa mais... agradável no ambiente de trabalho. Desculpe, Tiago. Mas é a verdade. Já escutei histórias de Nico sobre o dia a dia dele no NettyMe que provam que ele tem certo poder de persuasão e se dá bem com todos a seu redor. Poderia funcionar, não?

Consegui convencer Tiago a passarmos no Nico. Era o mínimo que meu amigo poderia fazer por mim, depois de ter inventado aquele drinque do demônio que causou toda essa confusão.

A casa de Nico não era longe da minha, ficava a uns dez minutos de ônibus. Assim que chegamos, fui recebida com um abraço caloroso da Tia Inés, sua mãe. Sua pele era morena como a de Nico, ela era alta e forte, e tinha um cabelão preto e ondulado que ia até a cintura. Era uma fofa e como uma mãe postiça para mim, além de fazer o melhor feijão do mundo.

– Quem é esse, Tina? – perguntou, olhando para Tiago. – Seu namorado?

Senti minhas bochechas queimando e percebi que Tiago ficara meio desconfortável com a pergunta.

Não, tia. É o cara que me salvou de um coma alcoólico que seu filhinho quase causou.

– Meu amigo – respondi, sem graça.

Tia Inés não pareceu se importar com a situação e logo mudou de assunto. Disse que Nico estava em seu quarto e não havia saído de lá o dia inteiro. Coitado. Se eu ainda me sentia um pouquinho indisposta, ele devia estar sentindo como se tivesse sido atropelado por um trem.

Deixei Lisa na cozinha, onde ficava o cachorro deles, um vira-lata médio e cinza chamado Pepe. Os dois se davam bem, volta e meia

Nico e eu os levávamos para passear juntos. Tudo o que Lisa tinha de agitada e bobona, Pepe tinha de classudo e calmo, então era um bom contraste. Pedimos licença à Tia Inés e andamos até o final do corredor.

– Nico? Posso entrar? – perguntei, batendo duas vezes na porta de seu quarto.

– Pode. – Ouvi sua voz fraca vindo de dentro do quarto.

Abri a porta e me deparei com meu melhor amigo deitado na cama, vestindo um roupão azul-claro e com uma toalha molhada cobrindo os olhos. Somente o abajur na mesa de cabeceira estava aceso, e uma trilha sonora genérica de spa, que ele provavelmente encontrou em uma playlist aleatória, tocava baixinho ao fundo. Ele realmente devia estar péssimo. Tinha um fígado resistente, mas acho que nem o próprio Dionísio conseguiria ficar ileso depois daquela coisa flamejante.

– Oi… – falei, me aproximando do templo budista improvisado de Nico. – Como você passou o dia?

Nico respirou fundo, buscando forças para me responder, e disse:

– Do mesmo jeito que vim ao mundo. Chorando.

– Eu me sinto assim todos os dias quando chego em casa do trabalho – Tiago comentou.

Nico estranhou aquela terceira voz no ambiente e tirou a toalha dos olhos. Opa. Eu provavelmente devia ter avisado que não estávamos só nós dois lá. Quando viu Tiago, Nico tomou um susto e se sentou de pernas cruzadas na cama, garantindo que o roupão não estava deixando nada à mostra.

– Ah, o Tiago está aqui também. Surpresa. – Dei um risinho amarelo.

– Não sabia que um dos sintomas da ressaca era ter alucinações. – Ele esfregou os olhos. – Ou isso, ou você tem algo a me contar. – E me lançou um olhar curioso.

– É… meio que tenho. – Encarei meus tênis, envergonhada.

Nico ficou alternando seu olhar entre mim e Tiago, como se estivesse tentando desvendar um crime. Ele logo abriu um sorriso e perguntou:

– Vocês se pegaram na minha festa?

Novamente a queimação nas bochechas veio com tudo. Não falei nada e Tiago ficou balbuciando, tentando explicar que era uma longa história. Nico achou graça da nossa reação.

– Ok, podem por favor me explicar o que minha melhor amiga e o Grinch do SAC do NettyMe fazem aqui, juntos?

– Grinch? – Tiago perguntou, franzindo a testa. – Eu sou mesmo tão mal-humorado assim?

Nico riu e deu de ombros.

– Precisamos da sua ajuda – falei, me sentando na beirada da cama. – Tiago foi demitido.

– Demitido? – Nico perguntou, surpreso. – Por quê? Ele pode ser mal-humorado... às vezes um pouco devagar... e meio antissocial...

– Ele sabe que eu estou aqui, não sabe? – Tiago cochichou para mim.

– Mas... – Nico continuou. – Nunca o vi fazer nada de errado.

Pigarreei.

– Há, sobre isso... Meio que foi culpa minha.

Nico me encarou como se eu estivesse falando em japonês.

– Ok, vocês estão me deixando cada vez mais confuso – Nico reclamou, massageando as têmporas. – Dá para me explicarem direito como vocês se conhecem e como tudo isso aconteceu?

Tiago e eu nos entreolhamos.

– Ele é seu melhor amigo, então você quem sabe – disse ele, tímido. Ele havia se aproximado também, mas não se sentia à vontade o suficiente para se sentar ao meu lado na cama.

Mordi o lábio.

– Conta, Tina! – Nico me cutucou.

Eu seria uma péssima melhor amiga se não contasse. Mesmo morrendo de vergonha por tudo o que fiz envolvendo o Tiago, sabia que Nico era a última pessoa no mundo que iria me julgar. Além do mais, eu contava tudo para ele. Tudinho mesmo.

E foi o que eu fiz. Contei a história de nós dois, desde o início. Desde quando liguei para o NettyMe pela primeira vez, até encontrarmos Lisa algumas horas antes. Quando terminei o depoimento, Nico passou alguns segundos digerindo a informação. Depois de assimilar tudo, soltou:

— Sua ridícula!

Tiago tomou um susto com aquela reação. Sinceramente, não foi diferente do que eu esperava.

— Não acredito que a *sua irmã* — ele deu uma ênfase às duas palavras — ficou sabendo dessa história antes de mim! — Ele cruzou os braços, emburrado. — Então, aquele menino babaca que você conheceu e sobre quem não queria comentar nada no outro dia era ele? — Ele apontou para Tiago, que desviou o olhar, completamente sem graça.

— Eu estava com raiva naquele dia, me sentia muito humilhada por você conhecê-lo. Você ia lembrar todos os dias de como sua amiga tinha sido trouxa — tentei me explicar.

— Não é desculpa. — Ele torceu o nariz.

— Eu sei que não é. Mas perdoa a sua amiga que só faz besteira e ajuda a gente, por favor? — Fiz beicinho.

Ele manteve a mesma pose.

— Eu quero algo em troca.

— O que quiser.

Ele olhou para Tiago e fez sinal para que ele se aproximasse. Sem saber como recusar, Tiago chegou mais perto.

— Quero o telefone daquele seu amigo grandão.

— Há, tá bom. — Tiago tirou o telefone do bolso. — Mas ele é... há... hétero.

Nico deu um riso debochado.

— Eu sei identificar um hétero. — Ele encarou Tiago de cima a baixo. — E aquele seu amigo não é, só não descobriu ainda.

Fiquei com vontade de rir, mas me controlei. Se o tal amigo grandão era quem eu estava pensando, aquele que ficou trêbado e cochilou no meu ombro, ele era um tipo completamente diferente dos caras que Nico costumava namorar. Ele sempre gostou dos mais certinhos, quietos e bem arrumados, três coisas que o amigo de Tiago com certeza não era.

– Talvez o Antônio quebre meus ossos por causa disso, mas dane-se. – Tiago mostrou o número para Nico, que anotou no próprio celular.

– Muito obrigado – ele disse, satisfeito. – Agora tá. Vamos pensar em como recuperar o seu emprego.

– Você não consegue conversar com o seu chefe? – perguntei, apostando no carisma, unicidade, coragem e talento de Nico para piscar seus cílios enormes e convencer o tal chefe a devolver o emprego do Tiago.

Nico fez uma careta.

– Acho difícil, Tininha. Nesse ponto, Tiago tem razão. O Pacheco é bem escroto mesmo.

– Mas ele nem conversa com os funcionários?

– Ele só fala com a gente quando é para dar esporro – comentou Tiago, amargurado. – E ele não gosta de ninguém. Tipo, ninguém mesmo. Se a Madre Teresa de Calcutá tentasse abraçá-lo, ele provavelmente a faria tropeçar antes.

Eu já o detestava sem nem mesmo conhecê-lo. Devia ter dito umas verdades para ele também enquanto estava bêbada.

– Mas, de qualquer forma, posso falar com ele, tentar derreter aquele iceberg que ele chama de coração.

– Como se ele tivesse um coração – Tiago comentou, revirando os olhos.

– Ele tem que gostar de alguma coisa! – respondi. – Não é possível que vocês trabalhem com ele há tanto tempo e não saibam uma maneira de agradá-lo.

Tiago deu de ombros.

– Eu não socializo com ninguém. Sou o Grinch, lembra?

Olhei para Nico, que estava com a mão no queixo, pensativo.

– Talvez na internet a gente consiga achar algo sobre ele.

Aquela até que era uma boa ideia. Pela descrição que os dois fizeram, o tal do Pacheco não devia ser do tipo que compartilha muita coisa da sua vida pessoal nas redes sociais, mas, hoje em dia, quem não tem pelo menos uma informaçãozinha na internet?

Nico pegou seu laptop na mesa ao lado de sua cama, abriu-o e entrou no Facebook. Digitou na barra de pesquisa "Carlos Alberto Pacheco", e um monte de homens com esse nome pipocaram na tela.

– Como é a aparência dele? – perguntei, enquanto via Nico descendo a barra do computador, procurando pelo chefe.

– Velho, feio e mal-encarado – Nico respondeu, não tirando os olhos da tela.

– Ele é uma versão brasileira daquele velho dono da usina nuclear de *Os Simpsons* – Tiago falou.

– Monty Burns?

– Isso.

Ok, agora já tinha uma imagem clara do chefe deles na cabeça. Pacheco devia ser um cara ranzinza, praticamente careca, dentuço, corcunda, egoísta, megalomaníaco e com um possível pacto com o diabo. Fazia sentido Tiago falar tão mal dele.

Nico passou pelos perfis de alguns caras, mas nenhum deles era o tal chefe. Ele testou outra ideia, entrou na página oficial do NettyMe Brasil e procurou alguma publicação em que aparecesse o nome dele. Nada. Procurou também por colegas seus do trabalho, mas, como esperado, nenhum deles tinha o Pacheco como amigo.

– Temos sempre que considerar a possibilidade de ele não ter uma conta no Facebook – comentei.

– Tem razão. – Tiago passou a mão pela nuca, suspirando. De repente, pareceu ter uma ideia. – Nico, continua procurando aí. Vê se acha alguma coisa no Google também. – Ele tirou o celular do bolso e começou a digitar. – Vou pedir para a Lila ajudar a gente. Ela é craque em encontrar pessoas na internet.

Lila. Eu lembrava daquele nome. Era a amiga baixinha, bem estilosa e de cabelos trançados do Tiago. Foi ela quem ficou cuidando do Antônio quando ele estava caindo de bêbado, e quem também arrancou o celular da minha mão enquanto eu passava por um dos momentos mais humilhantes da minha vida. Ela não devia gostar nadinha de mim. Se soubesse que eu era a culpada por seu melhor amigo ter sido demitido, era capaz de ir até a minha casa para me dar uma lição. Enquanto Tiago digitava a mensagem que iria enviar a ela, rezei silenciosamente para que ele só falasse o essencial e omitisse os detalhes.

– Encontrou alguma coisa? – perguntei a Nico.

– Não – ele respondeu, torcendo o nariz. – Mas a ressaca pode estar afetando um pouco minhas habilidades cognitivas.

Peguei meu celular e tentei procurar por Pacheco também. Enquanto digitava o nome na barra de busca, me toquei que ainda não havia adicionado Tiago no Facebook. Já tinha seu telefone, conversara com ele por um tempão, ele me salvara de cair bêbada e agora eu o havia levado até a casa do meu melhor amigo para procurarmos seu chefe nas redes sociais, mas eu ainda não o tinha adicionado no Facebook.

Depois de mais uns dez minutos procurando alguma pista do Pacheco, ouvimos a porta do quarto de Nico se abrindo.

– Pessoal, o jantar está pronto. – Me virei e vi Tia Inés. – Tina, querida, você e seu amigo estão convidados.

Eu não sou do tipo que recusa comida, ainda mais na casa do Nico. Os pais dele cozinham muito bem e eu sempre repetia o prato quando me convidavam para comer lá.

– Há… obrigado, não precisa – disse Tiago com timidez.

Mas o ronco na minha barriga disse o contrário. Havíamos passado tanto tempo procurando Lisa que tínhamos esquecido completamente do plano original de tomar açaí no quiosque. Tiago devia estar faminto também. Tinha certeza de que ele só estava fazendo cerimônia.

– Acho que comer um pouquinho vai fazer bem. – Nico se levantou e caminhou até seu armário, tirando de lá uma bermuda verde-clara e uma camiseta.

Eu já era de casa, então aceitei sem hesitar. Mas Tiago continuava meio sem saber o que fazer.

– Ele vai comer sim, mãe. – Felizmente, Nico foi mais rápido. – Não precisa ficar com vergonha, não. Meus pais sempre fazem comida demais, tem bastante para todo mundo.

Tiago agradeceu, dando um sorriso envergonhado. Percebi que ele sempre passava a mão pelos cabelos e pela nuca quando estava constrangido. Achei aquilo uma gracinha.

Depois que Nico trocou de roupa no banheiro do quarto, fomos até a sala. Cumprimentei o Tio Fernando, pai de Nico, que estava arrumando os pratos na mesa. Apresentei Tiago como um amigo meu e de Nico antes que ele pudesse fazer a mesma pergunta inconveniente que Tia Inés fizera.

Tio Fernando abriu a tampa das travessas de comida – que podiam alimentar um batalhão – e o cheiro de arroz, bife acebolado e feijão quentinho temperado com alho e linguiça quase me fez chorar de alegria. Dei uma garfada e vi estrelas de tão gostoso que estava. Tiago se sentou próximo a mim e percebi que ele aos poucos deixava a cerimônia de lado e colocava mais um pouco de arroz e feijão no prato. Troquei um olhar involuntário com Tia Inés, que olhou para Tiago e depois para mim de novo, dando um sorrisinho.

Pouco depois de comer, Tiago tirou o celular do bolso e sorriu. Ele mostrou a tela para mim com uma mensagem de Lila que dizia: "Achei!". Nico percebeu na hora que algo estava acontecendo.

– Mãe, pai, deixa que eu lavo os pratos.

Nos levantamos, arrumamos os pratos e fomos até a cozinha. Nico fechou a porta para que pudéssemos falar sobre perseguir pessoas na internet sem pegar mal.

– Ela falou que o Pacheco realmente não tem Facebook, mas achou alguém da família que tem. – Tiago disse, lendo a mensagem que Lila lhe enviara. Ele encarou o celular surpreso, depois deu uma risadinha. – Olha só... O Pacheco é tio-avô do ex-namorado dela.

Nossa. Isso só reforçava aquela teoria de que todas as pessoas do mundo estão a apenas seis pessoas de distância umas das outras.

– Ela procurou nos perfis do ex-namorado, do pai e do avô dele e achou três fotos do Pacheco de dias diferentes ainda neste mês em um bar chamado Bicho Preguiça. Ela entrou na página do bar e viu que toda quinta-feira tem promoção de chope e campeonato de sinuca. Voltou para as fotos do Pacheco no bar e percebeu um padrão.

– Todas as fotos foram tiradas numa quinta-feira? – deduzi.

– Isso aí.

– Olha só... – Nico ergueu uma sobrancelha. – Quem diria que o Pachequinho tem amigos de chope e sinuca.

– Quem diria que ele tem amigos, ponto – Tiago corrigiu, e dei risada.

– Ok, descobrimos algo sobre ele. O que podemos fazer com isso?

– Olha... – Nico falou. – Vocês podem ir até esse bar nessa quinta e explicar a situação para o Pacheco. Ele com certeza vai estar com o humor bem melhor depois de tomar uma cervejinha e jogar sinuca do que no NettyMe.

– *Vocês*? – perguntei. – Você não vai com a gente?

Nico fez careta.

– Eu tenho que trabalhar, né, Tina?

– Ué... mas na quinta você trabalha de manhã – Tiago acusou.

– Eu tenho aula depois.

Cruzei os braços.

– Você falta mais nas aulas do que eu, garoto.

Nico deu um suspiro preguiçoso.

– Ai, ir até a Lapa...

– É para isso que existe metrô! – rebati.

Enquanto tentava achar argumentos para Nico ir até o bar comigo e com Tiago, para nos ajudar, Tiago continuava conversando com Lila pelo celular.

– Esse bar é perto de onde a Lila está estagiando. Ela falou que anima de ir com a gente se precisarmos de reforços.

– Viu, vocês não precisam mais de mim. Já têm três pessoas – Nico disse, com um sorrisinho amarelo.

– Ela falou que pode chamar o Antônio também, se precisar.

Nico mudou da água para o vinho ao ouvir aquele comentário.

Boa, Tiago.

– Bem... acho que não vai ter problema eu faltar à aula um diazinho, não é?

– Seu safado. – Dei um tapinha nele de brincadeira. – Só assim você ajuda, né.

– Eu vou ajudar, Tininha – disse, e me mostrou a língua. – É isso que importa.

Revirei os olhos e ri de leve. Tiago agradeceu a Nico e a mim por nos dispormos a ajudá-lo. Mesmo que por motivos questionáveis, foi legal da parte de Nico se dispor a ir conosco até a Lapa. Eu, por outro lado, sentia que era minha obrigação ir até lá e não sair do bar até Tiago ter seu emprego de volta. Sentia que era necessário resolvermos esse problema para depois pensarmos na próxima etapa, que seria finalmente agarrar aquele magricelo fofo.

Estava um pouco receosa de encontrar o tão temido chefe malvado dos dois, mas tinha a sensação de que, se fôssemos todos juntos, poderíamos achar um jeito de derreter o coração de gelo dele.

Ou pelo menos de humilhá-lo na sinuca.

10
Tiago

A resposta para tudo está no banheiro masculino

Muita coisa mudou na minha rotina em pouco tempo.

Uma semana atrás, na quinta-feira, eu estaria indo para a faculdade de manhã, almoçaria em algum lugar barato para o vale-refeição durar mais tempo, depois iria para o NettyMe e ficaria até o começo da noite atendendo ligações e solucionando os problemas de clientes insatisfeitos. Chegaria em casa umas oito e meia, nove da noite, iria jantar, talvez assistiria a um episódio de uma série e depois iria dormir. De vez em quando podia até rolar um chope com Lila e Antônio depois do trabalho, mas normalmente fazíamos isso no fim de semana.

Essa quinta-feira estava o avesso disso. Eram oito da noite e eu estava de bobeira desde o fim da minha aula, às duas da tarde. Não podia voltar para casa antes de ir até a Lapa para não correr o risco de encontrar o meu pai. Usei parte daquela semana em que não estava trabalhando para conhecer um pouco mais do Rio de Janeiro. Fui a uma exposição de uma artista plástica japonesa no Centro Cultural Banco do Brasil, no centro da cidade, subi de bondinho até Santa Teresa e me entupi de doces até quase passar mal na Confeitaria Colombo. É incrível a quantidade de coisas que você consegue fazer quando tem tempo livre... pena que a razão disso era estar desempregado.

Conversei bastante com Tina por mensagens também. Agora já era bem mais fácil falar com ela. Ela me contava de seu dia tedioso na faculdade de Comunicação e eu das minhas aventuras pela Cidade Maravilhosa. Parte de mim queria que a quinta-feira chegasse logo para eu finalmente poder voltar a trabalhar, mas a outra parte só queria encontrar a Tina mesmo.

Nico me enviou uma mensagem dizendo que o Pacheco ia sair mais cedo naquele dia. Ótimo. Já sabíamos para onde.

Marquei com todos em frente à estação Cinelândia do metrô, que era a mais próxima do bar. Quando digo todos, quero dizer *todos* mesmo: Tina, Nico, Lila e até Antônio. Nem eu esperava que aquele grupo inteiro iria comigo para me ajudar a convencer meu chefe a me devolver meu emprego. Quer dizer, Tina eu sabia que iria porque ela se sentia extremamente culpada, Lila seria útil por conhecer o sobrinho-neto do Pacheco – e ela trabalhava ali perto também –, Antônio soube da história e ficou curioso para ver como iria terminar – e também se interessou pelo chope barato – e Nico ia, em teoria, tentar ajudar a conversar com o nosso chefe, mas ele só queria mesmo era ver o Antônio.

Falando em Nico e Antônio, o encontro dos dois foi engraçado. Nico apareceu especialmente arrumado na estação do metrô, com cabelo bem penteado e arrumado para o lado, camisa de botões vinho, calça jeans preta e cheirando a flores. Antônio obviamente se apresentou como se nunca o tivesse conhecido; além de estar bêbado na festa, ele havia conhecido Nico como Aurora. Ao contrário do que imaginei, Nico não pareceu incomodado com aquilo.

— Não se importa de ele ter esquecido que dançou com você? – perguntei baixinho, para que só Nico ouvisse.

— Não. – Ele lançou um olhar confiante para Antônio. – Ia ser fácil demais. Assim é mais divertido.

Bem, se ele gostava desse jogo de sedução, quem era eu para dar palpite? Eu ainda acreditava fortemente que Antônio era hétero, mas Nico parecia tão certo que cheguei a titubear.

Tina foi a última a chegar. Pediu desculpas e explicou que estava na faculdade até tarde fazendo um trabalho. Antônio se apresentou a ela, novamente como se nunca a tivesse visto na vida, o que a fez deixar escapar uma risada.

– A gente já se conhece. Você tirou uma soneca no meu ombro antes de o Tiago empurrar você para longe.

– Mentira! – Antônio falou, levando as mãos à boca. Depois, me deu um de seus tapas carinhosos, mas fortes, nas costas. – Ô, seu mané! Você devia ter ficado do lado dela o tempo todo, e não esperar que eu caísse em cima da menina pra só então tomar alguma providência!

– Era só o que me faltava. Você faz merda e a culpa é minha. – Dei risada.

– E *que* merda, não é, Antônio? – Lila falou, dando um soquinho de brincadeira nele.

Percebi que Tina estava tensa por finalmente conhecer Lila de verdade. O primeiro contato das duas, na festa, fora um tanto catastrófico, então para mim aquilo nem contava. Tina devia estar com medo de ser julgada depois do incidente do celular, o que era compreensível. E, de fato, Lila tem um instinto protetor bem aguçado sobre mim e Antônio e eu não havia conversado com ela sobre a Tina depois da festa, então imaginei que estava um pouco incomodada. Felizmente, para o alívio de Tina, Lila foi madura e educada:

– É hoje que a gente está se conhecendo de verdade. O dia da festa não valeu. O que acha? – Ela sorriu.

– Acho uma excelente ideia – Tina falou sorrindo, como se tivesse tirado um enorme peso das costas.

– Para mim já é isso mesmo, porque não lembro de porra nenhuma – Antônio comentou.

– Talvez uma hora você lembre de alguma coisa – emendou Nico, abrindo um sorriso travesso.

Depois das (re)apresentações, partimos em direção ao Bicho Preguiça, onde eu iria confrontar meu (ex-)chefe. Passei a semana inteira pensando no que diria para ele. Precisava ser algo simples, mas de efeito. Ele devia ter alguma compaixão naquele peito oco.

Caminhamos da estação até o endereço indicado na internet. O bar ficava perto dos Arcos da Lapa, um dos pontos turísticos mais marcantes da cidade.

O bar ficava meio escondido em uma das ruas paralelas aos Arcos. Nós o reconhecemos pelo logo em neon no formato da cabeça de uma preguiça, que alternava de azul para verde. Ele ficava sob uma construção baixa de estilo colonial – como a maioria das construções do bairro –, e do lado de fora da porta arredondada era possível ver apenas um pedaço do interior do bar. Reconheci a música que tocava, era "Inútil", do Ultraje a Rigor.

Quando entramos, vimos que o ambiente com luz baixa não era muito grande, mas era espaçoso. Estava cheio, claro, por causa da promoção e do campeonato. O chão, o balcão do bar e as mesas espalhadas eram de madeira escura, com bancos verdes. Havia uma jukebox antiga e colorida – que acredito que fosse só de decoração – logo à nossa direita na entrada, e algumas televisões no recinto passavam lutas de UFC. No fundo do bar, havia três mesas de sinuca quase impossíveis de ver, de tanta gente em volta esperando a vez de jogar. A faixa etária do público era compatível com a de Pacheco. Nós com certeza éramos, de longe, as pessoas mais novas de lá.

– Então… qual é o plano? – Tina perguntou, hesitante.

Aquilo era uma ótima pergunta. Eu estava me sentindo em um episódio de *Scooby-Doo*. Um grupo de jovens em um ambiente estranho, procurando um monstro. Só faltava a Lisa, cadela da Tina, fazendo as vezes do cão Scooby. Me controlei para não responder a ela: "Vamos nos separar e procurar pistas".

– Temos que encontrar o Pacheco, né. Foi para isso que viemos – Lila respondeu.

– Sabe onde podemos procurá-lo? No bar. – Antônio apontou para a parede de bebidas de todos os tipos atrás do balcão.

– Ótima ideia. – Nico foi o primeiro a concordar. – E sabe como podemos otimizar a busca? Nos separarmos em grupos. Vou com você.

Sem deixá-lo contestar, Nico puxou Antônio pela manga da camiseta e os dois partiram em direção ao bar.

– Podemos ir nós três, então – Tina sugeriu.

– Quer saber? Vou dar uma olhada para aquele lado – falou Lila, apontando para o outro lado do bar. – Vocês podem procurar lá perto da sinuca.

Antes que pudéssemos responder, ela debandou. Ah, que espertinha. E que fofa, obviamente quis deixar Tina e eu a sós. Infelizmente não era exatamente o local mais apropriado, já que eu poderia trombar com o meu chefe a qualquer momento.

Andei junto com Tina até as mesas de sinuca, onde várias pessoas na faixa dos cinquenta anos jogavam ou estavam na fila para jogar. Havia na parede um quadro-negro com os nomes dos participantes e a quantidade de pontos de cada um. Tina deu passos rápidos até lá e apontou para as letras "C.A.P." escritas com giz branco. É, com certeza o Carlos Alberto Pacheco estava lá.

Passamos um tempo só observando o campeonato, procurando pela cara feia do Pacheco no meio da multidão.

– Só tem tiozinho aqui – Tina cochichou no meu ouvido. – Me sinto no Bar do Moe.

Dei um risinho com mais uma referência aos *Simpsons*.

Chegamos para trás para um dos jogadores com o taco na mão passar. Ele estranhou nossos rostinhos jovens.

– Vocês têm certeza de que estão no bar certo? – Ele riu.

Tina e eu assentimos com a cabeça, tomando cuidado para não chamarmos muita atenção, o que não deu muito certo; bastou um deles notar a nossa presença que outras cabeças viraram na nossa direção.

– O Bicho deixa crianças entrarem agora? – um deles comentou, brincando.

– Vieram jogar? – perguntou outro.

Olhei para Tina, sem saber o que dizer. Eu até poderia me passar por mais velho, mas ela ainda tinha cara de adolescente, ainda mais com aqueles óculos. Lembro de ela me contar que quase sempre pediam sua identidade quando saía para beber. O plano de ficar observando no cantinho já tinha ido por água abaixo.

– Há... viemos – ela respondeu.

Arregalei os olhos. A resposta de Tina serviu apenas para deixá-los ainda mais curiosos. Parecia uma novidade absurda haver alguém com menos de quarenta e cinco anos lá.

– Viemos? – perguntei, rindo de nervoso.

O cara que nos viu primeiro perguntou nosso nome, para anotar no quadro. Eles foram mais receptivos do que eu imaginava.

– Eu não sabia o que dizer – Tina falou para mim, nervosa. – Algum dos seus amigos sabe jogar sinuca?

– Acho que o Antônio sabe.

– Ótimo. Ei, moço! – Tina levantou a voz. – Em vez de colocar a gente, coloca o nome do nosso amigo, ele que vai jogar. Pode colocar Antônio aí.

Ele escreveu o nome de Antônio no quadro-negro e depois se apresentou, seu nome era Raul. Tina subiu em um dos bancos perto da mesa de sinuca, encontrou Nico e Antônio e fez sinal para que eles viessem ao nosso resgate. Alguns segundos depois, os dois apareceram, cada um com uma caneca gigante de chope na mão.

– Ótimo trabalho investigativo – falei, irônico.

– A gente tinha que se misturar, ué – Antônio respondeu, dando um gole no chope.

– Precisamos que se misturem ainda mais – Tina falou para Antônio. – Você vai jogar com eles.

– Eu vou? – ele perguntou, surpreso.

– Você é o único de nós que sabe alguma coisa de sinuca, cara – respondi.

– Mas o plano não era achar o Pacheco? – Nico perguntou.

— Era, mas a gente acabou chamando muita atenção, agora precisamos nos misturar para não ficar tão óbvio que temos outro motivo para estar aqui! – Tina respondeu, nervosa.

Antônio deu de ombros, virou o restante de chope que havia em sua caneca – quase metade – e pegou um dos tacos apoiados no quadro.

— Se é para humilhar esses vovôs, então vamos lá.

Se fosse um desenho animado, daria para ver dois corações no lugar dos olhos de Nico. Ele ficou logo atrás de Antônio e começou a torcer e bater palmas. Aproveitei que agora a atenção estava voltada para o jogo velha guarda *versus* jovem guarda para perguntar em volta se alguém conhecia o Pacheco.

— Carlos Alberto… – Um deles pensou por alguns instantes, com a mão no queixo. – Está falando do Carlão?

— Carlão? – perguntei, incrédulo. Não era possível que fosse a mesma pessoa. – Ele trabalha no NettyMe?

— Isso aí! Naquele negócio de filme e série on-line. Muito gente boa. Tá aqui toda quinta.

Precisei de um tempo para digerir que meu chefe, a pessoa mais detestável que eu já conheci em toda a minha vida, era 1) descrito como "muito gente boa" e 2) apelidado de "Carlão". Senti uma súbita vontade de vomitar.

— Olha pelo lado bom – Tina falou. – Se ele é agradável com as pessoas aqui, pode ser legal e conversar numa boa com você.

— Eu acho que a gente entrou em uma dimensão paralela no minuto em que botou os pés neste bar – respondi, ainda sem acreditar nas palavras que acabara de ouvir.

O tal do Raul nos disse que o Pacheco estava lá no bar, mas que ia jogar mais tarde. Bem, já podíamos tirar a área da sinuca da lista de lugares onde procurá-lo. Quer dizer, todos nós menos Antônio, que agora jogava pau a pau com os caras, com um fiel torcedor bem atrás, incentivando-o a dar uma surra em todos eles.

De repente, senti meu celular vibrando no bolso da minha calça. Era uma mensagem de Lila: "Ele está no banheiro".

Ufa, finalmente aquele encosto do Pacheco resolvera aparecer. Tina e eu perguntamos a Raul onde ficavam os toaletes e ele apontou para as duas portas de cor vinho no canto direito do bar, com pequenos símbolos dourados desenhados. Pensei em chamar Nico para me ajudar, mas ele estava tão entretido como líder de torcida do Antônio que preferi deixá-lo lá.

– Você é foda – disse à Lila, encontrando-a bem ao lado das portas do banheiro.

Ela deu um sorriso orgulhoso.

– Foi difícil achar, mas tenho certeza de que é ele.

Me apoiei na parede e respirei fundo. Em poucos segundos, eu estaria cara a cara com ele e não teria muito tempo para convencê-lo a me contratar outra vez. Será que eu deveria pagar uma cerveja para ele?

– Pronto? – Tina perguntou, apoiando a mão no meu ombro.

Mordi o lábio. Perdi a conta de quantos pesadelos meus Pacheco já protagonizara. Que vergonha... Vinte e um anos na cara e com medo de um velhote mais baixo e magro do que eu. Mas precisava enfrentá-lo, do contrário, continuaria desempregado, sem dinheiro e seria morto pelo meu pai. E outra, talvez Pacheco ainda nem tivesse contratado alguém para ocupar o meu lugar!

– Você consegue – Tina falou, com um sorriso sincero... e lindo.

A distância entre nós era pequena, e eu queria tanto beijá-la. Ali mesmo, na frente de Lila, dos velhos do bar e do meu chefe. No entanto, apesar de Lila ter deixado claro que apoiava essa união, seria meio chato deixá-la de vela. Além do mais, eu precisava manter meu foco na porta do banheiro, porque a qualquer momento o Pacheco sairia de lá.

Ou era o que eu achava.

Quase dez minutos se passaram e nenhuma alma viva saiu por aquela porta.

– Lila, tem certeza de que o viu entrando aí? – perguntei, com incerteza.

– Tenho! – ela respondeu, aflita. – Será que ele morreu? Ou saiu pela janela?

– Ou pode estar fazendo o maior cocô da vida dele – Tina sugeriu, fazendo careta.

Aquela com certeza era uma das piores imagens que minha mente fértil já criara. Mas, realmente, era a opção mais provável. Não tínhamos muito o que fazer, então continuamos lá esperando.

Mais dez minutos se passaram e nada de o Pacheco sair.

Tina e Lila já estavam claramente de saco cheio de esperar. Sinceramente, eu também. Estava quase desistindo. Por que aquele maldito não saía do banheiro?!

– Vou lá ver o que aconteceu.

– Boa sorte – Tina falou, franzindo o cenho.

Respirando pela boca – é sempre bom prevenir, certo? –, empurrei a porta à minha frente. Entrei no recinto, que era até espaçoso para o banheiro de um bar. As paredes eram metade brancas, metade de madeira, e havia alguns mictórios, duas pias e duas cabines com portas vermelhas. Uma estava entreaberta e a outra, fechada. Era o único lugar em que o Pacheco poderia estar.

Vendo pelo lado positivo, o cheiro não estava insuportável. Não ouvi nenhuma voz, só um barulho leve de alguém digitando no celular. Esperei perto da pia, procurando uma posição confortável. De repente, tomei um susto com a voz grossa e um pouco rouca do meu chefe quando ele gritou:

– O QUÊ?!

Com o coração martelando, percebi que ele ia abrir a porta, e meu instinto foi automaticamente correr para a outra cabine, fechar a porta sem fazer barulho e subir no vaso, para ele não perceber a minha presença.

Deixei uma frestinha da porta entreaberta e vi o Pacheco escancarando sua cabine, marchando até a porta do banheiro e trancando-a. Então digitou um número com violência no celular e levou-o ao ouvido.

Senti um calafrio quando ele se virou e andou até a cabine onde eu estava. Ele se abaixou um pouco para checar se havia mais alguém ali. Me parabenizei em silêncio por ter pensado rápido e erguido os pés.

Ele estava com raiva, andando agitado perto da pia. Olhava o próprio reflexo no espelho com o rosto vermelho. Com certeza iria matar a pessoa do outro lado da linha. Aquilo era muito estranho. O que diabos estava acontecendo?

– Eu peço para ser discreto e você esquece da coisa mais simples de fazer, que é sair da conta? – ele vociferou. – Onde qualquer um pode ver? Você sabe onde eu trabalho, não sabe, idiota?

Grudei meu ouvido na porta. Uma atitude não muito higiênica, mas precisava escutar aquilo com o máximo de atenção possível. Do que ele estava falando com tanto ódio e preocupação assim?

De repente, todos os filmes de espionagem e episódios de *Gossip Girl* que eu assisti vieram à minha cabeça. Que fique claro, Lila me fez assisti-los, mas confesso que achei a história da série bem interessante. Com o maior cuidado do mundo, tirei meu celular do bolso e comecei a filmar o ataque do Pacheco pela fresta da porta.

– Apague tudo, dê um jeito! Se alguém descobre que sou eu, é o fim da minha carreira! E, se isso acontecer, eu juro que mato você! – E desligou.

Meu coração estava batendo a mil por hora. Não dava para acreditar. Eu só havia entrado lá para conversar com meu chefe e pedir meu emprego de volta, agora havia me tornado testemunha de um possível crime que ele tinha cometido e, aparentemente, havia provas. Não pude saber o que era, mas puta merda! Então não era implicância minha, no final das contas! O cara realmente era um sociopata!

O plano, obviamente, tinha ido por água abaixo. Não havia a menor condição de eu abrir aquela porta e falar: "E aí, meu consagrado! Posso falar com você rapidinho? Ah, e eu gravei isso aí que você falou, tá?".

Meu coração martelava no peito. Eu tinha uma informação valiosíssima comigo e ele nem fazia ideia. Eu poderia destruir a carreira daquele escroto em cinco segundos. Apesar de isso ser irado, também me deu um baita medo. Vai que o tal negócio que ele queria esconder era que, na verdade, ele era um hacker profissional do governo, e ele descobre que eu, o funcionário por quem ele mais sente desprezo, sei de tudo? Iria mandar algum assassino particular me matar, ou talvez ele em pessoa se encarregasse disso.

Minha maior preocupação no momento era sair dali sem que ele soubesse e divulgar a minha descoberta para os meus amigos. Quem sabe eles tinham alguma ideia.

Por sorte, Pacheco não ficou muito mais tempo lá. Depois de soltar alguns palavrões para seu reflexo no espelho, guardou o celular e saiu batendo os pés. Imaginei que Tina e Lila iriam tomar um susto ao vê-lo saindo do banheiro daquele jeito e sem mim. Poderiam achar que ele havia me matado ou algo do tipo. O que agora era algo bem mais provável de acontecer do que antes.

Esperei um pouco mais, para ter certeza de que ele estaria a uma distância segura, e saí da cabine. Minhas mãos tremiam de excitação e pavor. Guardei meu celular como se fosse uma joia valiosíssima, respirei fundo, lavei as mãos e caminhei para fora.

Além de Tina e Lila me esperando, encontrei também Antônio e Nico junto delas. Os dois tinham mais uma caneca grande de chope nas mãos e expressões vitoriosas no rosto. Pelo visto Antônio havia ganhado o jogo.

– E aí? – Tina foi a primeira a perguntar quando me viu. – Não deu certo? Ele estava com uma cara horrível quando saiu.

– Ele nem reconheceu o Nico – Antônio comentou, dando um gole na cerveja.

– Eu te falei que ele nem ia notar – Nico respondeu, revirando os olhos. – Eu sou tão invisível que, pra ele, meu nome é "Argentino".

– Ele parecia bem puto da vida – Lila continuou. – O que aconteceu lá dentro, Tiago?

Os quatro pares de olhos curiosos cravaram em mim. Não esperava menos; se estivesse no lugar deles, também estaria me coçando para saber o que tinha acontecido para ele sair daquele jeito. Mal sabiam eles...

Olhei em volta para ter certeza de que não veria mais a cara daquele maluco no bar.

– Vamos embora – falei em um tom baixo. – Aqui não é um lugar seguro para eu contar o que aconteceu.

11
Tina

Dessa água não beberei

Agora as coisas haviam ficado sérias de verdade.

Não que ir até um bar na Lapa numa quinta-feira à noite – sem contar para os meus pais – atrás do chefe do Tiago não fosse sério o suficiente, mas depois de ver a gravação que poderia incriminar Pacheco, sabe-se lá por qual motivo, percebi que estávamos brincando com fogo.

Passamos o caminho de volta inteiro no metrô tentando pensar no que fazer com aquela informação.

– Usar como chantagem está fora de cogitação? – Lila perguntou.

– Claro, né, Marília – Antônio respondeu, como se ela tivesse pensado na ideia mais absurda do mundo. – Vai que o cara está envolvido com um serial killer mercenário! Ou é um mercenário serial killer? Ele pode esquartejar o Tiago e jogar os pedaços do corpo no mar!

– Como um cara pode ser serial killer e mercenário? – ela rebateu.

– E se... – Nico opinou – a tal conta ou senha que ele quis esconder for... sei lá... pra contrabandear cocaína. Ou um pássaro exótico.

— Você imagina o Jason, do *Sexta-feira 13*, recebendo grana de alguém para matar aqueles adolescentes? — Lila continuou com sua linha de raciocínio, pensando alto.

— Ele não deve ser um assassino louco — Nico continuou. — Talvez a chantagem não seja tão má ideia assim.

Olhei para Tiago, que franziu o cenho. Coitado, já morria de medo do chefe quando estava, teoricamente, tudo bem. De jeito nenhum teria colhão o suficiente para enfrentá-lo, ainda mais sem saber que tipo de criminoso o Pacheco realmente era.

— É meio perigoso — opinei, e pude ver Tiago um pouco aliviado com mais alguém dizendo aquilo. — Será que não é melhor mostrar isso para a polícia?

— Mas não sabemos o que ele fez. Não podemos denunciar assim no escuro — Lila respondeu.

Ela tinha razão. Nós podíamos achar que estávamos vivendo dentro de um episódio de uma série investigativa do NettyMe, mas a realidade podia ser bem mais simples. Podia ser um mal-entendido. Ou não.

À medida que íamos dando sugestões, percebia que Tiago ia ficando cada vez mais tenso. A princípio ele não disse nada, mas depois de algumas estações do metrô resolveu dar a sua opinião:

— Gente, acho que o melhor mesmo é eu apagar essa gravação, esquecer que tudo isso aconteceu e começar a mandar currículos de novo.

Nós quatro o encaramos, surpresos.

— Vai desistir assim? — perguntei. — O ponto disso tudo não era você recuperar o seu emprego?

— Ah, era... — Ele passou a mão pelo cabelo. — Mas isso foi antes de eu descobrir que ele pode ser um chefão do tráfico ou um assassino a sangue frio. Será que vale a pena lutar para voltar a trabalhar num lugar com um chefe desses?

— Olha, apesar de tudo, a gente ganha um ótimo vale-refeição — Nico argumentou.

— Mas... a gente estava tão perto... – falei, decepcionada. – Você ainda pode tentar falar com ele sem mencionar a gravação, como na ideia original!

Pelo visto, o pico de adrenalina que ele tivera naquele banheiro já tinha ido pelos ares. Ele agora estava murchinho, murchinho. A ficha de que ele não conseguiria mais esconder do pai que estava desempregado devia estar caindo.

E a culpa disso tudo era de quem? Da imbecil aqui, que bebeu demais.

Argh! O sentimento de culpa havia voltado com toda a força.

Não conseguimos falar mais nada, a próxima estação já era a de Botafogo.

– Eu vou pensar no que fazer – Tiago falou.

– Todos vamos – respondi, e, meio sem jeito, o abracei. – Desculpe por toda a confusão.

Tiago, mesmo um pouco pra baixo, me abraçou de volta e fez carinho no meu cabelo.

– Não se preocupa com isso, moça.

Antônio, que desceria com Tiago em Botafogo, também se despediu de nós. Ao dar tchau para Nico, abraçou-o de lado, sorrindo.

– Cara, você é meu amuleto da sorte. – E deu-lhe dois tapinhas no peito. – Agora só jogo sinuca com você junto.

Nico sorriu mostrando todos os dentes, sem disfarçar o quanto aquilo o havia agradado.

– É só chamar. – Ele piscou.

Antônio deu um abraço de urso em mim e na Lila, e ele e o Tiago saíram do vagão. Enquanto as portas se fechavam, os dois acenaram para nós. Meus olhos se mantiveram fixos nos de Tiago durante aquele tempo. Mesmo ele dizendo para eu não me preocupar, eu sabia que ele teria uma briga enorme com o pai por minha causa.

Tiago não me contara a fundo sobre seu pai, só falou superficialmente no dia em que nos conhecemos por telefone. Disse que era um ex-militar, super-rígido, que o ensinara a ter disciplina e ser independente desde que ele era criança. Não parecia ser uma pessoa muito flexível.

— Eu sou tão idiota. — Levei as mãos ao rosto, suspirando. — Se não tivesse ligado para o NettyMe, nada disso teria acontecido.

— Ei, não pensa assim. — Nico colocou a mão no meu ombro. — Você realmente ajudou. Olha só, mobilizou todos nós para irmos até a Lapa atrás do Pacheco! Mas existem coisas que a gente não tem como controlar.

Lila não disse nada, apenas concordou com a cabeça. Virei para ela e perguntei:

— Acha que o pai dele vai ficar muito bravo?

— Provavelmente. — Ela torceu o nariz com um piercing em formato de argola. — Mas é o jeito dele. Não sei se o Tiago te contou, mas ele estudou em escola pública a vida inteira. Desde pequeno, o pai queria que ele estudasse numa faculdade pública e seguisse os passos dele, ou pelo menos uma carreira mais tradicional, tipo Medicina ou Engenharia. Mas o Tiago quis fazer Cinema em uma faculdade particular... Ele não foi proibido nem nada, mas o pai deixou bem claro que o dinheiro teria que sair do bolso do Tiago.

Que maldade. Se fosse uma questão de falta de dinheiro, vá lá! Mas fazer o filho adolescente pagar a própria faculdade só por não aprovar a escolha de curso?

De repente, me ocorreu algo. Nico volta e meia dizia que o chefe era chato e tal, mas nunca transpareceu sentir ódio por ele. Tiago, pelo contrário, cuspia marimbondos sempre que mencionava o nome "Pacheco". Será que parte daquele ódio direcionado ao chefe não era uma projeção dos sentimentos pelo pai não lhe dar apoio?

Menos, Freud, menos. A formada em Psicologia é sua irmã, não você.

O trem parou na estação Siqueira Campos, em Copacabana, onde Lila iria descer. Ela deu dois beijos nas bochechas de Nico e me abraçou.

— Tina, não desiste dele — ela disse baixinho no meu ouvido. — Eu sei que te conheço há pouquíssimo tempo, mas... sinto que você vai fazer bem a ele. E ele está precisando.

Assenti com a cabeça, com o coração acelerando. Lila acenou para nós e saiu do vagão.

* * *

Não consegui prestar a menor atenção na minha primeira aula no dia seguinte. Não conseguia parar de pensar se Tiago já havia contado ao pai que fora demitido, e, se sim, como ele teria reagido. Estávamos conversando direto a semana inteira, mas já era meio-dia e vinte e nenhum sinal dele. Cansada de não ter notícias, resolvi ligar eu mesma na hora do intervalo:

— Alô?

— Oi... sou eu.

— Oi, Tina.

A voz de Tiago parecia descontraída, mas com uma pitada de tristeza. Ele devia estar tentando fingir que estava tudo bem.

— Como você está? — perguntei.

— Bem... — Ele fez uma pausa. — Na verdade, mais ou menos. Ok... estou um lixo. — Ele deu uma risada triste.

Sabia. Então aconteceu o que eu achava que havia acontecido.

— Contei para o meu pai sobre a demissão.

— Foi horrível? — perguntei, sentindo uma pontada no coração.

— Ah, nem tanto. Ele não vai me tirar do curso nem nada... Só disse que, se eu não tiver dinheiro agora, vou ter que pagar pra ele depois. Como se fosse um empréstimo do banco.

Que homem mais insensível. Claramente a demissão de Tiago não fora culpa dele, e o pai, em vez de tentar ajudá-lo, só o tratou como um cliente devedor?

Pensei em me desculpar pela milésima vez, mas ele já estava careca de saber o quanto eu me sentia arrependida. Além disso, lembro que Alessandra me contou uma vez que se desculpar não era uma forma muito eficaz de melhorar uma situação. As desculpas só colocam os dois ainda mais para baixo. O que eu poderia fazer era tentar ajudá-lo de alguma outra maneira.

— Vou te ajudar a procurar outro emprego. Vai ser bem melhor do que esse seu antigo.

— Obrigado, Tina. Me avisa se souber de algo, sim.

— Tudo bem. — Fiz uma pausa, sem saber ao certo como continuar a conversa. — Você é um cara muito legal. Merece trabalhar com o que ama.

— Mereço, né? Mas, infelizmente, como diz o ditado, caras legais acabam por último.

— E, como diz outro ditado, os humilhados serão exaltados.

Ouvi um risinho do outro lado da linha. Pelo menos consegui descontrair um pouco o clima.

— Tina, tenho que ir. Tenho uma prova agora.

— Ah, ok. — Mordi o lábio. — Fica bem, tá?

— Vou me esforçar para ficar, moça. Mais tarde a gente se fala.

Nos despedimos e desligamos. Soltei um longo suspiro. Que droga. Tiago precisava andar com um pé de coelho ou algo do tipo, para ver se tinha mais sorte.

O dia passou bem devagar, com apenas uma aula legal entre muitas chatas. Mais tarde começou a chover, o que contribuiu um pouco para me deixar com ainda mais preguiça de absorver conteúdo. Talvez eu não estivesse com a maior disposição do mundo para aprender História do Mundo Contemporâneo por conta dos acontecimentos recentes. Mesmo com a desistência de Tiago de usá-la, a gravação que ele tinha do chefe ainda me causava um incômodo enorme. Tinha que haver algum jeito de aproveitarmos aquilo.

Depois da aula, passei na secretaria da faculdade para entregar um relatório de horas complementares que estava devendo. Ainda chovia, então tive que dar uma corridinha para não encharcar minha camiseta. Quando abri a porta, dei de cara com a última pessoa que esperava encontrar.

Bruno. O namorado, quer dizer, noivo da minha irmã.

– Tina! – Ele acenou, sorridente.

Ia ficar muito feio se eu me fizesse de louca e saísse da sala ao vê-lo. Eu o havia colocado em segundo plano nos meus pensamentos desde a festa de Nico, e vê-lo assim, de repente, me fez perder o ar por uns segundos.

Acenei de volta. Não tinha como fingir que não o vira. Peguei uma senha na maquininha na parede e me sentei ao seu lado.

– E aí, como você está? Quais são as novidades? – perguntou.

Ah, você não faz ideia, pensei. Realmente, *muita* coisa havia acontecido desde a última vez que o vira.

– Nada demais. O de sempre. – Dei de ombros. Aquele não era o lugar nem a pessoa ideal para eu despejar todas as loucuras pelas quais eu havia passado nos últimos dias. – Há… o que está fazendo aqui?

– Vim resolver umas coisas da pós-graduação. Você está indo embora agora? – Bruno me perguntou.

– Vou só entregar um documento. – Apontei para minha bolsa.

– O que eu tenho para fazer é rápido também. Quer uma carona para casa?

A Tina adolescente com certeza teria dado pulinhos internos de alegria com aquele convite. Afinal, seriam no mínimo uns quarenta minutos em que estaríamos só nós dois em um espaço pequeno. Mas a Tina adulta reconhecia que tudo isso não era saudável. Por outro lado, o dia havia sido ruim e eu tinha um carro à minha disposição para me levar para casa na metade do tempo que eu normalmente gastava de ônibus. E eu não teria que esperar no ponto na chuva e no frio. Decisões, decisões…

– Eu aceito. Obrigada.

Bruno gentilmente esperou que eu entregasse o que precisava na secretaria e andou comigo até o estacionamento. E eu não devia estar reparando, mas ele estava uma gracinha, como sempre. Os olhos cor de mel reluziam, e ele ainda usava algo que eu acho um golpe baixo: camisa social. Devia estar vindo do trabalho. Ai, misericórdia.

Coloquei o cinto de segurança e fiquei timidamente olhando para a frente enquanto ele tirava o carro da vaga e seguia em direção à rua.

– Então... – ele quebrou o gelo. – Como está a Alê?

Estranhei a pergunta. Ele era o noivo, não deveria saber?

– Há... Acho que você consegue responder isso melhor do que eu, não?

Olhei de relance para ele, que encarava seriamente o limpador de para-brisa indo e vindo.

– Na verdade, não. Nós brigamos ontem.

Uau. Aquilo era novidade. Considerando que já namoravam havia quatro anos e tinham brigado pouquíssimas vezes.

– Por quê?

Bruno soltou um suspiro.

– Um motivo idiota. A hora da cerimônia do casamento. Eu prefiro à noite e ela, à tarde.

Eu era obrigada a concordar. Era um motivo bem idiota mesmo.

– Começou com a gente só discordando desse ponto, aí foi evoluindo para outras coisas, como número de convidados, local, se seria religioso ou não... não chegávamos a um acordo para nada. Até que virou uma briga e eu fui embora.

– Nossa.

– É. E eu fiquei pensando, sabe... se discutimos por uma coisa tão banal quanto isso agora... como será que vai ser depois que realmente estivermos casados? E se começarmos a brigar por qualquer coisa? E se... isso foi um erro?

Arregalei os olhos. A coisa havia escalado muito rápido. De uma briga por horário de cerimônia para um possível rompimento do noivado? Será que Alessandra pensava assim também? Não, aquilo era loucura. Terminar por causa de uma discussão boba. A menos que a discussão fosse só um pretexto para ele amarelar.

— Você está pensando em cancelar o casamento? — perguntei, preocupada.

Bruno a princípio não disse nada.

— Não sei. Talvez.

Era só o que faltava. Bruno sempre fora território proibido, por respeito a ele e, sobretudo, à Alessandra. Mas agora que ele estava falando aquilo...

Tina, para! Não ouse pensar nisso! Você tem que convencê-lo a não cancelar coisa nenhuma!

— Olha... foi só uma discussão. Vocês devem estar de cabeça quente agora, mas logo passa. — Tentei amenizar a situação.

— É, talvez. Mas sei lá... — Ele franziu a testa. — Ultimamente tenho pensado se ter feito o pedido foi a melhor decisão. — Ele olhou de relance para mim e notou que eu estava um tanto surpresa. — Não me leve a mal, eu amo sua irmã. Mas... nós somos bem novos, sabe? Talvez... devêssemos aproveitar um pouco o tempo de solteiros.

Como o Rio de Janeiro fica com ainda mais trânsito do que o normal quando chove, não demorou para o carro parar atrás de uma fila de veículos que parecia se estender até muito longe. Por um momento, o único som que ouvíamos era o da chuva caindo no vidro do carro e sendo afastada pelo limpador de para-brisa.

— Estar solteiro nem é tão bom quanto dizem — comentei. — Eu não trocaria o que vocês têm agora por estar sozinha.

O único relacionamento sério — se é que posso chamar dessa forma — que tive foi aos dezessete anos e durou um mês. Comecei a sair com um garoto da escola de quem eu nem gostava muito, mas que pelo menos beijava bem e tinha bom gosto musical. Não aguentei mais ficar me enganando e percebi que, no fundo, só queria poder dizer que tinha um namorado, assim como a maioria dos meus amigos. E desde então fui solteira. Claro, eu aproveitei, fui a milhões de festas com Nico e não devia satisfação a ninguém, mas, mesmo assim... ainda sentia vontade de ter alguém comigo. Alguém com quem eu pudesse sempre contar. Que gostasse de mim pelo que eu era, mesmo com todos os meus defeitos.

De repente, Tiago veio à minha mente. Aquele momento em que eu desabafei para ele no calçadão da praia, quando achava que havia perdido minha cadela. Ele me olhou de um jeito como ninguém olhou antes. Como se pudesse ver a minha alma. E ele ainda queria estar comigo, mesmo eu estando um caos total por fora e por dentro.

– Mas você tem liberdade para fazer o que quiser – Bruno argumentou. – Você pode ir para qualquer lugar, ficar com quem estiver a fim, sair com um monte de gente ao mesmo tempo...

– Até parece que eu faço tudo isso. – Dei um riso sarcástico.

– Ah, vai dizer que não? – Ele olhou para mim, erguendo uma sobrancelha. – Uma mulher linda que nem você pode ter quem quiser.

O sangue do meu corpo todo subiu para minhas bochechas. Primeiro, ele me chamou de "linda". Segundo, me chamou de "mulher". Na minha cabeça, ele me via como uma criança e a irmã menos bonita da namorada dele. Aparentemente, aquilo havia mudado.

– Alessandra é linda... – respondi, com o coração acelerando. – Eu sou só... sei lá.

– Linda também – ele repetiu, dessa vez cravando os olhos cor de mel nos meus. – E muito legal.

Tive que me controlar para não sorrir feito boba. Ele sorriu daquele jeito torto que me fazia derreter todas as vezes. Que bela hora para se estar no trânsito. Se ele pelo menos fosse forçado a olhar para a frente, eu conseguiria lidar melhor com a situação.

– Obrigada. – Foi tudo o que consegui dizer, finalmente abaixando o olhar.

Mais silêncio acompanhado apenas pelo barulho da chuva. Olhei para ele novamente, de relance, e percebi que ele alternava o olhar entre mim e o carro à frente, que andava uns dois metros a cada dez minutos. Os poucos segundos em que ficamos sem falar nada passaram muito devagar. O suficiente para eu imaginar diferentes cenários na minha cabeça.

Digamos que ele quisesse me beijar naquele momento. Eu poderia deixar e realizar o sonho que guardo desde meus quinze anos de idade. Poderia aproveitar que ninguém estava vendo. Que estávamos escondidos pela chuva. Seria um momento sensacional.

Mas iria passar.

Uma hora ele iria encontrar a minha irmã e lembrar que a pediu em casamento por estar completamente apaixonado por ela. Alessandra iria continuar a pessoa mais gentil do universo, principalmente comigo, e eu iria contar a ela o que fiz e destruir a confiança que ela tinha em mim, ou não contar e viver com a culpa de ter beijado seu noivo. Nenhuma opção era agradável. Dessa água não beberei.

Eu amava minha irmã e não poderia deixar um momento de fraqueza acabar com a nossa relação.

Bruno não fez nenhum movimento, mas pela sua expressão ele parecia um pouco em conflito também. Estava chateado, sem pensar direito e cheio de dúvidas na cabeça. Beijar a irmã mais nova da noiva era a última coisa de que ele precisava no momento. Eu tinha que encerrar o assunto rápido, antes que ele fizesse uma besteira descomunal.

– Você ama a Alessandra e ela te ama também. Ficar solteiro só vai te fazer sentir saudades dela. Conversa com ela sobre isso. Fala tudo o que estiver entalado aí. É importante que vocês sempre sejam cem por cento honestos um com o outro. Talvez vocês cheguem a um consenso.

Bruno demorou um tempinho para voltar a raciocinar direito, então avançou um pouco com o carro.

– Eu a amo mesmo.

Sorri de leve.

– Então não a deixe escapar.

Ele assentiu com a cabeça.

– Você tem razão, Tina. Obrigado.

Depois disso, o clima ficou bem mais leve. Bruno ligou o rádio e voltamos o caminho inteiro cantando músicas dos anos noventa. Parte de mim adoraria que tivéssemos ido até o fim naquele momento, mas graças aos céus eu fui racional e não cometi o que poderia ter sido o pior erro da minha vida.

Convenci Bruno a ir para casa comigo, para encontrar Alessandra e os dois esclarecerem tudo. Felizmente ele aceitou.

A conversa com ele sobre sentimentos e tudo o mais me deixou inspirada. Agora Tiago não saía mais da minha cabeça.

Calma, eu estava bem longe de amá-lo como Bruno e Alessandra se amam, até porque não fazia tanto tempo assim que o conhecia. Mas me lembrei do que Lila me dissera sobre sentir que eu faria bem a ele. E o contrário também era verdade: Tiago me fazia bem.

Talvez eu mesma tivesse que tomar uma atitude com o Pacheco. Talvez assim as coisas se resolvessem sem que o Tiago precisasse se envolver tanto.

Uma ideia arriscada surgiu na minha cabeça. Algo que poderia dar ao Tiago seu emprego de volta, sem precisar envolvê-lo nisso, nem a tal gravação esquisita.

Mandei uma mensagem para o meu melhor amigo, pedindo um número de telefone que eu sabia que ele tinha. Salvei o número que ele me enviou e liguei logo em seguida. Depois de alguns toques, uma voz masculina e grossa atendeu:

– Alô?

– Antônio, sou eu, Tina. Tive uma ideia para ajudar o Tiago e acho que você pode me dar uma mãozinha. Me diz uma coisa... como estão as suas habilidades na sinuca?

12
Tiago

Dessa água (também) não beberei

Uma vez eu estava caminhando para casa à noite e passei, como de costume, por uma das ruas de Botafogo que é cheia de bares e restaurantes. Eu deveria ter uns dezesseis anos na época, então praticamente nunca bebia álcool. Todos os bares estavam cheios de pessoas rindo, se divertindo e bebendo todas, até que avistei em um deles um homem sentado sozinho em uma das mesas. Não estava com ninguém, porque só havia a sua própria cadeira na pequena mesa em que ele estava. Em cima dela, havia um balde com uma garrafa de seiscentos mililitros de cerveja vazia e outra que parecia estar na metade. O rapaz, que devia ter uns vinte e poucos anos, bebia sua cerveja em silêncio e cabisbaixo. Era um contraste enorme com as pessoas conversando e rindo ao redor dele. Lembro que na época senti um pouco de pena do sujeito, imaginando o que o teria levado a estar sozinho no fim de semana, sem nenhuma companhia para beber, enquanto todos à sua volta se divertiam horrores.

E agora, com vinte e um anos, em uma noite agradável de sexta-feira, eu havia me tornado aquele cara. Lá estava eu, sentado no bar, em uma mesinha pequena e com só uma cadeira, quieto, cabisbaixo e com o copo cheio de cerveja. Era isso que as pessoas chamavam de fundo do poço?

* * *

Mais cedo naquele mesmo dia, resolvi mandar a real para o meu pai. Já estava ficando ruim para o meu bolso passar o dia inteiro fora, fingindo que estava no trabalho.

Meu pai não é uma pessoa má, só é rígido. Muito rígido. Foi militar por muitos anos, e mesmo agora, mais velho, careca e gordo, sua carranca de sargento e tolerância baixa ainda são as mesmas. Desde pequeno eu tinha medo dele, então sempre tentei ser o moleque exemplar em casa. Mas não adiantava. Eu era um bundão na escola e um alvo fácil para os meninos mais fortes, então volta e meia eu chegava em casa com um roxo ou arranhões no corpo. Minha mãe dizia para eu ser sempre dócil, mas também não aceitar desaforo, e meu pai apenas sacudia a cabeça, decepcionado.

Ele tinha uma visão bem conservadora de que eu, mesmo novo, devia começar a ter o meu próprio salário, porque ele e minha mãe não iriam me sustentar para sempre. O problema é que o salário de um reles mortal de vinte e um anos mal dava para pagar a mensalidade da faculdade. Mas até aí tudo bem, pelo menos quando resolvi fazer Cinema eu já trabalhava, e não precisei ficar pedindo dinheiro a ele. Ele obviamente não aprovou minha escolha, eu sempre ouvia que era uma perda de tempo e que eu não conseguiria ganhar dinheiro no futuro.

O momento de contar sobre a demissão foi o pior possível: como sempre acontece quando fico muito nervoso, me deu uma vontade terrível de ir ao banheiro. Demorei um tempo lá dentro enquanto ele esperava, obviamente já sabendo que havia acontecido alguma coisa ruim.

Eu contei parte da verdade. Contei que havia conhecido Tina no Dia dos Namorados e que minha conversa com ela tinha enfurecido meu chefe, mas achei desnecessário falar sobre o dia em que ela ficou bêbada e ligou para o NettyMe. Preferia ser o único julgado pelo meu pai.

As palavras dele quando eu terminei de contar a história ecoavam na minha cabeça como se eu estivesse tendo um pesadelo acordado:

— Você foi extremamente irresponsável, Tiago. Agora tem que lidar com as consequências disso. Parece que você não aprendeu nada que te ensinei a vida inteira. Não se pode misturar trabalho com questões pessoais. — Mesmo sendo ex-militar, ele nunca elevava a voz quando brigávamos, mas usava um tom de desprezo que doía mais do que se gritasse.

Para arrematar, ele fez questão de tocar na ferida:

— Eu te disse que fazer um curso como esse não seria bom para você.

Além de deixar claro que eu era um perdedor, ainda esfregou na minha cara um "eu te disse"... só porque minha escolha profissional não cabia no quadradinho minúsculo aceitável para ele.

Depois disso, ele deu os termos dele para eu continuar estudando. Pagaria minha mensalidade, mas cada centavo que saísse do bolso dele teria que voltar, sem muita demora. Eu que me virasse. Agora, ele poderia dizer que, além de não ganhar dinheiro no futuro, no presente ainda devia uma boa quantia a ele. E pior, eu não pagando minha faculdade, daria a ele o poder de controlar absolutamente tudo na minha vida.

E eu, em vez de ser esperto e guardar as poucas economias que tinha, resolvi torrar parte delas com cerveja. Estava me sentindo um alcoólatra que bebe para escapar dos problemas. No fundo, eu sabia que afogar as mágoas no álcool e ficar sentindo pena de mim mesmo não iria ajudar em nada, mas eu não estava no clima de pensar racionalmente no momento.

Além de toda essa situação com o meu pai, me sentia péssimo por não ter enfrentado Pacheco, embora parecesse a melhor decisão.

Me sentia um mosca-morta. Um otário que só aceita as coisas e não mexe um dedo para tentar mudar nada. Que ótimo.

Estava começando a ficar meio alterado na metade da terceira garrafa. Lembrei que não havia jantado ainda, o que poderia estar contribuindo para a minha embriaguez mais rápida do que o normal, então pedi para o garçom uma porção de batata frita. Depois de quase comer o prato inteiro, escutei uma voz atrás de mim que, por um breve momento, acreditei ser uma alucinação:

– Quero um pouco dessa batata aí.

Eu conhecia aquela voz, mas demorei um pouco para entender de onde vinha. Depois de semanas sem notícias, por pura coincidência, ela apareceu bem ali, no mesmo lugar e hora que eu.

Carina.

E estava muito gata. Usava calça jeans escura, botas de salto, uma blusa preta colada e sem mangas, com detalhes prateados. Seu cabelo curto estava com algumas ondas e sua franja, mais curta do que a última vez que a vira.

– Posso me sentar aí? – perguntou, sorrindo de lado.

Realmente não esperava encontrá-la, então não sabia o que responder. Acabei concordando, puxei uma cadeira e coloquei-a ao meu lado.

– Você está sozinha?

– Agora sim – ela respondeu, pegando uma batata e comendo. – Estava em um encontro ali na rua de trás, mas o cara era muito chato. Dei um perdido nele e estava indo até o metrô, mas aí olha só quem eu encontrei.

Carina realmente era uma pessoa muito mais desapegada do que eu. Falava na maior naturalidade comigo – o cara com quem ela passou um tempo considerável saindo – sobre o encontro que tivera dez segundos antes. Só faltava o cara estar com ela e nós três nos sentarmos juntos. Vindo dela, não duvidava de nada.

– E você? Estava com alguém também?

Virei o resto de cerveja que havia no meu copo e respondi:

– Sim. Com o meu fracasso.
– Eita! O que aconteceu?
– Fui demitido – respondi, com amargura.

Carina me olhou com pena. Uma expressão que eu tinha que me acostumar a ver no rosto das pessoas de agora em diante.

– Que droga, Ti. Foi do nada isso?

Eu poderia dizer que não e explicar toda a minha história com Tina para ela, mas achei que não seria uma boa ideia. Mesmo Carina tendo todo esse espírito livre, não me sentia à vontade falando sobre a garota que conheci e por quem me interessei justamente porque ela não me deu a devida atenção. Preferi ir pelo caminho mais simples:

– Meu chefe deu uma surtada. – Dei de ombros.

– Que sacanagem... – Ela virou de lado e chamou o garçom: – Moço, me vê mais uma garrafa e um copo, por favor? – E voltou para mim: – Essa é por minha conta. Você está precisando.

Apoiei o queixo na mão, tentando esboçar um sorriso.

– Valeu.

Ela sorriu descontraidamente, pegando outra batata frita. Eu adorava e odiava esse jeito tão desencanado dela. Ela havia me ignorado por um bom tempo – tudo bem, eu também não me esforçara muito para fazer contato depois de conhecer Tina –, fingiu que a foto pelado que eu enviei nunca existiu, e agora estava ali, sentada ao meu lado, tomando cerveja e comendo batata frita como se nada tivesse acontecido. Se eu fosse mais inocente, poderia achar que ela só queria minha amizade mesmo, mas não demorou muito para que, durante a conversa, ela fosse se aproximando e direcionando o olhar para minha boca de vez em quando.

Percebi que estava ficando mais embriagado, porque estava começando a falar mais devagar. Tinha plena consciência de onde eu estava e do que falava, mas pelo menos naquele momento minhas preocupações foram ficando em segundo plano. Fui me soltando e conversando sobre assuntos que não tinham nada a ver com meu chefe ou meu pai, e isso foi ótimo. Carina me contou sobre seu estágio em um escritório de advocacia no centro da cidade e eu falei sobre as matérias que estava gostando de cursar na faculdade.

Depois de mais uma garrafa indo embora, meu controle sobre o que eu falava começou a dar defeito. Cada vez que Carina me lançava um de seus olhares do tipo "Quero você agora", minha mente voltava para o fatídico dia da foto e a falta de resposta dela.

Até que chegou uma hora em que o autocontrole foi pelos ares.

– Carina… você recebeu a minha foto naquele dia?

– Que foto?

Ergui uma sobrancelha. Mesmo eu, que estava bêbado, conseguia lembrar. Não era possível que ela não tivesse visto.

– Você sabe qual foto.

Ela pensou um pouco e depois soltou uma risada.

– Ah, *aquela* foto.

Não falei nada, só ri também. Era o que me restava, certo? Rir de mim mesmo.

– Posso ser sincera?

Ai, não. Vai falar que meu pinto é pequeno.

– No dia em que você mandou, eu não podia responder porque estava com outro cara. Aí achei que ia ser meio aleatório te enviar uma foto respondendo algo que você tinha mandado havia alguns dias, não é?

– CLARO QUE NÃO! – respondi, sem pensar e me exaltando. Até parece que eu iria achar ruim receber uma foto da Carina pelada. Aliás, acho que qualquer um iria achar aquilo maravilhoso.

Carina arregalou os olhos, mas achou graça da minha sinceridade. Ela não estava no meu nível alcoólico, mas já estava um pouco alta também.

De repente, senti algo encostando na minha perna. Não foi aquela sensação de nervoso de quando uma barata sobe em você, era a sensação maravilhosa da bota de Carina roçando na minha perna.

Ela agora me devorava com os olhos. Já estava vendo quase duas dela e me esforçava para me concentrar, mas os movimentos dela só estavam me deixando ainda mais bobo.

Até que nem ela nem eu conseguimos mais aguentar aquela conversinha mole. Quando dei por mim, já estávamos nos agarrando no meio do bar. A cadeira dela estava colada na minha e suas pernas, por cima das minhas. As mãos dela estavam enroscadas no meu pescoço, a minha mão esquerda estava apoiada no seu quadril e a direita, em sua coxa. Tentei lembrar o porquê de nós ainda não termos transado até aquele dia, mas não conseguia pensar em nenhum motivo. Aliás, não conseguia pensar em nada.

Carina não era boba nem nada. Não demorou para ela começar a beijar o meu pescoço e me dar mordidinhas. Fiz o mesmo, mas em seu colo, provocando-a. Quando estava quase chegando aos seus seios, eu subia outra vez e a beijava. Aquilo a estava deixando louca, e a mim também.

Ela foi passando as mãos pelas minhas costas e meu peito, depois desceu para minhas pernas e, por fim, estacionou no Tiago Júnior, que já estava mais acordado do que nunca. Aproveitei que estávamos bem à vontade – talvez à vontade demais para um espaço público – e acariciei seus seios.

Ficamos assim na segunda base por um bom tempo, nem ligando para quem estava olhando. Se eu estivesse sóbrio, com certeza não teria coragem de ficar passando a mão nela com tanta liberdade e animação como estava fazendo. Havia a possibilidade de sermos autuados por atentado ao pudor, mas aquilo nem de longe passava pela minha cabeça na hora.

Em certo momento, afastamos nossos rostos só um pouco, mas continuamos perto o suficiente para sentirmos a respiração ofegante um do outro.

Carina passou a unha de leve pela minha boca e perguntou, com um sorriso malicioso:

– Quer ir para algum lugar?

Ah, o glorioso momento por que eu tanto esperei. E que, por ela só me chamar quando bem entendia, achei que nunca iria chegar. O momento que foi vivido em vários sonhos que me fizeram acordar com o Tiago Júnior apontado para a Lua.

Só que, na hora H, eu não respondi o que achava que responderia.

Olhei de relance por cima do ombro de Carina e dei de cara com um cachorro que parecia me encarar até o fundo da alma. Ele estava preso pela coleira em uma das mesas do bar, onde o dono conversava e bebia uma cerveja com uns amigos. Estava perto o suficiente para que eu pudesse ver o brilho dos postes de luz refletido em seus enormes olhos pretos.

O cachorro era um pug.

Como um tiro, o rosto de Tina e a conversa que tivemos no dia em que nos conhecemos por telefone atingiram em cheio a minha cabeça. Me lembrei de um momento específico, mais ou menos no meio do filme que ela estava assistindo, em que comentei com ela sobre Carina e como eu sentia que estávamos em sintonias diferentes.

– *Posso dar a minha opinião, mesmo sem conhecê-la e sem te conhecer pessoalmente? – ela perguntou.*

– *Sou todo ouvidos.*

– *Me parece que você gosta dela, mas que ela só gosta de estar com você. Que é algo mais de conveniência do que sentimento. Ela sabe que, sempre que te chamar, você vai estar disponível. Mas o contrário também acontece?*

Pensei por um momento no que ela dissera. Já sabia a resposta para aquela pergunta, definitivamente não. Carina volta e meia me ignorava por alguns dias, mas eu, otário, sempre respondia as mensagens dela depois de cinco segundos.

– *Não – respondi, envergonhado.*

– *É uma merda quando isso acontece – ela disse, se compadecendo.*

– *Bom... eu não sou a pessoa mais indicada para falar isso, até porque, né, sou a tonta que gosta do noivo da irmã mais velha. – Ela deu um riso sarcástico. – Mas acho que, se você continuar assim, pode acabar sofrendo no futuro. Quanto mais você aceita isso, mais se apega e ela fica confortável. Mas uma hora ela pode cansar e não querer mais sair com você. E aí, o que você vai fazer?*

Fiquei em silêncio por alguns segundos pensando naquilo. Quem diria que uma garota que eu nunca havia visto e que conhecera naquela mesma noite conseguiria me dar um choque tão grande de realidade?

Ver aquele pug me encarando como se fosse a própria cadela de Tina me fez pensar que eu a estava traindo. Não sabia ao certo se essa sensação de traição era por não seguir seu conselho e deixar Carina me fazer de trouxa, ou se era pelo fato de eu reconhecer que comecei a sentir algo por Tina e que ela sentia algo por mim também, e que só não havíamos conseguido dizer isso com todas as palavras um ao outro porque meu chefe resolveu se enfiar na história e deixar tudo mais difícil.

Além do mais, eu também estava começando a ficar tonto e ligeiramente enjoado pelos vinte e cinco litros de cerveja que tinha bebido.

– Tiago… Quer ir para algum lugar? – ela repetiu.

Recuperei o fôlego e voltei a focar em Carina. Decidi perguntar a ela algo que estava entalado na minha garganta havia muito tempo:

– Carina… você gosta de mim?

Essa pergunta definitivamente não era a resposta que ela esperava ouvir para seu convite. Sua cara de sedução se desfez e deu lugar a uma expressão confusa.

– Há… gosto, ué.

Sua hesitação não me convenceu nadinha.

– Gosta mesmo, tipo, sente algo por mim, ou é mais por conveniência?

Ela pareceu ainda mais incrédula com o que eu acabara de dizer.

– Que pergunta é essa, Ti?

– Ué, só quero saber se você sente alguma coisa por mim.

— Por quê?

Ela estava na defensiva, e a resposta era clara. Me senti sóbrio por um breve momento ao respondê-la com a maior seriedade:

— Porque eu não consigo mais ficar assim, do jeito como estamos. Nos encontrando só de vez em quando, e quando você está a fim.

Carina franziu a testa. O tesão dela tinha ido pelos ares. Ela afastou um pouco a própria cadeira, cruzou os braços e falou, incomodada:

— Por que resolveu me dizer isso logo *agora*? — Ela enfatizou a palavra, se referindo ao que estávamos prestes a fazer, mas que não íamos mais porque eu tinha cortado o clima completamente.

— Se for pra continuar correndo atrás de você, quero saber se vai valer a pena ou não.

Estava me sentindo um poeta por conseguir expressar para Carina tudo o que estava sentindo, mas sabia que na realidade ainda estava embriagado e devia estar soando como um retardado.

Agora com tesão em menos cem e irritada por eu tê-la privado de sexo naquela noite, Carina cuspiu as palavras, claramente com raiva de mim:

— E você pensou nisso nesse momento, quando a minha mão estava quase dentro da sua calça?

Ela se exaltou um pouco porque também não estava cem por cento sóbria. Pude ver com o rabo do olho que duas garotas sentadas atrás de nós nos encaravam, um pouco surpresas.

— Desculpa. — Foi tudo o que consegui dizer. — Mas sabia que iria me arrepender depois se fosse até o fim. Poderia ser muito pior.

Carina deu uma bufada, abriu a carteira, colocou algumas notas na mesa de má vontade e se levantou. Bem... dessa água não beberei.

— Vai à merda, Tiago. Vê se cresce.

E saiu marchando em direção ao metrô. Em trinta segundos, ela havia desaparecido.

E lá estava eu, sozinho no bar, com vários pares de olhos me julgando — já devíamos ter chamado atenção demais naquela noite —, com várias garrafas de cerveja vazias na minha frente e a cadeira onde Carina estava sentada havia menos de um minuto sem mais ninguém.

E o pug continuava me encarando. Agora estava com a língua para fora e abanando o rabo.

– Tá feliz, é? – falei em um tom baixo. – Espero que esteja. Você acabou de arruinar uma noite incrível para mim porque me deixou com peso na consciência.

Bem, agora que havia perdido não só meu emprego, mas a garota com quem eu saí por um bom tempo na esperança de que gostasse de mim, um bom dinheiro com aquela conta do bar e o que sobrou da minha dignidade, me restava pensar nas coisas boas na minha vida para não enlouquecer de vez.

Tinha dois melhores amigos que poderiam me ajudar a sair da fossa.

Tinha apenas vinte e um anos, então não estava tão na merda por estar desempregado.

Tinha um curso na faculdade de que eu gostava pra caramba, mesmo com a pressão do meu pai.

E tinha uma garota de enormes cabelos cacheados, óculos e bochechas grandes com quem eu pude me abrir e que não desistiu de mim mesmo com o universo conspirando para que eu não conseguisse sequer dar um selinho nela.

Talvez nem tudo estivesse perdido no final das contas.

13
Tina

Três por três

– E aí, preparados? – perguntei a Antônio e Nico.

Estávamos no metrô indo até a estação Cinelândia, na Lapa. Consegui convencer Antônio a me ajudar a recuperar o emprego de Tiago em uma disputa contra o Pacheco. O rapaz de quase dois metros de altura me explicou que ele jogava melhor bilhar, e que essa era a modalidade que os frequentadores do bar costumavam jogar quando faziam campeonatos. Meu plano original era ir só com Antônio, porque, quanto menos pessoas soubessem, melhor. Mas certo alguém foi bem útil para botar o plano em ação.

– É certeza que o Pacheco vai estar lá – Nico afirmou, apoiando a cabeça no ombro enquanto segurava a barra do metrô. – Eu dei uma espiada na sala dele, e ele estava dizendo para um amigo no telefone que hoje participaria da jogatina.

– Ótimo. Então a gente chega lá, encontra o Pacheco, eu o desafio a jogar contra o Antônio e, se ganharmos, ele devolve o emprego do Tiago – eu disse.

– Simples – Nico afirmou.

Obviamente não era tão fácil como estávamos fazendo parecer. Tínhamos que estar preparados caso algo desse errado. Pela cara de Antônio, já parecia que tudo estava perdido antes mesmo de chegarmos ao bar.

– Tina, eu tô me cagando com esse plano – ele disse.

Ele nem precisava ter dito, já que estava com duas pizzas de suor debaixo dos braços e sua testa estava franzida.

– O que pode acontecer de tão ruim? – perguntei. – Se você ganhar, ótimo. Se perder, tudo continua como estava.

– Não acha que a gente devia ter pelo menos consultado o Tiago?

Pensei nisso várias vezes antes de irmos para lá. Mas tinha a impressão de que não adiantaria nada, seria até pior.

– Ele com certeza iria querer abortar a missão – respondi.

– Talvez por um bom motivo! – disse Antônio, tenso. – Vai que, sei lá, o cara pira e resolve ir atrás do Tiago? Ou de você? Ou de *mim*? – Ele engoliu em seco.

– Só porque perdeu num jogo de bilhar? – Nico interveio. – Ele pode ser um desequilibrado, mas também não acho que mataria uma pessoa por causa disso.

– E sempre temos a gravação no celular do Tiago – completei.

Antônio arregalou os olhos.

– Pensei que a gente não ia usar a gravação.

– E não vamos – argumentei. – Isso é só uma situação hipotética. Não vai chegar a esse ponto.

– E, no pior dos casos, o pai da Tina é advogado e o meu é policial. O do Tiago é ex-militar – Nico tentou amenizar a situação. – A gente mete a bunda do Pacheco na cadeia se ele der um pio para nós.

Antônio passou as mãos enormes pela cabeça raspada. Era engraçado ver um moleque daquele tamanho com medo de um senhorzinho franzino que nem o Pacheco. Quer dizer, ele até tinha um bom ponto. Talvez o Pacheco fosse mesmo um maluco assassino ou chefe de um cartel de drogas, mas recontratar um funcionário que nunca deu muito problema e que nunca chamou tanto a atenção como o Tiago não deveria ser o suficiente para ele querer nos apagar do mapa.

– Mesmo assim... – Ele roeu a unha do polegar. – Me sinto estranho por não contar para a Marília o que estamos fazendo.

– Quanto menos gente souber, melhor – respondi.

– Mas... eu conto tudo para ela!

– Você conta quando o Tiago conseguir o emprego de volta. – Nico deu de ombros, com uma pitada de ciúmes.

Acabou que contar o plano para Nico me ajudou bastante. Talvez sozinha eu não conseguisse convencer o Antônio a ir comigo.

Quando chegamos à Cinelândia, Antônio já estava bem mais tranquilo. Mas bastou darmos cinco passos para fora do metrô que o nervosismo dele voltou com tudo. Ele sentiu seu celular vibrando e mostrou para nós: *Marília*.

– O que eu faço?!

– Atende, ué – respondi. – Diz que não pode falar agora e que liga mais tarde.

– Mas aí ela vai suspeitar!

– Só atende, garoto! – Nico disse, empurrando o celular na direção do ouvido dele.

Antônio suspirou e atendeu.

– Oi. Tô bem, sim. Hoje? Não, eu não posso... – Ele olhou para nós, angustiado. – Por quê? Há... porque... é...

Eu e Nico gesticulamos para que ele parasse de enrolar e inventasse qualquer desculpa, mas aparentemente Lila tinha bastante influência na vida de Antônio.

– Dá licença. – Sem paciência, Nico arrancou o celular da mão de Antônio e levou-o ao ouvido: – Lila? Oi, é o Nico! – Ele sorriu. – Então, hoje eu peguei ele emprestado um pouco! – Ele fez uma pausa, depois deu um risinho. – É, isso aí. Estamos. Bom, tenho que ir. Depois ele te liga, tá bem? Beijo! – E desligou. – Pronto. É assim que se faz.

– Obrigado. – Antônio pegou o celular de volta.

Eu já tinha um palpite do que Lila tinha perguntado a Nico para ele responder assim tão animado, mas preferi perguntar depois. Poderia constranger Antônio. Ou, quem sabe, revelar um lado que nem ele mesmo sabia que existia.

Como já sabíamos onde o Bicho Preguiça ficava, não demoramos quase nada para chegar. Passamos por baixo dos Arcos da Lapa e logo avistamos o letreiro azul e verde com a preguiça desenhada. Segurei o braço enorme e todo tatuado de Antônio, para ter certeza de que ele não ia fugir.

Como era uma quinta-feira, dia de promoção de chope e campeonato de bilhar, o bar estava tão movimentado quanto da última vez que estivemos lá, na semana anterior. Música brasileira tocava, as televisões ao redor do bar passavam jogos de futebol e diversas cabeças grisalhas conversavam e brindavam alegremente. As três mesas de sinuca estavam ocupadas. Tive uma súbita vontade de pedir uma caneca enorme de chope e virá-la de uma vez para ver se me dava mais coragem, mas lembrei que meus pais estavam em casa e iriam me matar se sentissem o cheiro de álcool e descobrissem que eu não havia saído para jantar com Nico perto de casa, como havia dito a eles.

Colocamos o nome de Antônio no quadro-negro perto das mesas, para reservar uma vaga no jogo. Ele precisou de uns dois chopes para relaxar e seguir com o nosso plano.

– Olhem só – Nico falou, olhando por trás do meu ombro em direção à entrada do bar. – Ali está o Pacheco!

Me virei e dei de cara com Carlos Alberto Pacheco entrando e cumprimentando um conhecido que estava em uma das mesas perto da porta. Agora que podia estudar suas feições com mais calma, realmente conseguia ver a semelhança entre ele e Monty Burns. Só que, em vez de um terno verde, ele usava uma camisa social branca e calças marrons folgadas.

– Essa é minha deixa – disse Nico, dando meia-volta.

– Ei, ei, ei! – Antônio agarrou com sua mão enorme o bracinho fino de Nico. – Aonde você vai?

– O Pacheco me conhece, Antônio! Não posso estar à vista quando a Tina for falar com ele.

– Mas, mas... – Antônio continuou segurando-o, nervoso. – Você é meu amuleto da sorte no bilhar!

Nico levou as mãos ao peito e sorriu apaixonadamente. Por um momento, pareceu que desistiria de sumir dali, mesmo correndo risco de ser reconhecido pelo chefe. Mas logo ele voltou a pensar racionalmente.

– Estarei mandando boas energias do outro lado do bar. Não se preocupe. – E delicadamente foi tirando a mão de Antônio de seu braço, dedo por dedo.

Ufa. O próprio Nico sempre me dizia para não colocar homem nenhum acima da carreira na minha lista de prioridades.

Antônio assentiu com a cabeça. Não sei como funcionam amuletos da sorte, mas imagino que bastava Nico estar presente no lugar em que Antônio estivesse jogando, certo? Mas Antônio estava tão nervoso que precisava de Nico o mais próximo possível para acalmá-lo. Felizmente, Nico achou um cantinho de onde Antônio conseguia vê-lo.

Senti a palma das minhas mãos suando à medida que o Pacheco se aproximava de nós. Ele não sabia de nada, para ele, aquela seria mais uma quinta-feira como qualquer outra. Eu precisava captar sua atenção antes que ele se juntasse aos amigos e tudo fosse por água abaixo. Realmente ele era como Tiago descrevera: corcunda, franzino, mas com um olhar intimidador.

Respirei fundo, dei um gole no chope de Antônio – ninguém é de ferro, certo? – e caminhei a passos rápidos até ele.

– Oi, Seu Pacheco – cumprimentei, engolindo qualquer medo junto com o chope. – Meu nome é Maria Cristina. Queria falar algo muito importante com você.

Ele parou e me encarou de cima a baixo. Não devia estar acreditando que uma pirralha de óculos e uma camiseta do Tico e Teco tinha algo a dizer para ele no bar que ele frequentava.

— É comigo mesmo? – perguntou, cruzando os braços.

— Sim – respondi.

— De onde você me conhece, menina?

— Amigos em comum. – Não eram necessariamente amigos, e sim dois subordinados que ele tratava como lixo, mas ele não precisava saber disso. – Você deve estar se perguntando o que eu quero com você.

Ele não disse nada. Nem um mísero sorriso se projetava em seu rosto carrancudo.

— Ok, vou te explicar. – Dei uma súbita olhada para trás para garantir que Antônio ainda estava ali e não havia fugido para as colinas. – Queria te fazer um pedido.

Ele ergueu uma sobrancelha grisalha.

— Quero que devolva o emprego do meu amigo.

Pacheco não mexeu um músculo daquela cara feia.

— Quem é seu amigo?

Ponderei se contava ou não, mas cedo ou tarde ele precisaria saber. Se tinha algum momento para eu desistir, era agora. Mas não podia. Eu havia chegado tão longe, já conseguira captar a atenção dele! Não podia dar para trás.

Tiago, não me odeie. Vai dar certo. Vai dar certo.

— Tiago Vega.

Pela primeira vez ele sorriu. Mas não foi um sorriso de alegria ou de simpatia, foi mais de sarcasmo e escárnio.

— Ah, então você é a famosa *Tina*?

Senti minhas bochechas queimando. Não é que ele tinha uma memória boa?

— É... – Foi tudo o que consegui dizer. – Mas ele não tem nada a ver com isso. Eu fui o motivo de ele ser demitido, então tive a ideia de vir aqui, nem falei com ele.

Ele deu uma risada debochada. Se estivesse sozinha na minha casa à noite e me deparasse com aquela cena, sairia correndo de medo.

— Por que eu devolveria o emprego daquele imprestável?

Imprestável?! Tive que me controlar para manter a compostura. Quantas vezes Tiago fora obrigado a fazer hora extra e trabalhar em dias que não gostaria? E ele alguma vez se negou? Não! Velho idiota. Imprestável era ele.

— Porque ele é um bom profissional. Faz um bom trabalho, é prestativo, nunca deu nenhum problema...

— Até você aparecer, minha querida.

Minhas narinas inflaram. Claro que ele não iria perder a chance de me provocar.

— Você perdeu seu tempo achando que iria me convencer, menina. — E virou as costas.

É, foi como eu imaginara. Seria fácil demais se ele apenas concordasse em contratar o Tiago outra vez. Eu precisava de uma isca. Aí entrava a segunda parte do plano.

— Espera! — pedi em um tom um pouco mais alto.

Ele se virou, impaciente.

— Não adianta insistir.

— Quero propor outra coisa. — Me aproximei, hesitante, mas tentando ficar firme.

Ele não disse nada. Só me olhou, entediado.

— Soube que você é um excelente jogador de bilhar. — Massagear o ego dele poderia ser uma boa tática. — Então gostaria de convidá-lo para uma partidinha contra meu amigo. Proponho uma aposta. O que acha? — E apontei para Antônio, que acenou de leve, dando um sorrisinho amarelo.

— E qual é a aposta? — ele perguntou, com desdém.

— Se ele ganhar, você devolve o emprego do Tiago.

— Isso estava óbvio. Mas o que você tem a me oferecer, menina?

Essa foi a única parte do plano que não contei nem para Antônio nem para Nico, porque sabia que nenhum dos dois aprovaria. Foi algo em que andei pensando desde o dia em que tivera a epifania no carro com Bruno. Se eu quisesse alguma coisa, eu mesma precisava tomar a iniciativa. E foi o que eu fiz. Uma iniciativa louca e estúpida? Talvez.

— Um mês de chope de graça aqui.

Pela primeira vez, Pacheco esboçou um pouco de surpresa. Escutei Antônio dizendo: "O QUÊ?!" atrás de mim e andando na minha direção.

— Quem vai pagar por isso? — Pacheco perguntou, finalmente interessado.

— Eu — respondi.

— Tina, você ficou maluca? — Antônio falou no meu ouvido.

— Não. Eu tenho certeza de que você vai ganhar.

Não tinha certeza nenhuma. Estava em pânico por dentro, com vontade de sair correndo e gritando bem alto. Mas, por fora, transparecia ser um poço de calma e confiança. Aprendi a esconder meu nervoso depois de tantos anos fingindo não me importar com o relacionamento do Bruno e da Alessandra.

Sabe aquele filme do Tarantino em que o Leonardo DiCaprio diz: "Você tinha a minha curiosidade, agora tem a minha atenção"? Eu estava me sentindo exatamente nessa cena. Só que, em vez de ter o Leonardo DiCaprio na minha frente, tinha um velho mal-encarado e sociopata no lugar. Mas pelo menos ele estava interessado na aposta.

— Não me parece uma aposta muito justa — ele disse, seco.

Tentei manter a expressão neutra, mas estava preocupada com o que mais ele iria pedir.

— Eu proponho uma troca. Três meses por três meses. Se vencerem, o Vega ganha o emprego dele por três meses, até encontrar outra coisa. Se eu ganhar, recebo três meses de chope grátis aqui.

Antônio arregalou os olhos. Eu engoli em seco. Para Pacheco aquilo era uma aposta justa?! Nem em um milhão de anos! Ele daria um ótimo político. Que babaca. Queria bater com o taco de sinuca naquela cara enrugada dele.

— Tina, não vale a pena — disse Antônio. — Deixa isso para lá, vai.

Mordi o lábio, tentando calcular o quanto iria me custar se Antônio perdesse o jogo. Três meses de chope, contando todas as quintas-feiras – e talvez outros dias da semana –, era *muita* coisa. Eu tinha uma grana que estava guardando havia um tempo, e a última coisa que queria fazer era entregá-la de mão beijada ao chefe maldoso do Tiago.

– Só jogo se for assim – ele disse, esnobe.

Que ódio.

Pensei na gravação no celular de Tiago. Ainda tínhamos uma informação sobre o Pacheco que ele desconhecia e poderíamos usá-la contra ele na pior das hipóteses. Talvez eu nem precisasse pagar para ele, caso perdêssemos. Ei, e da última vez que Antônio estivera no Bicho Preguiça, tinha dado uma surra em todos aqueles velhos no bilhar! Nós tínhamos grandes chances de ganhar, e Tiago ainda poderia procurar um emprego que gostasse mais enquanto ganhava dinheiro para pagar a faculdade, sem a pressão do pai. Seria um plano perfeito.

Se ganhássemos.

– Está bem.

Antônio soltou um gemido de pavor, mas não lhe dei ouvidos. Apertei a mão ossuda do Pacheco, rezando para que, especificamente naquele dia, ele se saísse pessimamente no bilhar. Ele sorriu, satisfeito. Parecia um bicho-papão feliz em tirar doce de criança. No caso, dinheiro de uma universitária.

– Sem pressão, mas por favor, *por favor*, vença esse jogo – implorei no ouvido de Antônio, abraçando-o com força.

Escrevi com giz no quadro-negro o nome do Pacheco ao lado do de Antônio. Antônio caminhou até a mesa de sinuca no canto direito do estabelecimento, mas Pacheco foi até uma porta ao lado do balcão, ficou lá por cerca de dois minutos e voltou segurando um taco grande, bem-cuidado e reluzente. Ao lado dele, veio caminhando um homem gordo, calvo, com um grande bigode grisalho e um sorriso simpático no rosto. Era o Seu Raul, o primeiro cara que falou comigo e com Tiago, na outra vez que estivemos no Bicho Preguiça.

– O velho tem um taco exclusivo? – perguntou Antônio, erguendo uma sobrancelha.

— Exibido. — Cruzei os braços. — Relaxa, ele só quer se mostrar. Não vai fazer diferença.

Antônio examinou cuidadosamente os três tacos ao lado do quadro-negro. Para mim, uma leiga no jogo, eles pareciam exatamente iguais, mas preferi deixá-lo escolher aquele que o deixava mais confiante, se é que ele conseguia diferenciá-los.

Pacheco apoiou com cuidado seu taco na mesa, organizou quinze bolas coloridas num triângulo no lado esquerdo da mesa e posicionou a bola branca do lado oposto.

— Menina. — Ele estalou os dedos para chamar minha atenção. — Faça alguma coisa útil. Dê espaço para jogarmos.

Apertei os punhos. Velho abusado. Dei alguns passos para longe da mesa, mas ainda fiquei perto o suficiente para observar as jogadas. Seu Raul tirou uma moeda do bolso e lançou-a no ar. Antônio pediu cara. Fiquei mentalizando: "Cara! Cara! Cara!", mas é claro que caiu coroa. Inferno... Pacheco começaria.

Com um sorriso nojento no rosto, ele se preparou, mirou na bola branca por quase vinte segundos e deu a primeira tacada. A bola azul da extrema direita foi encaçapada.

— Que droga, ele já ganhou ponto? — grunhi de frustração.

— É. Aqui eles jogam o Bola 8 — explicou Antônio. — Ele acertou a bola 10, então o objetivo dele é encaçapar as bolas de 9 a 15, depois a 8. E eu tenho que acabar com as de 1 a 7, depois a 8. Vence quem encaçapar a 8 primeiro.

Não disse nada, apenas contemplei minha falta de conhecimento. Pelo visto havia variações de sinuca que eu não conhecia.

Como tinha feito um ponto, ainda era vez de Pacheco. Ele anunciou que iria acertar a bola 9, amarela, mas, felizmente, errou. Então deu espaço para Antônio jogar, olhando-o com desprezo. Antônio respirou fundo e deu uma olhada rápida em direção a Nico, que ergueu uma caneca de chope, desejando boa sorte.

— Vai, você consegue! — Massageei seus ombros, depois me afastei para que ele pudesse jogar.

Antônio pensou um pouco e mirou a bola verde, de número 6. Anunciou que era essa que ele queria acertar e não deu outra, ela entrou direto. Bati palmas e comemorei, sentindo uma pequena satisfação pessoal ao ver a cara de nojo do Pacheco. Seu Raul anotou embaixo do nome de Antônio o número da bola que acertara.

Antônio analisou a mesa, cujas bolas estavam espalhadas, e anunciou que iria acertar a bola 2, azul. Fechou um olho para mirar bem a bola, mas não conseguiu encaçapá-la. Pacheco sorriu, satisfeito.

– Péssima jogada. A bola estava fácil.

Respirei fundo, me controlando para não xingá-lo de vários nomes. Antônio ficou um pouco inseguro com a provocação, o que me deixou ainda mais nervosa.

Passou mais uma rodada sem que nenhum dos dois acertasse nenhuma bola na caçapa. Olhei para Nico, do outro lado, que mantinha os olhos tão fixos em nós que nem piscava. Pacheco anunciou que iria acertar a bola 12, roxa. Ela estava pertinho da bola 1, amarela, na qual Antônio provavelmente miraria em seguida, porque estava numa posição ótima para ser encaçapada.

– Seu Raul – chamei o árbitro do nosso jogo. – O que acontece se o Pacheco acertar a bola 1?

– Se só acertar, batendo antes na bola 12, não tem problema. Mas, se encaçapar, é falta.

Interessante. A bola 1 estava realmente muito perto da caçapa, então Pacheco precisaria ter muita leveza para não encaçapá-la. Cruzei os dedos, mas o filho da mãe não só encaçapou a bola 12 como lançou a de Antônio para o outro lado da mesa, dificultando bastante a marcação do ponto. Que raiva.

– Isso se chama técnica – vangloriou-se. – Bilhar é um jogo que exige paciência e concentração.

– "Exige paciência e concentração, pipipi popopó" – imitei-o baixinho, fazendo Antônio soltar um ronco ao tentar sufocar uma risada.

Ainda era vez de Pacheco, que indicou que iria na bola 11, vermelha, e começou a conversar com Raul enquanto se preparava. Deu um toquezinho bem de leve na bola branca, que se moveu alguns milímetros, e depois deu outro, mais forte, acertando a bola na caçapa.

– Ei! – protestei. – Pode fazer isso? Bater na bola duas vezes?

Os dois pararam de conversar.

– Fique quieta, garota. Eu bati só uma vez.

– Bateu duas! Eu vi a bola se mexendo! – E olhei para Seu Raul, esperando que ele tomasse uma atitude.

Pacheco, irritado, lançou um olhar cúmplice para Raul, que respondeu:

– Não vi mexer, não. Deve ter sido impressão sua.

Então era assim! Ele ia partir para a roubalheira! Senti meu sangue ferver. Eu não iria entregar três meses de chope grátis para um velho que, além de babaca, era trapaceiro.

– Então na próxima vez você pode prestar mais atenção, *juiz*? – cuspi as palavras.

Seu Raul se espantou e Pacheco me encarou com ódio. Antônio sorriu. Ah, eu não ia deixar aquilo barato. Se fosse para ganhar, ele teria que merecer.

Depois que eu dei aquela peitada de leve no Pacheco, Antônio ficou mais confiante e começou a mirar melhor e acertar mais bolas. Já Pacheco, que não queria de jeito nenhum ser vencido por moleques que tinham um terço da sua idade, se esforçou para, além de tentar acertar o máximo possível, distrair Seu Raul para poder trapacear.

Resolvi não me importar mais com o que meus pais iriam pensar e peguei um chope no bar. Se era para agonizar esperando o destino do meu dinheiro e do emprego de Tiago, que fosse pelo menos tomando um chopezinho gelado. Sentei ao lado de Nico, que estava apoiado no balcão e debruçado sobre o ombro, observando o jogo.

– Quem você acha que ganha? – ele me perguntou.

– Não sei. – O quadro-negro mostrava que Antônio encaçapara 4 bolas e Pacheco, 5. – Está bem acirrado. Mas o Antônio tem que abrir o olho com esse cara. Ele tenta roubar sempre que o Seu Raul se distrai.

— Tadinho... — Nico lançou um olhar triste e sonhador para Antônio. — Tudo que eu queria agora era me enfiar naqueles brações e dizer que vai ficar tudo bem.

Dei um risinho e um gole no meu chope. Não podia julgá-lo, porque eu também estava desejando me envolver em um par de braços e dizer que tudo ia ficar bem, mesmo sem ter certeza disso. A diferença era que o meu par de braços era magricelo.

Dei mais alguns goles e limpei a boca com um guardanapo. Me senti revigorada, o chope recarregou minhas energias. Aturar o Pacheco resmungando e sendo detestável o tempo todo exigia muito de mim.

— Melhor eu voltar para lá para ter certeza de que o babaca não está roubando.

Nico assentiu com a cabeça.

— Diz para o Antônio que eu confio nele e que tenho certeza de que vai ganhar.

— Mas você tem certeza?

— Claro que não.

É, fazia sentido querer injetar confiança em Antônio. Ele era ótimo jogando, não podia deixar as palavras maldosas do Pacheco entrarem na sua cabeça.

Antes que eu pudesse afastar a cadeira para me levantar, Nico fincou a mão no meu braço. Seu rosto de repente ficou branco.

— Ai, meu Deus.

Sem entender o que tinha acontecido, virei o rosto em direção à entrada do bar, para onde ele olhava fixamente. Senti meu coração saindo pela boca.

Lila estava lá, parada, provavelmente procurando por nós. E ela não estava sozinha. Meus olhos involuntariamente se encontraram com os de quem estava ao seu lado, e eu senti o chope fazendo o caminho inverso e subindo pela minha garganta.

Tiago.

14
Tiago

Nunca é tarde para criar colhões

Se há um mês me dissessem que, em uma quinta-feira à noite, eu estaria em um bar na Lapa procurando meu melhor amigo, a garota que conheci no atendimento do NettyMe e meu chefe, eu iria rir na cara da pessoa que imaginou um absurdo desses. Mas o mundo dá voltas.

Eu quase tive um infarto quando recebi a ligação de Lila. Estava em casa, lavando a louça do jantar, escutando meu pai resmungar na sala sobre uma notícia de assalto passando no *Jornal Nacional*, quando peguei o celular e vi que tinha algumas ligações perdidas e a mensagem da minha amiga dizendo: "ATENDE A PORRA DO SEU CELULAR, TIAGO VEGA". Nem tive tempo de ligar para ela de volta, ela já estava ligando de novo.

– Oi, Lila. Tá tudo bem? – perguntei, preocupado.

– Finalmente! – Escutei a voz nervosa dela do outro lado da linha. – Comigo está, sim. Mas acho que você tem que ir para a Lapa, tipo, agora.

Espiei meu pai na sala, que estava muito entretido xingando os bandidos na televisão, então discretamente fechei a porta da cozinha, para ter privacidade.

– Como assim? O que está acontecendo?

– Eu liguei para o Antônio agora pouco e ele estava muito esquisito. Perguntei se ele queria vir aqui em casa jogar *Fortnite* e ele ficou desconcertado, enrolou bastante antes de dizer não, como se estivesse pensando em uma desculpa.

Realmente aquilo era um pouco estranho. Mas não o suficiente para deixá-la em desespero.

– Ele está com o Nico – ela continuou.

Oh. Será que eu realmente tinha me enganado todos esses anos achando que Antônio era hétero? Ou será que ele se descobriu depois de conhecer Nico? Seria um encontro? Mas por que Lila estava tão alardeada?

– Vai ver eles estão se pegando e o Antônio não sabe como contar isso para gente.

– Não é isso! – ela respondeu, aflita. – Eu estranhei a reação do Antônio e fui procurar onde ele estava. Sabe o que o aplicativo mostrou?

Deixe-me explicar essa parte. Quando disse que Lila consegue encontrar qualquer informação sobre qualquer pessoa, não estava exagerando. Depois que nos perdemos um do outro em uma festa muito louca em Santa Teresa e acabamos sendo assaltados, baixamos um aplicativo chamado Encontre meus amigos, que indicava nossa localização via GPS, para evitar passar por isso outra vez. Antônio era mestre em beber, ficar doidão e se perder de nós, então Lila volta e meia checava onde ele estava. Agora estava começando a entender o motivo de ela me ligar tão preocupada. Onde diabos Antônio e Nico haviam se enfiado?

– Bar Bicho Preguiça, na Lapa.

Meu coração acelerou. Por que aqueles dois estariam no bar onde encontramos meu chefe e descobrimos que ele estava envolvido em alguma situação suspeita? E ainda mais numa quinta-feira, dia de campeonato de sinuca e promoção de chope, quando havia noventa e nove por cento de probabilidade de o Pacheco estar lá?

– Há… eles podem estar lá só pelo chope barato… – falei, me apoiando no balcão da cozinha e rindo de nervoso.

– Eu acabei de comprovar que não estão, Ti – ela respondeu, séria. – Olha suas mensagens.

Com os dedos tremendo, tirei o celular do ouvido e abri minha conversa com Lila, para ver a foto que ela me enviara. Era uma captura de tela da página do Facebook do Bicho Preguiça, que acabara de ser atualizada. A legenda dizia: "O campeonato de sinuca já está rolando!!!!". A foto estava meio tremida, mas mostrava as três mesas de jogo do bar e os jogadores em volta. A princípio não vi nada de surpreendente, mas quando dei zoom na foto percebi que na mesa do canto havia uma pessoa de costas e outra cortada pela metade. A pessoa cortada parecia muito o Pacheco, usando uma camisa social branca, com poucos cabelos e a cara enrugada. A enorme cabeleira cacheada da pessoa de costas era inconfundível. Quase deixei o celular cair.

– Ti? Ainda está aí? – Ouvi a voz fina de Lila.

Eu agora estava próximo de ter um derrame. Não podia acreditar naquilo. Não era uma coincidência. Antônio e Nico não estavam lá só para tomar chope barato. Por algum motivo absurdo foram lá com o objetivo de encontrar meu chefe e levaram Tina junto.

Puta merda. Eu precisava ir para a Lapa naquele segundo.

– Me encontra na estação da Cinelândia? – respondi, depois de me recuperar do choque.

– Encontro. Se apresse!

Respirei fundo, ainda tentando processar o que diabos estava acontecendo. Aqueles três me deviam uma bela de uma explicação. Se fosse coisa boa, não teriam escondido de mim e de Lila. Encontrar o Pacheco no Bicho Preguiça! Eles eram idiotas? Que pessoa em sã consciência vai encontrar um velho maluco daqueles, ainda mais sabendo que ele pode ser perigoso?!

Eu precisava manter a calma e pensar em uma desculpa para meu pai não suspeitar de nada. Saí da cozinha em silêncio, peguei minha carteira e chaves de casa no quarto e andei em direção à porta.

– Aonde você vai? – perguntou meu pai, finalmente tirando os olhos da televisão.
Fique calmo. Diga algo convincente.
– Na casa da Lila. Jogar *Fortnite*.
Ele não mudou a expressão severa.
– Amanhã você tem aula.
– Eu sei, não vou demorar.
Depois de me lançar um olhar suspeito, ele se virou novamente para o *Jornal Nacional*.
– Pelo visto não está mais tão preocupado em arranjar um emprego. Está bem, você quem sabe.
Revirei os olhos. Ótimo. O sermão do dia estava dado. Abri a porta e tranquei-a com raiva. Eu tinha outras preocupações mais importantes no momento.

* * *

E lá estava eu, junto com Lila, entrando no lugar em que jurei para mim mesmo que nunca mais colocaria os pés. Assim que entramos, comecei a olhar em volta, desejando que os dois na foto que Lila me enviou fossem apenas pessoas aleatórias parecidas com Tina e Pacheco.
Mas não eram.
Quando olhei para o bar, o primeiro par de olhos que encontrei foi o de Tina. Ela segurava uma caneca de chope, e Nico estava sentado ao seu lado. Pela expressão de pânico em seu rosto, ela realmente devia querer manter em segredo seu paradeiro. Pena para ela que a tecnologia a denunciou.
Puxei Lila pela mão e marchei até o bar, sem tirar os olhos deles. Os dois estavam pálidos. Com certeza sabiam que tinham feito besteira e agora precisariam se explicar para nós. Restava saber quão grande fora o estrago.
– Olá – falei, frio e seco. Me senti um adulto dando esporro em duas crianças. – Podem me dizer o que estão fazendo aqui?

Tina e Nico trocaram um olhar rápido, tentando combinar uma desculpa por telepatia.

— Bebendo! — Nico ergueu sua caneca de chope e soltou um risinho.

— Vocês moram a quarenta minutos de metrô daqui — falei, cruzando os braços. — Realmente acham que eu vou acreditar que vieram até aqui só para tomar chope?

— E assistir ao futebol também — ele completou, dando uma piscadela.

Tina estava tensa. Ela tomava seu chope tentando não olhar nos meus olhos. Era muito menos cara de pau do que o amigo.

Me aproximei, encarando-a fixamente.

— Vai me contar a verdade?

Os olhos grandes dela finalmente encontraram os meus. Ela suspirou.

— Por favor, não me odeie.

Ai, caramba. Ela tinha feito besteira. E, pelo visto, era das grandes.

No momento em que ela abriu a boca, escutei uma voz grossa vindo do outro lado do bar:

— MERDA! CARALHO! PUTA QUE PARIU!

Pela voz, e pela falta de cerimônia ao gritar um repertório de palavrões, reconheci imediatamente quem era. Nós, e o bar inteiro, viramos em direção à voz de Antônio e o vimos agachado na frente da última mesa, com cara de dor e apertando o pulso direito. Lila exclamou de espanto e Nico se levantou tão rápido que derrubou o banco alto.

— ANTÔNIO! — Ignorando qualquer explicação que devia para Lila e eu, Nico voou como um foguete em direção à mesa.

Ainda queria que Tina me contasse o que estava acontecendo, mas todos sabíamos que o importante agora era ver como Antônio estava. Ao chegar à mesa, dei de cara com meu chefe, quer dizer, ex-chefe.

— Vega? Argentino? — perguntou espantado Pacheco, sem acreditar que seus subalternos medíocres estavam no seu bar preferido.

Mas Nico, tomado pelo calor do momento e pela preocupação com Antônio, perguntou em um tom acusativo:

— O que você fez com ele?!

Meu Deus. Aquilo parecia novela mexicana. O fato de Nico ser naturalmente exagerado e ter seu pé nos nossos vizinhos latinos contribuía ainda mais para aquela cena dramática.

— Nada! Ficou louco?

— Eu tropecei numa bola e caí em cima do meu pulso — Antônio explicou, franzindo a testa.

Mesmo não sabendo ao certo o que estava havendo ali, eu tinha uma leve impressão de que, em se tratando do meu chefe, Antônio não se machucara por acidente.

— O que diabos vocês estão fazendo aqui? — Pacheco perguntou.

— Eles descobriram sobre nossa aposta — Tina finalmente falou.

Me virei para ela, confuso:

— Que aposta?

Pacheco, percebendo nossa falta de comunicação, cruzou os braços e deu um risinho de escárnio:

— Sua namoradinha não te contou, pelo visto.

Tentei ignorar aquele comentário e mantive o olhar fixo em Tina. Antônio ainda esfregava o pulso e gemia de dor, enquanto era amparado por Nico e Lila.

— Está bem, eu conto — ela disse, relutante. — Eu apostei com o Pacheco uma partida de bilhar valendo três meses do seu emprego de volta contra três meses de chope grátis para ele aqui.

Pacheco apenas assentiu com a cabeça. Meu queixo caiu no chão.

— Como é que é?!

Ela não podia estar falando sério. Tinha que ser brincadeira. Ela não era burra nem louca o suficiente para se meter com o Pacheco — e me envolver nisso! — sem nem ao menos me consultar. Não, ela estava brincando, só podia ser.

Percebendo minha expressão cada vez mais preocupada, ela tentou se explicar:

— Eu sei que parece maluquice, e na verdade é mesmo! Mas era o único jeito de eu conseguir recuperar o emprego que, por minha culpa, você perdeu.

— Culpa dos dois, na verdade — Pacheco comentou.

— Tina... — falei, com a garganta seca. — Por que você, em sã consciência, iria dar três meses de chope grátis para... *ele*? — Apontei para o Pacheco. A essa altura, ele já devia saber quanto eu o odiava, e, como eu não era mais seu funcionário, não precisava mais fazer política de boa vizinhança.

— Eu não ia dar! Antônio ia ganhar!

— Falou bem, *ia* — Antônio resmungou, se levantando. — Eu posso tentar jogar, mas tá doendo muito, Tina. Desculpa.

Tina lançou um olhar fulminante para Pacheco, que havia dado as costas para conversar com um outro cara que parecia ser o Seu Raul. Ela também havia sacado que Antônio não tropeçara sem querer. Desamparada, ela veio até mim e disse baixinho:

— Me desculpe por não te contar. Eu juro que fiz isso pensando em aliviar as coisas entre você e seu pai.

Suspirei. Mesmo sendo uma maluca inconsequente, ela realmente tinha boas intenções. E, pelo visto, eu estava muito bem na fita, para merecer todo esse esforço.

— Está bem, moça. Está desculpada.

Ela sorriu.

— Alou? — A voz rouca de Pacheco chamou nossa atenção. — O jogo acabou então? Vocês perderam de W.O.?

Ah, que ódio desse homem. Agora nosso grupo inteiro o encarava querendo cozinhar seu fígado. Além de me demitir, humilhar Tina, resolveu trapacear descaradamente e machucar meu melhor amigo. Eu deveria ganhar um Nobel da Paz por não enfiar a mão na cara daquele desgraçado.

— Não — falei com convicção. Todos se viraram para mim.

— Como não? — Pacheco perguntou.

—Não. Porque... — Senti minha garganta ficando seca devido à atenção que passei a receber. Pensei rapidamente se deveria seguir em frente com a loucura em que estava pensando.

Pacheco agora me olhava como costumava fazer quando eu trabalhava no NettyMe: com desprezo. Olhei para meus amigos e percebi que eles também me encaravam com incerteza.

— Porque... — Pigarreei, tentando me manter firme. — Porque eu vou jogar no lugar dele.

Nico levou a mão ao peito, Antônio pareceu esquecer a dor no pulso por um momento e me encarou incrédulo, Lila franziu a testa, Tina arregalou os olhos e entrou numa mistura de alívio com preocupação. Já Pacheco não parecia impressionado e Seu Raul... bem, o Seu Raul não estava nem aí para a gente, e seguiu bebendo despreocupado seu chope.

— Você mal consegue atender um cliente sem passar vergonha e pensa que sabe jogar bilhar, Vega? — Pacheco perguntou com um sorriso irônico.

Respirei fundo. Era uma ideia inteligente? Não exatamente. Eu sabia jogar bilhar? O básico do básico. Queria fugir e me enrolar no meu cobertor para escapar das maldades do mundo? Queria. Mas que escolha nós tínhamos? Antônio não conseguia mais jogar, e eu tinha noventa e nove por cento de certeza de que a culpa disso era do babaca do Pacheco. Ou alguém substituía Antônio ou tudo aquilo teria sido em vão. Eu continuaria sem emprego, me sentindo ainda mais humilhado pelo Pacheco — se é que isso era possível –, e Tina seria forçada a pagar três meses de chope para o desgraçado. Não suportaria vê-la rasgando dinheiro por causa dele, e sei que eu tentaria contribuir também, mesmo com minha conta bancária estando negativa. Que desastre. Eu não podia deixar aquilo acontecer sem ao menos tentar ganhar o jogo. Não ia deixar o velho ter o gostinho da vitória tão facilmente.

— Não vamos perder de W.O. – falei, sério.

— Vocês estão me enrolando — ele retrucou, impaciente.

— Você se garante contra mim, não é, Seu Pacheco? Então vai ser moleza para você. Mas, se eu vencer, vai ser bem chato, né? — Dei um sorrisinho debochado.

Percebi Tina abrindo um sorriso e corando de leve. Será que estava achando sexy minha postura de cara que não aceita mais a humilhação do chefe?

Já Pacheco me olhou com cara de nojo, como se estivesse olhando para uma barata.

— Vou adorar vencer você, moleque.

Sem dizer nada, andei até Antônio e estiquei o braço. Com um pouco de incerteza, ele me entregou seu taco e sussurrou:

— Boa sorte, irmão.

Lila me deu um abraço, segurou minhas bochechas com as mãos e disse, olhando nos meus olhos:

— Você vai vencer. VAI. VENCER.

Nico colocou a mão no meu ombro, assentiu com a cabeça e desejou boa sorte.

Por último e, definitivamente não menos importante, Tina andou até mim, quieta. Seus olhos brilhavam atrás dos óculos. Suas mãos se posicionaram atrás do meu pescoço. Dei um sorrisinho, crente que ela iria me dar um abraço de boa sorte. Mas não foi um abraço. Ela me puxou para baixo e me tascou o maior beijão. NA BOCA.

Nico e Lila gritaram, e Antônio, usando a mão que não estava machucada, deu um assobio alto.

Caramba. Eu havia esperado tanto por aquele momento. Nunca sentira algo assim durante um beijo, nem em todas as vezes que Carina e eu ficamos nos agarrando. Foi um beijo rápido, mas o suficiente para eu escutar fogos de artifício estourando na minha cabeça enquanto o Freddie Mercury cantava que eu era um campeão.

Engraçado, a sensação de beijar alguém que você queria beijar havia muito tempo é a mesma de estar sob efeito de substâncias recreativas completamente lícitas e autorizadas pelo governo. Da Holanda.

Por mim, a partida podia ser cancelada para eu continuar beijando Tina pelo resto da noite, mas Pacheco resmungou que aquilo não era hora nem lugar de ficar de namorico. A vontade de mandar o velho se ferrar era grande, o nervosismo com a partida também, mas o beijo de Tina foi a anestesia perfeita. Me senti revigorado, um novo homem. Ainda era o mané magrelo e trouxa que sempre fui, mas agora tinha mais confiança em mim mesmo. Graças a ela.

– Vamos lá, chefe.

Respirei fundo e encarei a mesa de forro verde à minha frente. Como tinha chegado no Bicho Preguiça havia poucos minutos, não sabia até aquele momento quem estava ganhando. Só havia três bolas que não haviam sido encaçapadas: a branca, obviamente, a 8 – preta – e a 5, laranja. Pelo sorriso na cara horrorosa do Pacheco, ele só precisava encaçapar a bola 8 para vencer o jogo, e eu tinha que encaçapar a 5 antes.

– Antônio – chamei meu amigo, porque tinha certeza absoluta de que, se perguntasse ao meu chefe, ele mentiria em seu favor. – Quem foi o último a jogar?

– Fui eu, Tiagão – ele respondeu com amargura.

Então, se Pacheco acertasse a bola na caçapa, eu nem teria chance de jogar. Percebi meus amigos ficando tensos ao meu redor. Meu coração começou a bater no triplo da velocidade à medida que Pacheco se posicionava e dizia em qual caçapa ele iria acertar a bola 8.

Erra. Erra. ERRA.

A corrente de energia que nós cinco emanávamos para o Pacheco errar foi tão grande que a bola não entrou por um triz. Fiquei por um segundo sem respirar, mas depois soltei o ar, extremamente aliviado.

– Pode ir, Vega – ele disse, tentando não parecer incomodado. – Você ainda tem que acertar outra bola mesmo.

Ignorando a provocação, tentei me concentrar ao máximo. Anunciei, tenso, a caçapa em que iria acertar a bola 5. Minha mão esquerda, que servia de apoio para o taco, começou a tremer.

Ai, meu Deus. Pacheco claramente entendeu que eu era um oponente bem mais fácil de vencer do que o Antônio.

Não podia contar com a sorte e esperar que ele errasse a tacada na bola 8 novamente para eu ter outra chance. Precisava aproveitar essa. Eu tinha que acertar, muita coisa estava em jogo. Meu emprego, meu dinheiro, minha dignidade. Eu tinha passado muito tempo da minha vida universitária de cabeça baixa, aturando aquele velho sugando vagarosamente a minha felicidade todos os dias.

Era agora ou nunca. Que pressão. Mas a vida é assim, não é mesmo? Minha única opção viável era vencer. Eu precisava vencer. Eu merecia vencer.

Com a mão direita, puxei o taco com suavidade para trás, mirei com todo o cuidado possível a bola branca para atingir o ponto certo da bola 5 e dei a tacada. Mais uma vez, senti o ar escapando dos meus pulmões. De repente, parecia que o barulho do bar, a música alta e as pessoas conversando à minha volta haviam silenciado. Observei a bola branca deslizando pela mesa como se estivesse em câmera lenta.

PÁ.

Encostou na 5, que por sua vez começou a rolar para o canto. Os pelos da minha nuca se arrepiaram. Com exceção de Antônio murmurando uns quinze palavrões diferentes, estava um silêncio total.

E a bola 5 foi, a seu ritmo, traçando seu destino em direção à caçapa. Trinta centímetros de distância, vinte centímetros, dez, cinco...

Entrou.

– AÊ, TIAGÃO! A VITÓRIA É NOSSA!

Antônio, Lila, Tina e Nico comemoravam minha jogada e gritavam de excitação. Mais ainda faltava a bola 8. Por dentro, estava dando saltos mortais de alegria, mas me mantive concentrado para a próxima tacada, e apenas sorri, em silêncio. Era uma delícia ver a cara decepcionada do meu chefe ao se dar conta de que havia uma chance real de ele perder o jogo.

Muito mais confiante do que no minuto anterior, tentei encontrar a posição perfeita para acertar a última bola da mesa na caçapa à esquerda. A bola 8 estava encostada bem na borda, no meio da mesa. Não seria uma jogada fácil. Tinha que me concentrar e focar na vitória.

Você consegue, Tiago. Mostre para ele.

Bati com a ponta do taco na bola branca, que rolou em direção à bola 8.

PÁ.

Aquela era minha chance de recuperar tudo o que havia perdido. O momento em que eu finalmente poderia rir na cara do Pacheco e fazê-lo se arrepender de ter infernizado a mim e a meus amigos. Ela estava quase, faltava pouquíssimo para entrar. Vinte centímetros, dez, cinco...

E parou.

Um silêncio se instaurou momentaneamente nos meus ouvidos antes de dar lugar a um zumbido incômodo. Mesmo com os olhos vidrados na mesa de bilhar, pude perceber claramente que todos os meus amigos me lançavam olhares desolados, que foram seguidos de exclamações de surpresa e indignação e, por fim, veio a risada estúpida do Pacheco.

Por menos de um dedo a bola não entrou. Ficou lá, paradinha, como se fosse um aventureiro que na última hora desistiu de pular de bungee-jump. Eu quase conseguia ouvi-la rindo da minha cara, me chamando de otário.

Não dava para acreditar. Eu havia conseguido mudar da água para o vinho para, em uma tacada, passar do vinho para... mijo de rato.

— Ah, que pena, Vega. Você tinha tudo para acertar.

Apertei os punhos, tentando pensar em coisas felizes, e não na vontade crescente de quebrar o taco nas costas ossudas do meu ex-chefe. Sentindo um gosto amargo na boca, dei espaço para ele fazer sua jogada, que agora estava fácil demais. Além de perder minha única chance, ainda entreguei o jogo de mão beijada para o Pacheco.

Ele ficou quase cinco minutos achando a posição perfeita para jogar. Inferno. Só serviu para me deixar mais nervoso e com uma súbita vontade de ir ao banheiro. Ele obviamente sabia como acertar a bola, até um bebê de dois anos conseguiria acertar a bola depois que o idiota aqui a deixou tão perto da caçapa.

Não quis nem olhar. Era como assistir a uma sessão de tortura medieval. Estava mais do que óbvio o que ia acontecer. Não tinha como parar ou voltar no tempo. Estava tudo acabado.

PÁ.

E, no segundo seguinte, o único som naquele bar inteiro era o do meu chefe comemorando.

15
Tina

13, o número da sorte

"É só isso. Não tem mais jeito. Acabou."

Esse pedacinho da música da Vanessa da Mata começou a tocar em loop na minha cabeça. Se encaixava perfeitamente na situação em que nos encontrávamos. Tiago estava prestes a acertar a bola 8 na caçapa, terminando o jogo e salvando nosso pescoço, mas a maldita resolveu parar a um milímetro do buraco, dando a vez ao Pacheco, que obviamente conseguiu acertar.

E acabou. Minha esperança de não ter que entregar três meses de chope grátis ao velho idiota tinha ido pelos ares. Tiago continuaria desempregado e agora se sentia ainda mais humilhado. Não era justo. Um cara mau-caráter daqueles não merecia se dar bem assim!

Todos estávamos em choque. Eu sei que devia estar preparada para isso, mas mesmo assim... Quando Antônio estava jogando, tinha quase certeza de que íamos ganhar. E o Tiago mostrou que era bom no bilhar. Como ficamos em desvantagem assim?

Aliás... como ficamos em desvantagem assim?

Tentei reconstruir o jogo todo em minha mente, lembrando dos detalhes. Cada um tinha que acertar sete bolas antes da bola 8.

Lembrei que Pacheco foi quem começou, ganhando o primeiro ponto. Logo depois, Antônio ganhou também. O jogo foi rolando e Antônio virou o jogo lindamente, deixando o placar 4 a 3 para ele. Foi nessa hora que me levantei e fui falar com Nico. No momento em que me sentei, me virei para ver o placar. Quanto estava...?
Vamos, Tina. Lembre. Lembre!
E me lembrei que fui falar com o Nico porque Pacheco havia acabado de roubar descaradamente debaixo do nariz do Seu Raul, e nosso juiz, completamente parcial, não o punira de forma alguma. E que Antônio logo depois tropeçou em uma bola no chão, por "coincidência".

– Espera aí – falei baixo. A cena não mudou, Pacheco continuou comemorando e faltava pouco para Tiago cair em posição fetal. – EI!

Todos dirigiram sua atenção para mim, o que normalmente não me agradaria, mas, naquele momento, era o que eu precisava.

– Vamos contar quantas bolas têm nas caçapas?

Ninguém pareceu entender. Olhei de relance para Pacheco, e posso jurar que vi sua testa se franzir um pouco.

– Só para ter certeza de que está tudo *certo*. – Tornei a olhar para Pacheco, mas dessa vez fiz questão de deixar bem claro que ele era o alvo da minha frase.

– Para quê? – ele perguntou, impaciente. – Aceite, menina. Você e seu namoradinho perderam.

Apertei os olhos e continuei encarando-o. Percebi que meus amigos agora me olhavam com curiosidade. Ia ser mais uma das minhas manobras arriscadas, mas estava com uma enorme sensação de que precisava fazer aquilo. Era minha intuição apitando.

– Não seja má perdedora. Vamos, outras pessoas querem jogar. – Pacheco apontou para o grupo de homens de meia-idade próximos da nossa mesa, cada um segurando um taco.

Seu Raul não mexeu um músculo. Não parecia ter o mínimo interesse de conferir se a vitória fora roubada ou não. Irritada com tanta passividade e com aquela cara debochada do Pacheco se achando superior, me estiquei até quase colar a cintura na mesa e fui puxando bola por bola das caçapas.

— Isso é contra as regras! — Pacheco rosnou, tentando bloquear uma das caçapas com a mão. — Pare agora!

— Pare de inventar regras! — rebati, empurrando a mão dele para o lado.

— Chefe... deixa ela conferir — Nico falou atrás de mim. — Se está tudo certo, não há nada com que se preocupar... certo? — E deu um risinho.

— Isso é um absurdo. Uma ofensa — ele praguejou, virando as costas para nós e fazendo Seu Raul focar só nele. — Primeiro fazem essa aposta ridícula, substituem o jogador, depois querem ficar conferindo, me acusando de trapacear... você deveria colocá-los para fora!

Não dei ouvidos às reclamações dele e continuei tirando as bolas, uma a uma. Pelo visto, Seu Raul era passivo não só em relação às roubalheiras do Pacheco, mas também à minha reclamação. Apenas deu de ombros e disse com a maior naturalidade que eu não estava fazendo nada de errado. Estava até ajudando a montar a mesa para os próximos a jogar. Acabou que esse jeito mosca-morta dele foi útil.

A mesa foi ficando cada vez mais colorida. Faltava uma caçapa. No momento em que fui enfiar a mão lá dentro, Pacheco apareceu na minha frente, me bloqueando. Mesmo sendo magro e corcunda, ainda era mais alto do que eu.

— Com licença — pedi, seca.

— Vou chamar o segurança e mandar expulsar vocês daqui — ele disse, a voz fria como gelo.

— Vou sair de bom grado depois que conferir essa caçapa.

O rosto dele ficou vermelho. Os olhos saltaram das órbitas. Eu realmente o havia deixado muito puto. E o motivo era óbvio: ele havia roubado. Por isso virou o placar tão rápido e estava tão confiante.

E, muito provavelmente, por isso Antônio havia se machucado, sem conseguir jogar mais. Fazia tudo parte do plano da mente diabólica daquele homem.

— Com licença – repeti. Calma, porém firme.

Ele continuou me olhando de cima a baixo, sem se mover. De repente ouvi passos atrás de mim e ao meu lado, e percebi meus amigos se aglomerando em uma pequena rodinha à nossa volta.

— Deixa ela passar, chefinho – Nico disse, com uma pitada de deboche.

— É. Cadê seu espírito esportivo? – Lila complementou.

— Isso não é atitude de um chefe de departamento do NettyMe... – até Tiago provocou, parecendo mais pilhado do que nunca.

E Antônio, que tinha total noção de que era muito maior e mais forte do que todos ali, tocou suavemente o ombro dele com a mão não machucada:

— Vamos, Seu Pacheco. Dá licença para ela.

Com duas veias pulsando em sua testa e os poucos cabelos ficando úmidos de suor, Pacheco percebeu que estava em desvantagem e finalmente cedeu. Deu um passo para o lado, deixando o caminho livre para mim.

É agora que eu te desmascaro, velho ridículo.

Puxei as bolas e fui colocando-as no triângulo que começara a montar na mesa. Uma a uma, foram completando a forma. Enfiei a mão novamente até o fundo, mas não senti mais nada. Bati o olho no triângulo e sorri. Aliás, eu e meus amigos. Uma bola estava faltando. A laranja, de número 13.

— Puta merda, Tina. Você é a garota mais foda do universo.

As palavras poderiam ter saído da boca suja de Antônio, mas saíram da boca de Tiago, que me deu um abraço e me fez rodopiar no ar. Meu coração batia rápido, havia muita adrenalina correndo nas minhas veias depois de provar que Pacheco havia roubado, e ficar com o rosto colado no garoto que eu havia acabado de beijar na frente de todos, depois de reunir toda a coragem, só fez o sangue subir com tudo para minhas bochechas. Comecei a rir involuntariamente de tanta satisfação.

Tiago me colocou no chão, mas não se afastou de mim. Estava radiante. Olhava fundo nos meus olhos, parecendo não dar a mínima para nada à nossa volta. Mas, novamente, a voz rouca e enfurecida de Pacheco nos tirou do nosso momento perfeito:

– Quem te garante que eu tirei a bola da mesa? Pode muito bem ter caído da caçapa!

Aff. Ele parecia um aluno da quinta série tentando justificar para a professora que não havia colado na prova após ter sido pego no flagra.

– Ah, por favor, né. – Foi a vez de Lila se manifestar. Ela estava de braços cruzados e revirando os olhos. – A caçapa se abriu magicamente, fez a bola cair e depois se costurou sozinha?

Pacheco olhou feio para a melhor amiga de Tiago. Felizmente, ele parecia tão desesperado que aquela carranca nem me assustava mais.

– Alguém me viu tirando a bola? Você viu, Raul?

Nosso pseudojuiz, que estava mais entretido com o futebol passando na televisão do que com nossa disputa, foi chamado e nos encarou sem saber o que dizer.

– Não vi, Carlão.

Pacheco lançou um sorriso satisfeito para mim.

– Não há provas, minha querida. Aceite e seja uma boa perdedora.

Apertei os punhos. *Ele* estava me chamando de má perdedora? Mesmo ele tendo, sei lá, cento e cinquenta anos, tinha a idade mental de um moleque de dez.

Estava pronta para lhe dar uma resposta malcriada – e talvez mandá-lo ir se ferrar –, mas na mesma hora Tiago se meteu entre nós dois, os olhos castanhos cravados nos do chefe. Ele era mais alto, então o olhar pareceu ainda mais ameaçador. Nunca o tinha visto assim, ainda mais enfrentando o chefe. Tudo bem, não fazia tanto tempo que o conhecia, mas pude perceber que até Lila e Antônio não esperavam por essa atitude.

— Vamos retomar essa partida, chefe — Tiago disse, frio como gelo. Nenhum músculo do seu rosto se mexeu. Seu tom de voz não era nem um pouco sugestivo, parecia uma ordem de um sargento de exército. Devia ter se inspirado no pai.

Pacheco, obviamente não se deixando intimidar — ainda mais por seu funcionário mais detestado —, também o encarou sem piscar, e rebateu:

— Ou o quê, Vega?

Por um breve instante, quase me esqueci que Tiago tinha uma carta na manga. E jamais, nem em um milhão de anos, suspeitei que ele a usaria. Ele enfiou a mão no bolso, sacou o celular e segurou-o a poucos centímetros do rosto de Pacheco.

— Eu ouvi você falando com seu coleguinha no banheiro. Sobre uma coisa chata que aconteceu, sabe? Que pode... como era mesmo? — ele perguntou, cínico. — Ah, claro. Acabar com sua carreira.

Pacheco mudou de expressão tão bruscamente que pareceu que ia enfartar e cair duro no chão.

— Ih, olha lá! — Antônio não se conteve e caiu na gargalhada, apontando para Pacheco. — A cara de pânico dele! Se cagou todo!

Por mais que eu estivesse orgulhosa de Tiago por ele ter se imposto daquela maneira, não podíamos esquecer que Pacheco ainda tinha alguma culpa no cartório. Sem saber que tipo de suspeito ele era, um calafrio percorreu minha espinha. Instintivamente puxei Tiago para trás, deixando os dois a quase dois metros de distância.

— Delete essa gravação *agora* — disse Pacheco, a voz sem vida. — Você não sabe com quem está se metendo.

Engoli em seco. Ele poderia muito bem estar blefando só para assustar Tiago, mas não podíamos descartar a possibilidade de ele ser realmente perigoso.

— Vamos retomar a partida, depois conversamos sobre isso. — Tiago guardou o celular no bolso traseiro da calça.

Pacheco estava com tanto ódio que parecia a um triz de soltar fumaça pelas orelhas. Mas ele sabia que não tinha escolha. Tinha feito algo que poderia destruir sua reputação e estava preocupado. Comecei a questionar se seria a melhor decisão Tiago recuperar seu emprego e passar a vê-lo novamente todos os dias.

A tensão pairava no ar, e os dois voltaram aos seus postos. Era como assistir ao Harry Potter e ao Voldemort tendo sua batalha final. Quer dizer, Pacheco não era nem de longe um vilão maneiro que nem o inimigo mortal dessa série de livros, mas, no quesito babaquice, os dois estavam pau a pau mesmo. Agora Tiago só precisava seguir os mesmos passos do Menino que Sobreviveu e ficaríamos numa boa.

Tiago tirou as outras bolas coloridas da mesa, colocando-as nas caçapas e deixando apenas a bola 8 e a branca. Depois de alguns segundos, Lila se meteu entre eles e posicionou a bola 13 no jogo também, que ainda estava largada no chão, depois que Antônio tropeçou nela "acidentalmente". Agora o jogo estava justo de verdade.

Eu nem piscava. Meus olhos estavam cravados em Pacheco. Não ia deixar de jeito nenhum que ele roubasse outra vez sem ser punido.

Quando olhei para Tiago, vi que ele estava uma pilha de nervos. Tentava ao máximo parecer confiante, mas, convenhamos, ele era humano. Ninguém passaria por aquela situação cem por cento calmo. Por um momento, pensei em ir até ele e lhe dar um beijinho na bochecha, mas preferi me manter afastada, apenas falando que ele iria vencer e que eu confiava nele.

Ele tinha que vencer. Ele merecia. Nós merecíamos. Pacheco não valia um centavo, e, além de perder aquele jogo, ele deveria também perder seu posto no NettyMe. Mesmo ganhando, Tiago não deveria entregar aquela gravação ao Pacheco.

Era agora. O Universo havia nos dado mais uma chance. Nossa última chance. Lila, Nico, Antônio e eu demos as mãos, como se estivéssemos fazendo uma corrente de energia positiva.

Tiago ergueu o taco, analisou o ângulo em que pretendia encaçapar a bola e deu um toque. Leve, mas preciso. A bola branca encostou na bola 8, a tão traiçoeira e perigosa bola 8, que saiu rolando devagar em direção à caçapa. E foi rolando, rolando, lentamente, quase parando, até que...

Entrou.

Caí de joelhos no chão, involuntariamente. Levei as mãos ao rosto, completamente em êxtase. Um turbilhão de emoções percorreu minha cabeça, e fiquei com vontade de rir escandalosamente e de chorar copiosamente ao mesmo tempo.

Tiago havia vencido.

Estávamos livres. Não precisaria pagar nem um centavo àquele mau-caráter, nem Tiago teria que sofrer desempregado e com uma pressão enorme do pai. Pacheco não era mais uma figura ameaçadora para nós. Olhando para ele agora, era só um homenzinho encolhido.

Lila, Antônio e Nico também comemoraram como se tivessem ganhado na loteria. Antônio, com toda a sua brutamontice, agarrou as bochechas de Nico e gritou alegremente, com seu rosto a poucos centímetros do dele. Nico teve que se controlar para se manter em pé e não se derreter todo ali mesmo, como um picolé no sol.

Eu ainda estava em choque. Demorei mais tempo do que os outros para raciocinar que agora estava tudo bem. Quer dizer, ainda tinha a questão do que Tiago faria com a gravação, mas não imaginava que a vitória dele causaria tanto impacto como causou.

O que me fez acordar e voltar ao planeta Terra foi uma mão estendida para mim. Levantei a cabeça e vi Tiago de pé, sorrindo de orelha a orelha.

– Conseguimos, moça.

Ri bobamente ao ouvir aquilo. É, nós tínhamos conseguido mesmo. E foi um ótimo trabalho em equipe. Que bela dupla nós fazíamos. E, diga-se de passagem, que casal lindo também.

Foi a vez de ele tomar uma atitude e esquecer que estávamos rodeados de gente. Assim que segurei sua mão, ele me puxou com força. Bastou meus pés tocarem o chão para seus lábios se grudarem aos meus. E foi assim que o segundo melhor beijo da minha vida aconteceu. Meu coração ainda batia loucamente com a adrenalina dos últimos minutos, senti meu rosto queimando e as palmas das mãos suando, mas agarrei sua nuca e pressionei meu corpo contra o seu, sorrindo enquanto o beijava.

Não conseguimos aproveitar muito porque logo nossos amigos estavam todos em cima da gente, gritando de felicidade e nos abraçando. Quase caí quando o corpo enorme de Antônio nos atingiu, mas Tiago me segurou pela cintura, e me senti como se estivesse em um filme de comédia romântica. Só faltava levantar o pé.

Pensei que teria o gostinho de ver o Pacheco com um olhar completamente desolado, mas ele estava apenas sério e em silêncio, olhando para o chão. Bem, já era alguma coisa, certo?

Tiago se desvencilhou do grupo e foi ao encontro do ex-chefe. Quer dizer, do chefe atual. Tecnicamente, esses eram os termos da aposta. Se ganhasse – o que aconteceu lindamente e com uma pitada de vingança –, Tiago voltaria a trabalhar no NettyMe por três meses, o que já era um alívio e um tempo razoável para arranjar um emprego melhor e ganhar dinheiro para pagar a faculdade.

– Bom, Vega... – Pacheco disse, com amargura. – Espero você amanhã no escritório. Não se atrase. E lembre-se: é só por três meses. Depois desse tempo, está na rua.

– Não vou esquecer. E não pretendo ficar esses três meses, antes disso já vou ter arranjado algo melhor.

Pacheco torceu o nariz grande demais para seu rosto. Então tocou o ombro de Tiago, fazendo sinal para que ele se curvasse um pouco, e cochichou algo em seu ouvido. Estranhei. Me afastei um pouco da rodinha alegre de Lila, Nico e Antônio para prestar atenção nas feições de Tiago. Ele pareceu curioso, depois atento e, por fim, confuso. Será que Pacheco o ameaçara?

– O que ele disse? – perguntei depois de confirmar que Pacheco já havia ido embora do bar.

– Disse que... – Tiago ainda parecia bastante confuso –, se eu deletasse a gravação, poderia receber um aumento.

Estranho. Muito estranho. Pacheco não parecia ser o tipo de cara que dá dinheiro a alguém que detesta só por causa de uma informação valiosa. Ele parecia ser o cara que tortura o dito cujo até garantir que essa informação jamais possa ser usada contra si.

– E o que você vai fazer? Vai apagar mesmo?

Tiago tocou o bolso de trás da calça, pensativo.

– Não sei... Na real, não quero pensar nisso agora. Acho que já foi sufoco suficiente para um dia.

Sorri para ele. Ele tinha razão.

– Concordo totalmente. – Dito isso, espiei o bar por trás do ombro de Tiago e lambi os lábios, com uma súbita vontade crescendo dentro de mim. – Então... Chope?

Depois de finalmente nos livrarmos do horripilante chefe do meu melhor amigo e do meu... há, do Tiago, decidimos fazer um brinde à nossa vitória. Aproveitamos que já estávamos em um bar onde "coincidentemente" havia promoção de chope bem naquele dia e pedimos uma rodada.

Como já estava bem claro que Tiago se sentia atraído por mim – afinal, você não beija uma garota de forma tão cinematográfica se não está completamente na dela –, não fiz mais cerimônia. Me sentei ao lado dele e peguei sua mão, fazendo carinho nela com o polegar. A resposta dele foi excelente: sorriu para mim e me deu um selinho.

– Que fofinhos. Quero socar vocês – Nico disse, dando um gole em seu chope e lançando um discreto olhar de desejo para Antônio.

Agora soava tão esquisito lembrar do quanto eu era apaixonada pelo Bruno, o noivo da minha irmã. No fim das contas, tinha sido só uma paixão platônica que jamais daria certo. Graças aos céus nada acontecera entre nós naquele dia chuvoso em que peguei carona com ele voltando da faculdade. E mesmo Tiago não tendo me contado mais nada a respeito daquela menina, Carina, com quem ele saía antes de me conhecer, tinha a sensação de que ela também já era passado.

O resto da noite foi incrível. Tomamos chope, cantamos músicas de MPB, chamamos a atenção de todos os homens de meia-idade que achavam que jamais veriam jovens de menos de vinte e cinco anos naquele lugar, assistimos a um jogo de futebol de dois times que eu nem me lembro quais eram, fizemos guerra de batata frita e ganhei muitos beijinhos ao longo da noite. Foi sensacional. Até já havia tirado a imagem de Pacheco da minha cabeça.

Mas algo fez com que o fim de noite perfeito não fosse mais tão perfeito.

Foi logo depois da guerra de batata frita. Nós ríamos feito idiotas e conversávamos sobre momentos constrangedores da nossa adolescência quando Lila sugeriu que tirássemos uma selfie para registrar aquele momento. Antônio deu uma zoada nela, chamando-a de blogueirinha, mas concordou. Até se ofereceu para tirar a foto, já que seu braço era obviamente o mais comprido.

– Tiago, dá seu celular para ele. O seu tem a melhor câmera – ela pediu.

– Claro.

Tiago manteve um braço envolvendo meus ombros e usou o outro para pegar o celular no bolso de trás da calça. Apertou o botão para ligar, e nada aconteceu. Tentou novamente mais três vezes, mas a tela continuou preta.

– Acabou a bateria? – Lila perguntou, frustrada.

– Não, estava com noventa por cento quando saí de casa... – Ele se ajeitou na cadeira e aproximou o celular do rosto. – Espera aí... Ele está meio... – Ele fez uma careta. – Grudento.

– Grudento? – perguntei, sem entender.

Tiago não disse nada, mas franziu a testa. Aproximou ainda mais o aparelho e deu uma fungada perto dele. Seus olhos dobraram de tamanho e seus lábios perderam a cor.

– Não acredito que fui tão idiota.

– O que houve?! – perguntei, aflita. Todos os outros pararam de conversar para prestar atenção.

Tiago precisou de uns cinco segundos para raciocinar.

– Ele não liga porque tomou um banho de chope. Alguém o jogou dentro de um copo de chope e colocou no meu bolso de volta sem eu perceber – respondeu, tenso.

O celular não ligava de jeito nenhum, e realmente estava grudento e com cheiro de chope.

Era bem óbvio quem havia feito aquilo. Com o celular de Tiago destruído, isso significava uma coisa: a única prova que tínhamos para incriminar Pacheco havia acabado de bater as asas e dar adeus.

16
Tiago

Quem vê cara não vê ocupação

Eu já fui idiota várias vezes. Durante minha vida inteira.

Uma das lembranças mais antigas que tenho foi quando o Caio Alves, um menino briguento que era da minha turma na segunda série, me encheu de porrada na hora do recreio e conseguiu convencer a professora de que eu havia começado a briga.

Já um pouco mais velho, fiquei com pena do esquisito espinhento da minha turma na sétima série que não tinha par para dançar na apresentação de fim de ano da escola e muito gentilmente ofereci meu lugar na dança e meu par, a Raissa Monteiro, por quem eu era completamente apaixonado. Três meses depois, os remédios contra acne do garoto fizeram efeito, ele passou a pentear o cabelo e cuidar dos dentes e acabou namorando a Raissa por dois anos.

Não vou nem comentar a quantidade de vezes que Carina me fez de bobo, sabendo que eu diria sim para qualquer coisa que ela desejasse. Quando comecei a trabalhar no NettyMe, mesma coisa. Parecia que não importava o quanto eu me esforçasse, nunca deixaria de ser um mané.

Depois de vencer Pacheco no bilhar, estava me convencendo de que dali para a frente as coisas seriam diferentes, mas bastou eu baixar a guarda por um minuto para meu chefe conseguir dar o jeito dele novamente. Não bastava ele ter trapaceado descaradamente, ameaçado a Tina, machucado o Antônio, ele agora havia deletado a única prova que eu tinha contra ele e que poderia ferrá-lo de verdade, que era o que ele merecia. Ele devia ter percebido que eu não iria concordar com sua proposta de deletar a gravação em troca de um aumento, então tomou as providências que achou serem mais adequadas. Porém, nem tudo estava perdido, eu havia livrado Tina de dar uma montanha de dinheiro para ele e tinha recuperado meu emprego, mas me incomodava muito saber que um homem daqueles continuaria dando ordens a jovens tímidos e sem colhões para peitá-lo. Basicamente, se ele quisesse me demitir sem nenhum motivo um dia depois de me recontratar, ele poderia fazê-lo. Se quisesse me explorar e me ameaçar de qualquer forma, nada o impediria. Ele iria continuar fazendo a tal atividade suspeita e nada mais iria atrapalhá-lo.

Tentei de todas as maneiras reviver o celular, mas ele não ligou por nada. Não queria que aquilo estragasse o resto da noite, mas não consegui evitar. O clima de alegria foi morrendo aos poucos. Meus amigos começaram a dar sugestões, que iam desde colocar o celular no arroz por um dia até levar a um pai de santo.

Já estava tarde e eu tinha medo de levar uma surra do meu pai quando chegasse em casa, apesar de ele nunca ter me batido… era medo de levar uma surra de sermão, o que era bem pior que dez chineladas na bunda. Ao menos uma boa notícia eu teria, iria poupá-lo de gastar seu precioso dinheiro com algo tão banal quanto a educação de seu filho.

Ele realmente preferia que eu voltasse a trabalhar em um lugar cujo chefe é um mau-caráter do que com algo que realmente gosto de fazer. Só porque o primeiro dá dinheiro mais rápido.

* * *

Ir trabalhar no dia seguinte no NettyMe foi mais estranho do que eu imaginava. Mesmo não havendo passado tanto tempo assim, sentia que aquele lugar não era mais o mesmo. Minha mesa estava intocada, com os mesmos papéis bagunçados e o boneco do Homem-Aranha exatamente na mesma posição em que o deixara. Uma sensação de inquietude tomou conta de mim o dia inteiro. Era como se Pacheco estivesse observando minhas costas com um binóculo da sala dele.

Que raiva. Eu sabia que ele tinha feito alguma coisa que poderia levar ao fim de sua careira, mas agora não tinha mais como provar. Tudo isso porque fui estúpido o suficiente para não fazer uma cópia da gravação e salvar em outro lugar. Como pude esquecer que era exatamente assim que os personagens de filmes se ferravam?

— E aí, Tiago? Como se sente voltando às suas raízes? — Nico perguntou na hora do almoço. Uma coisa boa de ter voltado a trabalhar naquele lugar detestável era que agora estava bem mais próximo de Nico, então não me sentia mais tão deslocado.

— Como se tivesse ganhado o bilhete premiado da Mega-Sena mas acidentalmente o jogado no triturador de papel — respondi, amargo.

Ele me olhou com pena.

— É uma droga mesmo. Você estava muito perto de acabar com a raça do Pacheco e... — Ele parou de falar ao perceber que ouvir aquilo não estava me deixando mais animado. — Quer minha batata frita?

— Não, obrigado — falei, sem emoção.

— Ei, se anima! O mundo não acabou. — Ele deu um sorriso travesso. — Um passarinho me contou que você vai encontrar uma certa crush hoje...

Encarei minha marmita pela metade, sentindo o rosto queimar. Claro que Tina havia contado para Nico que eu iria vê-la depois do trabalho. Eles eram melhores amigos.

Diante da minha falta de resposta, Nico, em vez de deixar quieto, resolveu me provocar ainda mais:

— Se for conhecer o Seu Souza, não olhe diretamente nos olhos dele, ele acha isso ofensivo. E a mãe da Tina é...

– Ei, ei, vamos com calma. – Ergui as mãos na direção dele, fazendo sinal para que ele parasse. Já me sentia nervoso estando no mesmo ambiente que Pacheco; pensar em conhecer os pais da garota com quem havia começado a ficar havia menos de vinte e quatro horas não era o que eu precisava no momento.

Nico riu da minha falta de jeito.

– Tô brincando, bobo. Os pais da Tina são superlegais. Você leva a vida muito a sério, sabia?

Não respondi. Nico podia ser brincalhão e até meio inconveniente em certos momentos, mas sabia ler pessoas.

Meu primeiro dia de volta ao NettyMe acabou sem que Pacheco fosse falar comigo, e eu nem sequer vira seu rosto durante o dia inteiro. Melhor assim. Seria bem esquisito cruzar o olhar com o dele sabendo que na noite anterior lhe dissera umas verdades entaladas e que ele desejava a minha morte tanto quanto eu desejava a dele.

Saber que Tina estaria me esperando quando eu chegasse na estação de metrô perto da sua casa fez minhas energias recarregarem. Mal via a hora de beijá-la e abraçá-la. Eu adorava o fato de que ela era exatamente uma cabeça mais baixa do que eu, o que a fazia se encaixar perfeitamente no meu peito enquanto a envolvia em meus braços. Fora que o cabelo dela tinha um cheiro leve e delicioso de coco.

Subi as escadas da estação apressando o passo e a encontrei em frente a um quiosque da praia, do outro lado da rua. Usava uma calça jeans clara com rasgos nos joelhos e uma camiseta azul com o rosto do Come-Come, da Vila Sésamo, sorrindo com a boca cheia de biscoitos. Ela tomava uma tigela de açaí e tinha Lisa deitada com a língua para fora apoiada em seus tênis. Quando me viu, acenou alegremente e sorriu para mim. Em seguida, cobriu a boca com um guardanapo, percebendo que seus dentes estavam roxos. Dei risada. Aquilo só a deixava ainda mais bonitinha.

Atravessei a rua e fui a seu encontro de braços abertos. Ela logo se levantou, se certificando de que a coleira da cadela estava bem presa à mesa – não poderíamos repetir a odisseia de perdê-la –, e me abraçou.

Inspirei fundo e senti o cheiro de coco do seu cabelo, sorrindo bobamente. Ela levantou o rosto e me beijou. Seus lábios estavam gelados por causa do açaí. Segurei suas bochechas suavemente e retribuí o beijo, fazendo-a ficar na ponta dos pés. Que sensação maravilhosa.

– Como foi a volta ao trabalho? – ela perguntou, depois de nos desvencilharmos e nos sentarmos um ao lado do outro na mesinha de plástico do quiosque.

– Foi... estranha – respondi com sinceridade.

– Defina estranha – pediu, enquanto eu dava uma colherada em seu açaí.

Pensei um pouco enquanto engolia. Como iria descrever minha volta ao NettyMe e à convivência diária com Pacheco?

E me veio à cabeça uma referência que sabia que Tina entenderia perfeitamente.

– Sabe aquele desenho do gato e do rato que o Bart Simpson assiste?

– *Comichão e Coçadinha*? – ela respondeu no mesmo instante. – O que é que tem?

– O rato sempre começa amiguinho do gato, mas no final vira um babaca e faz alguma sacanagem com ele, não é?

Ela assentiu com a cabeça. Não assisti a tantos episódios da série assim, mas todos em que esses dois apareciam acabavam do mesmo jeito. Tina me contou que eles eram uma paródia de *Tom & Jerry*, e fez todo o sentido.

– Então, eu me senti o gato.

– O Coçadinha.

– É. Como se a qualquer momento o rato fosse aparecer para jogar um piano do décimo andar em cima da minha cabeça. O rato sendo, obviamente, o Pacheco.

– Obviamente – ela concordou.

– Mas ele nem sequer apareceu na minha frente hoje.

Tina me olhou pensativa.

– Que bom, né?

– É... sei lá. Não me sinto... sabe... seguro, sabendo que estou no mesmo lugar que ele.

– Mas você acha que ele pode fazer alguma coisa com você?

– Não sei. – Fiz carinho na cabeça de Lisa enquanto pensava no assunto. – A arma que eu tinha contra ele não existe mais, então não vejo motivo para ele ficar na minha cola. Ninguém iria acreditar se eu contasse, sem ter provas, o que ouvi naquele dia no Bicho Preguiça.

Tina mordeu a própria bochecha e olhou na direção dos carros na rua.

– O que foi? – perguntei.

– Bem... – Ela voltou a atenção para mim, com um olhar enigmático. – Talvez acreditem se... as provas não estiverem de fato perdidas.

Congelei, erguendo a sobrancelha – sob um latido de protesto de Lisa porque parei de fazer carinho nela.

– Tina, do que você está falando?

Ela sorriu e seus olhos brilharam por trás dos óculos.

– Se esqueceu que temos um amigo em comum que, por coincidência, trabalha consertando eletrônicos?

Me afundei na cadeira de plástico ao ouvir aquelas palavras. Caramba. Como havia me esquecido daquilo? E justamente quando estávamos perto do local onde eu o conheci! O senhor simpático que me deu forças para ir atrás de Tina no dia em que brigamos feio e que encontrou sua cadela perdida. É claro!

– Seu Júlio! – Estalei os dedos, como se uma lâmpada tivesse se acendido no topo da minha cabeça.

Tina assentiu, satisfeita. Segurou a tigela de açaí com as duas mãos e terminou-a sem nem usar a colher.

– Vamos até lá? – ela perguntou enquanto desamarrava a coleira de Lisa.

– Vamos. Só que... – Dei risada e apontei para meu próprio rosto para mostrar que o dela estava todo sujo de açaí.

– Ai! – Ela pegou três guardanapos de uma vez e esfregou no rosto inteiro, envergonhada. – Foi mal. Às vezes eu sou meio ogra.

– Gosto de ogras. São mais legais que princesas.

Dei-lhe um selinho e, de mãos dadas, partimos em direção à loja do nosso velho amigo.

* * *

– Com licença – Tina falou, abrindo a porta da pequena loja. No espaço ainda havia outros comércios, como um salão de beleza, uma padaria, uma floricultura e uma farmácia. Cada loja devia ter entre dez e quinze metros quadrados, e elas ficavam lado a lado, dividindo parede.

Um sininho tocou quando a porta se abriu, e um rosto simpático e conhecido sorriu para nós quando percebeu nossa presença.

– O casal mais querido do Rio de Janeiro – disse Seu Júlio, saindo de detrás do balcão e tirando o boné que usava na cabeça grisalha. – Sejam bem-vindos!

Agradecemos e o cumprimentamos. Enquanto Tina lhe dava dois beijinhos, dei uma rápida olhada no local. A loja era pequena, mas com bastante coisa e bem arrumada. A parede atrás do balcão onde Seu Júlio ficava tinha prateleiras cheia de celulares, computadores, teclados e tablets. Nas outras duas paredes, estavam as provas de que realmente Seu Júlio e Dona Odete eram um casal bastante cinéfilo: pôsteres de cinema de tamanho médio formavam um mosaico cobrindo completamente o espaço. Havia de tudo: *O Poderoso Chefão*, *Star Wars*, *Kill Bill*, *Psicose*... e quando vi o pôster de *Os Simpsons*, bem ao lado da porta, anotei mentalmente que iria perguntar aos dois onde eles tinham conseguido aquele específico, para dar de presente para Tina algum dia.

– Em que posso ajudá-los? – Seu Júlio perguntou.

Tirei o celular morto do bolso da bermuda e entreguei a ele.

– Ele não liga desde ontem. Tentei colocar no arroz, carregar de novo, rezar... e nada.

Ele segurou o celular e o analisou por alguns segundos.
– Molhou?
– Sim... – Cocei a cabeça. – Com chope.
Seu Júlio riu de leve.
– Ah, os meus vinte anos...
– Não, não é isso – respondi, atrapalhado. – Eu não sou de beber e fazer besteira com o celular, sabe...
Tina, que achava graça da situação até então, de repente ficou encabulada. Ela definitivamente não podia dizer o mesmo.
– Não se preocupem, a última coisa que faço é julgar. – Ele sorriu com ternura. Não consegui evitar imaginar aquele senhor bonzinho fazendo altas loucuras quando tinha nossa idade. – Tenho quase certeza de que consigo consertá-lo. Vou deixar meu número com você, Tiago. – Ele me entregou um cartão de visita com o nome de sua loja, seu nome e seu telefone embaixo. – E Tina, querida, me passe o seu para eu avisar quando o celular estiver pronto.
– Claro! – Tina anotou o número do celular em um papel e entregou a ele.
Agradeci a ele mil vezes. Seu Júlio era realmente um anjo da guarda que havia aparecido para Tina e para mim. Ele sempre estava lá nos momentos em que mais precisávamos. Estava começando a acreditar que ele poderia ser o Papai Noel.
– Tchau, Seu Júlio! Dê lembranças à Dona Odete! – falei, abrindo a porta.
– Diga que mandamos um beijo! – Tina também agradeceu.
Saí daquela loja completamente revigorado. Então ainda havia uma chance de meu celular voltar do além e eu dar ao Pacheco o que ele realmente merecia. Mal podia esperar a hora de receber a ligação do Seu Júlio dizendo que estava tudo bem e que eu poderia buscar o aparelho consertado.

* * *

Como trabalhei no sábado, tive a segunda de folga, o que foi ótimo para passar um tempo a mais com Tina. Além de, obviamente, ser ótimo vê-la, achei que teria uma boa notícia sobre meu celular, mas ela não recebera nenhuma ligação da loja do Seu Júlio.

Tudo bem, Tiago. Só se passaram três dias. Deixe o homem trabalhar. A pressa é inimiga da perfeição.

Tentei fixar esse pensamento na minha mente e deixar a ansiedade de lado, mas era difícil. Mesmo com tantos acontecimentos nos últimos dias, não saber se conseguiria expor quem Pacheco realmente era me enchia de angústia.

A terça-feira chegou e, novamente, nada. Minha forma de comunicação com Tina quando não estávamos juntos se restringia ao Facebook, que eu tinha que usar em doses bastante racionadas durante o expediente. No breve momento em que consegui logar, mandei uma mensagem para ela, perguntando se havia alguma novidade, mas nada.

Não podia deixar a ansiedade me consumir, então tratei de fechar o Facebook e me concentrar no meu trabalho. Depois de ajudar durante quase uma hora um moleque a desbloquear alguns conteúdos, digamos, mais adultos, que sua mãe havia bloqueado, fui conferir meus e-mails. A maioria era lixo e spam que eu nem lia e já jogava automaticamente na lixeira, mas um deles me chamou a atenção. Estava escrito, em letras garrafais: REUNIÃO URGENTE.

Cliquei no e-mail, estranhando, e li com atenção. Era um convite da agenda eletrônica que já vinha no e-mail da empresa me informando que eu estava sendo convocado para uma reunião no prédio, mas em outro departamento. Meu coração quase parou quando li as palavras: *Vigésimo oitavo andar, sala trezentos e três.*

Eu conhecia aquele andar e aquela sala porque volta e meia o pessoal do meu setor comentava sobre ela. Era a sala de reunião dos chefões de verdade do NettyMe. Alguns brasileiros, alguns gringos. Não dos caras como o Pacheco, que apenas tinham influência sobre certo setor da empresa e já se achavam uns Marks Zuckerbergs da vida. Esses caras eram o próprio Mark Zuckerberg.

As palmas das minhas mãos ficaram úmidas. Por que diabos eu, um reles atendente do SAC recém-recontratado, estava sendo chamado para uma reunião com os chefões? Desde quando eles sabiam que eu sequer existia? Coisa boa é que não devia ser.

– O que houve? – Nico perguntou, ao meu lado, ao perceber meu súbito estado de pânico. – Clicou em algum link pornô por engano?

Normalmente eu acharia graça da provocação, mas fiquei tão nervoso que nem respondi. Apenas continuei encarando a tela do computador.

Como Nico não aceitava ficar sem resposta, arrastou a cadeira para mais perto de mim e leu o e-mail na minha tela. Sua boca se abriu levemente e seus olhos pararam de piscar.

– Eita. O que você fez?

Engoli em seco e finalmente respondi:

– Nada... que eu saiba.

A cara feia de Pacheco veio à minha mente. Ele poderia estar por trás disso, agora que eu não tinha mais a gravação. Poderia ter inventado alguma mentira para me demitir. Mas, mesmo se fosse o caso, por que envolver os chefões?

Nico releu o e-mail algumas vezes. Devia estar pensando em um motivo que me deixasse menos assustado em ser convocado para aquela reunião.

– Vai que eles querem te dar uma promoção?

– Ah, tá – respondi ironicamente. – Vão promover o cara que deu em cima de uma cliente, que foi demitido porque essa mesma cliente ligou para cá bêbada o difamando, o cara que deixou bem claro o quanto odeia o chefe e que só foi contratado de volta porque o pegou roubando no bilhar.

– Nossa, foi mal. – Nico voltou para seu lugar. – Só estava tentando ajudar.

– Desculpe. – Suspirei. Não gostava de ser grosso, mas naquele momento não conseguia nem raciocinar direito, só sentia meu coração martelar no peito.

– Não pense o pior. Talvez não seja algo ruim. – Ele tentou me reconfortar. Gostava desse jeito otimista com o qual ele levava a vida. – Ou talvez seja algo ruim, mas nem tanto.

Continuei nervoso durante a meia hora que faltava para a reunião e não consegui mais ser produtivo. Sem querer, dei orientações completamente erradas para uma senhora que só queria assistir à sua novela mexicana mas não encontrava as legendas.

Deram duas e meia da tarde. Eu sabia que precisava levantar e me dirigir até a porta, mas minhas pernas pareceram travar. Com um empurrãozinho de Nico – que, literalmente, me empurrou para fora da cadeira –, reuni toda a coragem e caminhei até o elevador. Nosso setor ficava no segundo andar, em um prédio de vinte e oito andares, então teria alguns segundos em silêncio para concentrar minhas energias positivas.

Isso se o assistente pessoal de Lúcifer não segurasse a porta e entrasse no elevador quando faltavam dois centímetros para ela se fechar. Era a pá de terra que faltava para o meu enterro.

– Vai subir, Vega? – Ouvi a voz fria e cheia de desdém que assombrava meus pesadelos.

– Vou – respondi a Pacheco, engolindo em seco.

Sabe aquela cena em *Star Wars: O Império Contra-Ataca* em que o Luke Skywalker entra no elevador com Darth Vader para a batalha final e eles passam uns dois minutos em um silêncio constrangedor? Era exatamente assim que eu estava me sentindo. Como se aquele e-mail já não tivesse me deixado nervoso o suficiente, agora tinha que subir vinte e cinco andares com a pessoa que mais odiava no planeta ao meu lado.

Rezei silenciosamente para que ele apertasse qualquer outro botão que não fosse o vinte e oito, mas ele apenas ficou ao meu lado, em silêncio, olhando para a porta. Pacheco iria saltar no mesmo andar que eu. E talvez fosse para a mesma reunião. E iria inventar alguma história para eu ir para a rua de vez.

A porta se abriu e saímos de lá ainda em silêncio. Coitado de quem entrasse naquele elevador, iria morrer sufocado com a aura de ódio que se instaurara lá instantes antes.

Pacheco passou na minha frente sem a menor cerimônia e avisou à recepcionista que tinha uma reunião marcada – era no mesmo horário e local que a minha. Eu estava realmente vivendo em um pesadelo.

Ela nos acompanhou até a sala trezentos e três, e não pude evitar perceber o olhar de espanto de Pacheco. Devia estar tão chocado e decepcionado quanto eu em saber que participaríamos da mesma reunião. Como fomos os primeiros a chegar, nos sentamos cada um em uma extremidade da mesa, sem fazer contato visual. Pensei que Pacheco me alfinetaria com alguma provocação, mas ele não disse uma palavra. Será que estava com medo de ser mandado embora, assim como eu?

Depois de sete minutos – contados no relógio – que pareceram durar oitenta e quatro anos, finalmente a porta de vidro fosco da sala se abriu. Respirei fundo e torci para o chefão ser uma pessoa legal e compreender que eu era a vítima naquela história.

Mas assim que vi quem entrou na sala fiquei sem fala. A última pessoa – a última *mesmo* – que eu esperava que fosse responsável por organizar aquela reunião, aliás, que eu esperava que fosse um dos mandachuvas da empresa, passou pela porta e se sentou com um olhar sereno numa cadeira no meio da mesa.

Esfreguei os olhos e até me belisquei de leve para ter certeza de que não estava sonhando. E não estava. Era real. Eu tinha que aprender a parar de subestimar as pessoas, porque eu sempre acabava com cara de tacho.

O superior de Carlos Alberto Pacheco no NettyMe, aliás, *A* superior, que detinha um enorme poder de influência e decisão na empresa, que tinha o meu emprego em suas delicadas mãos, era a esposa do homem que reacendeu minhas esperanças de ter meu celular e a gravação que acabaria com a raça do Pacheco de volta. Era a senhora fofa e gentil que levou Lisa de volta ao encontro de Tina.

Dona Odete.

17

Tina

Surpresa!

Se um mês atrás eu estivesse na situação em que me encontrava agora, provavelmente estaria querendo morrer. Mas, surpreendentemente, me sentia relaxada. Até feliz. E isso me causou um enorme alívio.

— E esse aqui, o que acha? — Alessandra, deitada na própria cama ao meu lado, estendeu o iPad na minha direção. Nele estava aberto um site com várias fotos de um salão de festas no Recreio dos Bandeirantes.

Sim, eu estava ajudando por vontade própria minha irmã a escolher o local onde se casaria com o cara por quem eu passei anos sofrendo de uma paixão platônica. E eu realmente me sentia extremamente calma. Não me sentia incomodada, enojada, triste, nenhuma das coisas que achava que sentiria. E isso era maravilhoso.

Mas tinha algo preso na minha garganta havia muito tempo, e que eu sentia que deveria colocar para fora de uma vez por todas. Se não fosse honesta com a minha irmã, que desde sempre fora minha confidente, eu me arrependeria para sempre.

— Alê — falei, abaixando o iPad. — Preciso te contar uma coisa.

— O que foi? — ela perguntou, estranhando minha mudança de humor.

Me sentei na cama e olhei para ela.

– Eu vou ser sua madrinha, certo? – Passei a mão no cabelo. – Eu sinto que não poderia ser se não fosse sincera com você sobre uma coisa que aconteceu e que nunca te contei.

Alessandra se sentou também, preocupada.

– O que aconteceu, Tina? Está tudo bem?

– Sim, tudo tranquilo – respondi sorrindo, o que a confortou um pouco. – É só uma coisa... há, meio embaraçosa e que nem acontece mais, mas que preciso te contar.

Ela não disse nada, apenas fez sinal com a cabeça para que eu continuasse.

Suspirei, reuni toda a minha coragem, aflorada pelos acontecimentos recentes da semana, e admiti:

– Eu... meio que... gostava do Bruno. Por um tempo. Um bom tempo. Teve um dia em que ele me deu carona e nós conversamos, e eu comecei a pensar umas coisas e... quase o beijei.

Uau. Foi como tirar duas toneladas das costas. Mas estava apreensiva com a reação dela, então resolvi logo emendar:

– M-mas eu não gosto mais dele! Naquele dia, no carro, eu não fiz nada, jamais faria! Na verdade, acho que nunca cheguei a gostar dele de verdade. Era mais uma admiração. E vontade de beijar. Argh! – Bati na testa. Péssima escolha de palavras. – O que eu quero dizer é que foi uma queda que durou um tempo porque eu era uma menina boba e ingênua, mas ela foi completamente embora e agora não sinto mais nada! E eu não te contei porque... você iria ficar chateada e eu tinha medo de que perdesse a confiança em mim. Me desculpa, Alê. De verdade. – Abaixei a cabeça.

Esperei alguns segundos para minha irmã processar o turbilhão de informações despejado sobre ela. Meu medo era de levar um tapa na cara ou de que ela se levantasse e saísse com ódio de mim, dizendo que eu não seria mais sua madrinha, mas, quando a olhei, seu rosto estava surpreendentemente calmo.

– Então está... tudo bem em você ser minha madrinha?

Estranhei a pergunta. Eu acabara de contar a ela que infringi um dos dez mandamentos e ela estava preocupada se eu me sentia confortável em ser sua madrinha?

– Há... está. Sim. Cem por cento. Zero ressentimentos.

E algo ainda mais estranho aconteceu. Ela sorriu.

– Que bom. Então vamos continuar?

Como é que é? Era isso mesmo? Vida que segue? Sem nem comentar mais nada sobre o assunto?

– Alê... você não está chateada comigo?

Ela mordeu o lábio.

– Tina... eu seria uma hipócrita se te julgasse por ter uma queda pelo Bruno. Eu me apaixonei por ele, não posso dizer nada! – Ela deu um risinho. – E eu acredito em você. Que você nunca faria nada. Sabe o dia em que ele te deu carona, quando fizemos as pazes?

– Assenti com a cabeça. – Ele disse que você o ajudou a perceber que nós éramos feitos um para o outro.

Ruborizei. Não imaginava que Bruno contaria esse detalhe.

– Estou feliz por você ter me contado, e ainda mais feliz por você não sentir mais nada. Imagina que horrível seria ajudar a planejar o casamento de alguém de quem você gosta! – Ela segurou minhas mãos. – Não importa o que aconteça, sempre vou confiar em você. E você pode confiar em mim. Você confia, certo?

– Sim! Totalmente!

Ela passou o polegar pelas costas da minha mão.

– Então podemos colocar um ponto final nessa história?

Finalmente sorri também, aliviada.

– Com certeza.

E nos abraçamos. Ufa. Contar a Alessandra sobre o que escondi durante tanto tempo foi um alívio colossal.

– Ah, deixa eu te perguntar... – Ela se desvencilhou de mim, sorrindo maliciosamente. – Você não gostar mais do Bruno tem alguma coisa a ver com o menino que não para de te mandar mensagens?

– Como é que...

Alessandra esticou o corpo por cima do meu e pegou meu celular, que estava ao lado da minha coxa, vibrando sem parar. Ela olhou a tela e deu risada.

– É, acertei.

O único garoto com quem eu trocava mensagens além de Nico era Tiago, que ela já conhecia por ser o cara que me salvou de morrer bêbada numa festa.

– Nem adianta disfarçar. Você sorri que nem boba quando lê as mensagens dele – ela provocou.

Droga. Pior que eu nem tinha como me defender. Dei de ombros e sorri.

– Quero saber quando é que eu vou conhecer de verdade esse príncipe encantado. Sabe, sem ser de madrugada, com ele te carregando bêbada pela casa.

Achei graça do comentário. Tiago estava longe de ser um príncipe encantado. Era magrelo e narigudo demais para se encaixar no perfil. Além disso, não tinha cavalo branco, usava o transporte público como qualquer jovem universitário médio. E era muito, muito, *muito* mais incrível do que qualquer príncipe de calça apertada e gel no cabelo seria.

E, falando em Tiago, a mensagem que acabara de chegar respondeu à pergunta de Alessandra.

– Acho que você vai conhecer agora – falei.

Alessandra estranhou. Mostrei a tela para ela.

– Ele está na nossa porta. Disse que é urgente. E pelo visto não está sozinho.

* * *

Não foi exatamente assim que eu imaginei que Tiago conheceria minha família. Quer dizer, parte dela. Meus pais ainda não haviam chegado do trabalho, e tecnicamente Alessandra já o havia conhecido, mas em circunstâncias que eu não quero nem lembrar. Aquele dia seria uma apresentação oficial, mesmo que inesperada.

Alessandra e eu descemos as escadas e caminhamos até a porta. Apreensiva, abri e dei de cara com Tiago e...

– Dona Odete? – perguntei, não conseguindo esconder minha surpresa.

Não só era Dona Odete... Era Dona Odete uns dez anos mais jovem, de calça social escura e sapatos de bico fino. O rosto estava levemente maquiado e os cabelos prateados presos em um coque sem um fiozinho para fora. Era bem diferente do vestido florido, chapéu e sapatilhas que ela usava no dia em que a encontramos na praia.

– Que bom te ver, querida! – Ela deu um passo à frente, me abraçando. – Desculpe por aparecer sem avisar.

– Não, imagina! – Lancei um olhar rápido para Tiago, que parecia calmo. – Pode entrar. Há, Tiago, Dona Odete, essa é minha irmã, Alessandra.

Alessandra deu dois beijinhos nas bochechas de cada um, depois analisou Tiago de cima a baixo. Que vergonha. Já imaginava os milhares de perguntas que ela faria para mim depois que os dois fossem embora.

– Já nos vimos uma vez – Alessandra comentou, fechando a porta atrás dos dois. – Você lembra, não é, Tiago?

O semblante calmo de Tiago de repente ficou atrapalhado.

– Há... claro... lembro sim. – Ele encarou o chão, corando. Droga, Alessandra. Podia esperar pelo menos mais um pouco antes de começar com os comentários!

Ofereci café para nossos convidados inesperados, que se sentaram à mesa. Levei uma bandeja com quatro canecas e, a princípio, não disse nada. Esperei que um dos dois me inteirasse da situação.

– Temos algumas coisas para te contar, Tina – Tiago abriu a conversa, tomando um gole de café.

Alessandra e eu assentimos com a cabeça. Ela iria pegar o bonde andando e eu teria que explicar todos os acontecimentos recentes para ela, mas de jeito nenhum ela iria ficar fora daquilo. Conheço minha irmã.

– Você deve estar se perguntando por que eu estou aqui com o Tiago... e vestida assim – Dona Odete falou.

– É... meio que estou. – Dei um sorrisinho amarelo.

– Eu também fiquei bem surpreso quando a vi entrar na sala de reunião dos chefões do NettyMe para conversar comigo e com o Pacheco – Tiago comentou.

Arregalei os olhos. Espera aí... que ela era uma executiva e nunca nos contou estava bem óbvio... mas do NettyMe? E uma chefona ainda por cima? Minha cabeça estava dando nós.

– Sim, eu trabalho lá – ela disse, sorrindo. – Nunca comentei com vocês porque... bem, não achei que era algo relevante.

Me lembrei da loja do Seu Júlio perto de casa. Da decoração de pôsteres. Fazia sentido, sua esposa devia conseguir um monte deles, afinal, trabalhava em uma empresa que justamente transmitia filmes e séries pela internet.

– Dona Odete... – comentei, embasbacada. – Eu nunca imaginei, de verdade, que...

– Que uma senhora da minha idade estivesse em uma posição elevada numa empresa tão nova e, ainda por cima, de tecnologia? – ela completou, em um tom doce. – Não a culpo, querida. É realmente algo difícil de acreditar. Estou prestes a me aposentar, mas sinto que o NettyMe me fez recuperar a juventude. Adoro aquele lugar. Me sinto tão viva todos os dias!

Diferente de certas pessoas que também trabalham lá, pensei, olhando discretamente para Tiago.

– E nunca soube que Tiago trabalhava ali também, a alguns andares de distância – ela continuou.

– Vinte e cinco andares, para ser mais preciso. – Ele riu.

– E como a senhora descobriu, afinal? – perguntei, curiosa.

– Por causa disso. – Ela apontou para o celular de Tiago, na mesa. Nem tinha me tocado que estava ali, consertado, até ela mostrar.

— Vocês levaram para o meu marido consertar há uns dias. Pois bem, ele consertou. E também encontrou algo curioso. Assim que o celular ligou, abriu direto em uma gravação.

Meu queixo caiu no chão. Me senti na turma do *Scooby-Doo*, com o monstro amarrado e pronto para ter sua máscara retirada. Aquilo não podia ser real. Alessandra estava perdidinha, mas não disse nada. Acho que iria esperar os dois terminarem a história para fazer perguntas.

Dona Odete apertou o play no celular de Tiago, iniciando o vídeo de Pacheco. Era a primeira vez que o via, para ser sincera.

"Apague tudo, dê um jeito! Se alguém descobre que sou eu, é o fim da minha carreira! E, se isso acontecer, eu juro que mato você!"

Fiz careta só de ouvir aquela voz e ver a imagem tremida de Pacheco pela fresta da porta do banheiro, onde Tiago se escondera para filmar. Ela não me trazia lembranças boas.

— Não foi difícil reconhecer que era o Carlos Alberto — Dona Odete falou, séria. — Então marquei uma reunião com ele e Tiago para entender o que estava acontecendo.

— E...?! — perguntei, agora morta de curiosidade.

— O babaca negou tudo, obviamente — Tiago disse, apoiando o cotovelo na mesa e o queixo na mão. — Disse que era um mal-
-entendido e isso e aquilo.

Claro que negou. Assim como fez quando foi pego em flagrante roubando no bilhar.

Mas um sorriso satisfeito se projetou nos lábios de Tiago.

— Mas a Dona Odete não é boba nem nada e o colocou contra a parede. Ela é a chefe dele, né? Tem certo poder de influência.

Estava adorando saber que Dona Odete, além de trabalhar no NettyMe, ainda era a superior do Pacheco.

— Depois de um tempo, ele cedeu. Admitiu um crime.

Estiquei o corpo na direção dos dois, me exaltando:

— E aí? Ele trafica cocaína? É um cafetão internacional? Matou alguém e escondeu o corpo numa mala?!

— Tina, pelo amor de Deus. — Alessandra me puxou de volta para a cadeira. Ok, eu podia estar exagerando, mas era curiosidade demais para uma pessoa só!

— Não, nada bizarro assim — Tiago respondeu. — Ele estava pirateando conteúdos do NettyMe e vendendo para uns sites gringos.

Ah. Que safado. Tudo bem, ele não era um assassino, nem traficante, mas... aquilo deveria ser sério o suficiente para a empresa dar um pé na bunda dele. Na real, estava rezando para que fosse isso.

E nem precisei perguntar. Tiago estava tão sorridente que nada diferente poderia ter acontecido.

— Acabou, Tina. Ele foi para o olho da rua.

Abri um sorriso de orelha a orelha. Alessandra também, mesmo não conhecendo o Pacheco e entendendo um sétimo de toda a história.

— Ainda vai me dar uma dorzinha de cabeça porque disse que iria contatar seus advogados e tudo o mais... — Dona Odete revirou os olhos. — É um caso perdido. Só vai gastar a saliva.

— Que deve queimar se encostar em alguém, tipo veneno de Jararaca — Tiago comentou.

— Diz que ele foi mandado para fora escoltado por seguranças, por favor — falei, mal me segurando na cadeira. Queria levantar e dar pulinhos de alegria. E também me atirar em Tiago e beijar cada centímetro daquela boca.

— Ah, você precisava ter visto! — Tiago deu um soco de leve na mesa, sem conseguir conter a animação. — O segurança não chegou a entrar na sala, mas, quando o Pacheco começou a elevar a voz para argumentar que aquilo era um absurdo, o cara só apareceu na porta. A Dona Odete lançou um olhar de Don Corleone para ele, e o babaca ficou quieto rapidinho.

Que maravilha. Ele merecia sofrer toda humilhação possível. Era um mau-caráter de carteirinha. E o fato de o golpe final ser dado por Dona Odete deixava tudo ainda mais incrível. Aquele momento merecia um champanhe. Só não me atrevia a abrir a adega dos meus pais porque eles arrancariam meu pâncreas.

– E tem mais. – Agora Tiago estava de pé, o sorriso não havia deixado seu rosto.

– O quê? O quê? – perguntei, ansiosa.

– Como o Carlos Alberto foi demitido, precisávamos de alguém que tomasse seu lugar.

– OH, MEU DEUS! – Levantei, de ímpeto, apontando para Tiago. – Você ficou com o emprego dele?!

Os dois riram da minha suposição absurda.

– Claro que não, né, Tina. Preciso comer muito feijão com arroz para chegar nessa posição.

Oh. Fazia sentido. Realmente, não iriam colocar um atendente do SAC com pouca experiência na chefia do departamento. Que burrice a minha. Foi a animação.

– Mas tivemos que mexer em alguns cargos – Dona Odete completou. – A Joana, que respondia diretamente para o Pacheco, ficou no lugar dele.

– Então você ficou no lugar da Joana? – dei outro tiro no escuro, dessa vez mais provável do que o primeiro.

– Calma, moça. – Tiago se divertia. – Posso chegar lá, um dia.

– Menino modesto. – Dona Odete lhe deu um tapinha no braço.

– Mas continuando... no lugar da Joana ficou a Clara, que era assistente dela.

Fiquei quieta, esperando que ele terminasse, mas ele não disse mais nada.

– Ué? – Tiago perguntou.

– O quê? Vai, fala.

– Agora que você ia chutar certo... – Ele me mostrou língua.

– Você ficou no lugar da Clara! – E finalmente a resposta para minha terceira tentativa foi sim. Levantei e abracei-o com força, orgulhosa.

– Parabéns, Tiago! – Alessandra comemorou, batendo palmas.
– Eu devo ser a única que não sabe, mas... o que Clara fazia exatamente?

Me desvencilhei de Tiago ao ouvir aquilo. Não, Alessandra não era a única. Aliás, seria bom saber a escala de funções do NettyMe.

– Pacheco é... quer dizer *era* – senti a satisfação na voz de Tiago ao corrigir a palavra – gerente de Relacionamento com o Cliente. Logo abaixo dele ficava a Joana, coordenadora de atendimento pela internet. A Clara, assistente dela, cuidava das redes sociais da empresa. Então...

– Você vai ser a pessoa incrível que eu adoro ver no Twitter, Instagram e Facebook, que faz propaganda e fala com as pessoas sobre os filmes e as séries do NettyMe? – falei em cinco segundos, o que me obrigou a parar e respirar fundo para recuperar o fôlego.

– Isso! Ele fez uma dancinha da vitória. – Eu agora tenho muito mais chance de crescer nessa empresa, Tina! Pela primeira vez vou trabalhar com o que gosto! E, de quebra, sem um chefe insuportável no meu pé!

– E daqui para a frente vamos prestar mais atenção em como nossos funcionários são tratados. Todos eles. Não importa a posição – Dona Odete complementou.

Meu coração transbordava de felicidade. Estava tão orgulhosa dele! Tiago merecia aquela chance. A demissão de Pacheco apenas contribuiu para que acontecesse mais cedo. Ele faria um bom trabalho.

Dessa vez, Tiago veio até mim e me deu um beijo. Foi bem contido, afinal estávamos na presença de Dona Odete e Alessandra. Mas foi fofo o suficiente para as duas nos assistirem com um olhar sonhador e soltarem um "Aaaaawn...".

– Nico já sabe da novidade? – perguntei, com vergonha, tentando voltar ao assunto principal.

– Já, e disse que temos que comemorar. Aliás, falando no Nico, aconteceu uma coisa engraçada.

– O quê?

– No caminho para cá, liguei para Lila e Antônio para contar a novidade. Lila ficou superfeliz, me deu parabéns e tudo o mais, mas o Antônio disse que já sabia.

Ergui uma sobrancelha.

– Mas... como...?

De repente, a resposta me veio à cabeça. Era óbvio. Dá, como havia sequer dúvida disso?

– Nico – dissemos em uníssono.

– Aparentemente eles estão passando bem mais tempo juntos. – Ele deu um risinho.

– Que coisa, hein. – Também ri. Aquilo estava claro como água. Até Dona Odete e Alessandra entenderam do que estávamos falando. – Mas então é isso? Todo mundo já sabe? Podemos sair para comemorar?

E pela primeira vez desde que Tiago chegou na minha casa, ele ficou sério. Calmo, mas sem sorrir.

– Quase. Falta só uma pessoa.

Já estava imaginando quem era essa tal pessoal.

– Seu pai.

Silêncio. Tiago apenas assentiu com a cabeça. Aquele era um assunto delicado.

– Querido, posso te ajudar de alguma forma? Quer que eu diga a ele que sua demissão foi um mal-entendido?

– Eu também, se ajudar... – completei, com incerteza.

Tiago olhou para nós duas e deu um sorriso leve.

– Obrigado. Mas vocês duas já fizeram muito por mim. Isso é algo que eu preciso fazer sozinho.

Ele tinha razão. Só ele poderia resolver as coisas com o pai. Só ele o conhecia de verdade e poderia quebrar aquela barreira de tensão. Mesmo sendo uma notícia boa, tinha medo de que o pai de Tiago apenas reagisse com um "Você não fez mais do que sua obrigação". Mas não podia me meter. Sei que já disse isso para mim mesma várias vezes e depois acabei me metendo, mas, nesse assunto em particular, não iria meter o nariz. E isso era uma promessa.

A única coisa que fiz foi jogar uma sementinha:

— Você deveria contar a verdade. Tudo o que aconteceu. É sempre a melhor solução. Eu contei para a Alê sobre o Bruno e está tudo bem entre nós.

Alessandra, ao ouvir aquilo, me abraçou de lado.

— Melhor do que nunca. — Ela sorriu.

E foi o fim da minha participação no assunto entre Tiago e o pai. Agora a bola estava com ele. Felizmente ele pareceu gostar do meu conselho.

Agora só restava torcer para que tudo desse certo.

18
Tiago

O cara do NettyMe

Eu estaria mentindo se dissesse que não estava apreensivo. Mesmo com tudo parecendo ter se resolvido, ainda havia algo que me inquietava. Mesmo tendo uma notícia boa para contar ao meu velho, tinha a sensação de que ele não reagiria de uma maneira tão alegre.

Se eu contasse a verdade, *toda* a verdade, teria que falar que Tina ter ficado bêbada havia sido o motivo da minha demissão. Teria que contar que fui duas vezes para um bar na Lapa numa quinta-feira sem dizer a ele... que em uma delas peguei no flagra meu chefe confessando que pirateava conteúdo da própria empresa e que na outra ganhei meu emprego de volta em uma partida de bilhar. Pensando bem, eu cometi muito mais transgressões do que qualquer coisa. E, conhecendo meu pai, ele focaria nelas.

Mesmo assim, eu tinha que contar. Estava feliz. Mesmo que durão e frio, era o meu pai. E sabia que ele ficaria satisfeito em não ter mais que pagar a mensalidade da minha faculdade.

Tina e Dona Odete se ofereceram para ir comigo, mas eu sabia que precisava fazer aquilo sozinho. Senão seria como se eu não tivesse aprendido nada com essa história do Pacheco. Voltaria a ser o moleque medroso e submisso que aceita que andem sobre si sem dar um pio. Isso não podia acontecer.

Respirei fundo, parado na frente da porta da minha casa. Repeti as falas que fui ensaiando mentalmente no caminho da casa de Tina até a minha.

Você consegue. Conseguiu enfrentar o Pacheco e venceu. Você consegue contar para ele.

A vozinha na minha cabeça por um momento soou como a de Tina, o que me fez sorrir involuntariamente. Antes de sair de lá, ela me abraçou, me deu um beijo e disse que confiava cem por cento em mim e que eu iria conseguir.

Caramba, o carma é uma coisa muito bonita. Meses aguentando os pitis do Pacheco me recompensaram com essa garota incrível por quem eu havia me apaixonado.

Por quem eu havia me apaixonado.

Agora não tinha mais dúvidas.

Puta merda, estava *apaixonado*.

Lila diz que se apaixonar te leva a duas possibilidades: a primeira é que a pessoa acaba esmagando seu coração, te fazendo de otário e você acaba sozinho numa bolha de tristeza e arrependimento. Por muito tempo acreditei que estava fadado a isso, afinal Carina nunca parecera se importar mais comigo do que com... sei lá, um pedaço de brócolis. A outra possibilidade, bem menos provável, segundo Lila: a pessoa corresponderia ao seu sentimento, te puxaria da fossa onde você se encontrava até então e juntos vocês caminhariam saltitantes em direção ao pôr do sol, superando todos os problemas.

Realmente, não teria chegado até onde estava se não fosse por aquela moça maluquinha e maravilhosa de cabeleira cacheada e camisetas de desenhos animados.

Imaginei Tina ao meu lado, me apoiando, e tomei coragem para girar a chave na maçaneta.

Meu pai, como de costume, estava sentado no sofá da sala assistindo ao *Jornal Nacional*. Sabia que estávamos só nós dois nesse horário em casa, às terças e quintas minha mãe chegava mais tarde do plantão no hospital.

Mesmo eu fechando a porta com o máximo de cautela possível, a audição de falcão do meu pai não falhou.

– Oi, filho.

Merda. A súbita vontade de ir ao banheiro me atingiu certeira.

– Oi, pai.

De repente, a voz do William Bonner falando sobre as notícias do dia foi silenciada e ele se levantou.

– Você tem algo para me contar?

Todos os pelos do meu corpo se arrepiaram. Minha cara durante os três segundos desde que entrara em casa me entregara assim tão facilmente? Sim, tenho algo para contar... mas, pelo tom de voz, ele não parecia estar esperando uma boa notícia. Quer dizer... até poderia, o tom dele era sempre o mesmo, independentemente da situação.

– S-sim? – Engoli em seco, dando um passo para a frente.

Ele fez sinal para que eu me aproximasse. A vontade de ir ao banheiro estava pior do que nunca. Um calafrio percorreu as minhas costas. Eu não entendia por que a simples presença dele já me dava tanto medo.

– Fiquei sabendo que seu chefe foi demitido por pirataria.

Ergui as sobrancelhas. Como ele ficou sabendo? Não era possível que tivesse descoberto isso no *Jornal Nacional*. Pacheco não era uma pessoa tão influente assim. Se fosse o presidente da empresa, vá lá.

– Era isso que eu ia contar. Mas como...? – perguntei, confuso.

– Saiu uma nota na internet. – Ele tirou o celular do bolso e me mostrou a página do portal de notícias com a chamada que anunciava o que aconteceu e uma foto muito feia de Pacheco. Não que fosse possível ele sair bonito em alguma foto.

Sorri involuntariamente. Me deu vontade de imprimir, emoldurar e colocar no meu quarto, como um troféu.

Olhar para a cara de otário de Pacheco naquela notícia aumentou meu ânimo. Já nem estava mais com tanto medo assim de contar a história para meu pai. Ele me olhava com curiosidade.

– Foi graças a mim – falei, sentindo orgulho de mim mesmo. Ok, tecnicamente, fora Dona Odete que o colocara para fora, mas isso não teria sido possível sem a gravação.

Meu pai não disse nada. Devia estar esperando que eu explicasse tudo direitinho.

Respirei fundo, abri a boca e a história saiu. Toda. Desde o momento em que fui demitido até Pacheco ser praticamente escoltado por seguranças para fora do prédio. Ele não interrompeu nenhuma vez, apenas escutou atentamente com a testa franzida e a mão apoiada no queixo. Quando eu terminei, estava suado e levemente ofegante e precisei me sentar. Era muita informação, e não omiti nenhum detalhe. Até as vezes que saí escondido sem dizer que, na verdade, estava fugindo para a Lapa.

– Eu sei que menti, que não deveria ter saído sem te contar, mas... – Suspirei. – Sabia que você não aprovaria. E eu precisava recuperar meu emprego, para poder pagar a faculdade.

Depois de uns dez segundos processando toda a informação que despejei, ele falou, calmo porém firme:

– Tiago... Eu estou decepcionado.

E o peso que poucos segundos antes eu senti sendo tirado das minhas costas voltou com uma tonelada adicional. Minha garganta ficou seca. Não tinha o que dizer.

Mas não precisei. Ele continuou:

– Decepcionado comigo mesmo.

Meus olhos saltaram das órbitas. Opa, esse era um *plot twist* maior do que Luke Skywalker descobrindo que Darth Vader era seu pai.

– Tudo isso que você fez, sair de casa sem me contar, arriscar tudo, se envolver com um homem desses... foi por minha causa. Se eu não tivesse colocado tanta pressão em você por causa do emprego... você não teria passado por nada disso.

Estava em choque. Jamais em meus vinte e um anos tinha escutado meu pai dizendo que se arrependia de qualquer ato. Aliás, mais do que isso, *se responsabilizando* pelo que havia acontecido. Que loucura de dia.

– Você passou tanto tempo trabalhando para esse sujeito detestável... imagine o que ele poderia ter feito com você! – Ele bateu na própria testa, perturbado. – E a culpa é minha. Porque te pressionei para arranjar dinheiro a qualquer custo para pagar sua faculdade.

Sim, sim, mil vezes sim. Caramba. Não conseguia acreditar que ele admitira aquilo.

– E você ainda o fez ser demitido e conseguiu uma promoção! – As mãos dele subiram para os poucos fios de cabelo grisalhos. – Eu estou chocado, de verdade.

Somos dois, pensei. Mas queria ver até onde seu momento transcendental e epifânico iria.

– Eu subestimei você, e muito, filho. – Os olhos castanho-escuros dele cravaram nos meus. – Mas você me entende, não entende? Fui criado desde pequeno em um colégio militar, acreditando que só havia poucos cursos que poderiam proporcionar um futuro promissor. Mas isso está no passado. Eu tenho que aprender a lidar com essa era de mudanças. Começando por você. – Ele suspirou. – Me desculpe, Tiago. Você tem muito valor, e tenho orgulho de você.

Que reviravolta de cento e oitenta graus elevada à vigésima quinta potência em um único dia. Acordei pensando que teria mais um dia normal em um emprego que odiava, com um chefe que odiava ainda mais, e terminei com uma promoção, o chefe no olho da rua, meu pai finalmente abrindo o coração e... dizendo que tinha orgulho de mim.

Nossa. Acho que era a primeira vez que ele dizia que se orgulhava de mim.

Se não estivesse tão em choque, me debulharia em lágrimas. Mas, em vez disso, apenas sorri. Eu imaginava o quanto devia ser difícil para ele não só perceber aquilo, mas admitir para mim.

Meu pai era cem por cento o oposto do tipo de cara de desculpas, abraços ou qualquer tipo de afeto. Era um cara carrancudo e intimidador, para quem eu nunca tinha coragem de falar nada. Estava muito feliz por ter conseguido colocar tudo para fora e receber essa resposta dele.

E, para terminar o dia das surpresas, ele sorriu. Meu velho *sorriu*. E não era um sorriso do tipo "Vou te matar". Era sincero. Orgulhoso.

— Estou contente pelo seu novo emprego, mas se por acaso você não se sentir feliz nele... Saia. Procure outra coisa. Você é jovem, tem potencial e um belo futuro pela frente.

— Pai... eu... não sei o que dizer. — Estava estarrecido demais para formular uma frase mais complexa.

Mas nem precisei falar mais nada. Ele se aproximou de mim, estendendo os braços, e pela primeira vez em muito tempo nos abraçamos. Caramba, tinha até esquecido que sensação boa era abraçá-lo. Se minha mãe, Tina ou Dona Odete estivessem ali, com certeza receberíamos uma salva de palmas.

Finalmente tinha encerrado de vez aquela história. Não em relação ao meu chefe, ao meu pai, à Carina, nem ninguém. Em relação a mim mesmo. Agora sabia que era um novo Tiago. Mais confiante, que não aceitaria mais desaforo, que passaria a batalhar mais pelos meus próprios sonhos, sem aceitar não como resposta.

Agora minha prioridade era simples: dar valor a mim mesmo e à minha felicidade.

E tinha a sensação de que ela havia chegado para ficar.

* * *

— Essa é por minha conta! Mas só essa, porque meu estágio paga uma merreca — Lila falou, enquanto o garçom colocava algumas canecas de chope na nossa mesa no Bicho Preguiça.

Você deve estar pensando: "Ué, o que eles estão fazendo lá? Não ficaram traumatizados com tudo o que aconteceu naquele lugar e não deviam querer distância?". Realmente, é o lógico a se pensar. Mas, depois que a notícia de Pacheco se espalhou por aí, ele foi oficialmente banido do bar, e nós nos tornamos os heróis que contribuíram para que ele fosse desmascarado. Eu me senti o Batman capturando o Coringa, e passamos a ser tratados a pão de ló no Bicho Preguiça. Aliás, Pacheco não era bom o suficiente para ser comparado com um vilão maneiro como o Coringa. Ele era um vilão tosco, como o Capitão Bumerangue.

O chope, que já era barato às quintas-feiras, teve um descontinho ainda maior para nós, e a galera de meia-idade fez fila para enfrentar Antônio e eu no bilhar. Tina também havia se tornado a celebridade do local, porque Seu Raul fez questão de lembrar que foi ela a primeira a bater de frente com Pacheco, apostando meu emprego e todas as economias dela com ele. E também foi ela quem percebeu que ele estava roubando no jogo e o peitou novamente. Minha namorada é irada.

Minha namorada. É a primeira vez que me refiro a qualquer pessoa assim. Me sinto nas nuvens. Sei que posso conversar sobre qualquer coisa com Tina, porque nos encaixamos feito peças de um quebra-cabeça.

Ah, e se você quer saber, tive uma segunda experiência de mandar uma foto do Tiago Júnior para meu interesse amoroso, mas dessa vez com total confiança e zero medo. E a resposta foi excelente, se é que você me entende...

No NettyMe, tudo estava correndo perfeitamente bem. Havia começado a pegar o jeito da minha nova função, mas em vez de ser o Grinch – como fui carinhosamente apelidado por Nico –, sempre que tinha qualquer dúvida, não hesitava em perguntar à equipe, que, aliás, passou a conviver muito mais tranquilamente depois da saída do Pacheco. A Joana, que entrou no lugar dele, era uma chefe infinitamente mais legal e prestativa. E Dona Odete não mentiu quando disse que iria ajudar a mudar as coisas na empresa. A cada duas semanas, um dos diretores vinha conversar com os funcionários do segundo andar para ver como estávamos indo e se tínhamos sugestões para melhorar o dia a dia do trabalho. O próprio Nico contou que se sentia muito mais animado ao ir trabalhar do que antes.

Falando em Nico, ele conseguiu um feito muito mais impressionante do que melhorar a convivência no trabalho. Ele realizou uma mudança histórica no Bicho Preguiça. Fomos tão bem recebidos lá que ele convenceu o gerente a deixá-lo se apresentar ali como drag queen, algo que nunca tinha acontecido no bar. Estava apreensivo com a reação da plateia – composta noventa por cento de homens na faixa dos quarenta a cinquenta anos –, mas não ouvi nenhum comentário de insatisfação. Parte porque os caras de lá realmente simpatizaram com Nico, parte porque Antônio deixou bem claro que meteria porrada em qualquer um que fizesse um comentário desrespeitoso que fosse.

– Ai, meu Deus! Vai começar! – Lila gritou, animada, quase derrubando o copo de chope. As luzes no recinto diminuíram, e um feixe de luz iluminou o pequeno palco improvisado perto das mesas de sinuca.

– Senhoras e senhores, o Bicho Preguiça tem o prazer de apresentar... – Reconheci que era Seu Raul tentando imitar uma voz de apresentador de TV – Aurora Salazar!

A plateia irrompeu em aplausos. Até os mais velhos que continuavam jogando bilhar pararam para observar, curiosos. A música "Loca", da Shakira, começou a tocar nas alturas, e de repente Aurora surgiu no palco. Fiquei boquiaberto. Era a primeira vez que realmente parava para prestar atenção no alter ego drag queen de Nico. E... olha... ela estava de parabéns. Usava uma saia longa esvoaçante verde, um sutiã dourado coberto de brilho, enchimento no peito – que, juro por Deus, fazia parecer que eram seios de verdade –, uma peruca loira, grande e ondulada, e saltos altos que eu tinha certeza de que nem Lila nem Tina aguentariam usar por mais de cinco minutos.

Aurora dançava e rebolava no ritmo da música, como a própria Shakira. Estava impressionado. Ela realmente tinha um talento.

Torcia para que Nico pudesse um dia sair do NettyMe e transformar suas apresentações como Aurora numa carreira artística sólida. Bem, pelo menos um grande passo ele havia dado. Todo mundo naquele bar aplaudia e assoviava para Aurora, alegre. Foi um sucesso.

– Então era por isso que a Tina dizia que nunca rolaria nada entre eles dois – Bruno, o noivo da irmã de Tina, comentou. Ela quase esguichou chope pelo nariz de tanto rir.

Sim, Alessandra e o noivo estavam lá também. E Tina ficou cem por cento tranquila com a situação, o que me deixou extremamente aliviado. Eu já podia me considerar uma pessoa mais segura e confiante, mas estaria ferrado se tivesse que competir com aquele cara no quesito beleza. Ele tinha um porte atlético, cabelos cacheados, olhos cor de mel e um sorriso brilhante. Felizmente, Tina não parecia mais dar a mínima para ele. Acabou preferindo esse magrelo esquisito, mas com um grande coração.

– Claro, Bruno! – Tina respondeu, rindo da cara de surpresa dele. – Além do mais... se eu quisesse ficar com Nico, acho que teria que competir com um certo alguém...

Segui com o olhar na direção para onde ela apontou com a cabeça. Antônio filmava a apresentação de Aurora no celular e mal piscava. Parecia hipnotizado, como se estivesse ouvindo o canto de uma sereia. Só se virou para nós depois de muito tempo, quando finalmente percebeu que olhávamos para ele.

– O que foi? – ele perguntou, legitimamente sem entender.

Não dissemos nada, apenas rimos. Ele deu de ombros e voltou a filmar.

Antes de se juntar a nós na mesa, Aurora dançou mais três músicas, todas em espanhol, para honrar suas raízes. E para aproveitar para rebolar até o chão também. No final da apresentação, foi aplaudida de pé. Que orgulho!

Como meu pai me aliviou um pouco em relação à faculdade – concordamos em dividir a mensalidade meio a meio, e o resto do dinheiro eu poderia usar como quisesse. E o que eu queria com meu primeiro salário como analista de mídias sociais do NettyMe era pagar a próxima rodada.

Mesmo com toda aquela alegria e animação das pessoas à minha volta, resolvi me sentar um pouco na cadeira perto do balcão do bar e contemplar tudo de longe por uns instantes. Meio que para absorver o momento. Estava tudo tão bem que eu mal acreditava. Meu emprego, minha família e meus amigos, tudo parecia estar ao meu favor. E isso era incrível. Sorri feito bobo sozinho só de pensar na sorte que eu tinha por tudo na minha vida finalmente começar a dar certo.

Depois de alguns minutos observando a atmosfera alegre ao meu redor, senti meu celular vibrando na calça. Quando vi quem era, dei um sorriso.

– Alô? – disse a voz do outro lado da linha. – Eu gostaria de falar com o Tiago, do SAC do NettyMe.

Dei risada e respondi:

– Tiago não trabalha mais como atendente do SAC, mas em que posso ser útil, moça?

– Bom, estou com um problema.

– E qual seria esse problema?

– Estou esperando meu namorado voltar para a mesa há dez minutos para dar um beijo nele, e nada de ele aparecer.

– Isso é um problema grave... Vou tomar providências, moça.

– Obrigada. – E desligou.

Foi minha deixa para levar sete chopes para a mesa, onde Tina me aguardava com os olhos brilhando por trás dos óculos. Sem pensar duas vezes, levantei minha namorada da cadeira, beijando-a com vontade.

– E pensar que um tempo atrás você era só um cara do NettyMe – Aurora provocou, sorrindo. – Agora virou *o* cara do NettyMe.

– Fazer o quê? – Dei de ombros, com Tina nos meus braços. – Mudei de função, mas parece que a empresa não vai sair de mim tão cedo.

— Mesmo que um dia resolva mudar de vida e decida virar até veterinário de ovelhas, você sempre será *o* cara do NettyMe — Tina comentou, sorrindo, e me deu um selinho.

O cara do NettyMe. Um epíteto que nunca imaginei que gostaria de ter. Há um tempo, tudo o que eu mais queria era sair daquela empresa e não olhar mais na cara de ninguém de lá. Hoje eu era completamente grato por ela. Graças ao NettyMe, conheci a garota mais legal do mundo, aumentei meu círculo de amizades, fiz meu pai perceber que errou comigo e tive a satisfação de ver meu chefe detestável sendo demitido.

Fizemos um brinde a nós, ao NettyMe, ao casamento de Bruno e Alessandra e ao futuro. Realmente ainda era difícil de acreditar que estava tudo bem.

Aliás, não estava tudo *bem*, estava tudo *perfeito*. Finalmente.

No final das contas, o filme dos *Simpsons* ter dado pau foi a melhor coisa que já me aconteceu.

FIM

Agradecimentos

Este livro ficou engavetado por tanto tempo que eu nem acredito que ele está finalmente criando vida!

Obrigada às minhas agentes da Riff, que viram potencial em mim desde o meu primeiro livro e têm me ajudado a construir minha carreira como escritora. Este livro ficaria perdido no limbo se não fosse por vocês.

À equipe editorial da Melhoramentos, que apostou em mim pela segunda vez e acredita na nossa parceria tanto quanto eu. Muito obrigada mesmo pela confiança. Nosso segundo filho é tão lindo!

Às minhas melhores amigas da escola (e da vida inteira) e às minhas primas, que foram as primeiras a ler esta história, quando ela ainda era uma fanfic de *A Origem dos Guardiões* com *Valente*. E a todos os usuários do Nyah! Fanfiction que deixaram comentários animados.

Aos meus pais, meu irmão e minha irmã, que se orgulham de ter uma escritora na família e sempre contribuem com ideias, personagens e até títulos de livros.

A todos que leem meus livros e me mandam mensagens de carinho e positividade. Eu continuo escrevendo graças a vocês.

E, finalmente, obrigada ao usuário anônimo do Tumblr que, anos atrás, escreveu um post falando sobre a vez que ligou para o atendimento ao cliente de uma empresa e acabou conversando por horas com quem lhe atendeu, formando uma bela amizade. Você foi a grande inspiração para esta história.